單讀 One-way Street

CUNEIFORM
铸刻文化

捕风记

捕风记   李静 著
CHASING THE WIND

上海文艺出版社
Shanghai Literature and Art Publishing House

《我害怕生活》总序

I　　中年来临,做过一个梦:人头攒动一望无际的考场里,考官给每人发卷子,边发边说:"每个人的题都不一样哈,好好答,不许错,错一道就罚你!""罚"字刚落,就有滚雷的声音。我恐惧,开做第一题。总觉做不对,就重做,还觉不对,又重做,如是往复,永无休止——做不完的第一题。忽听考官说:"还有最后三分钟,抓紧时间哈!"往下一看,卷子无限长,不知还剩多少题没答。反正已经来不及,我就不再动笔,坐以待毙。铃声大作,卷子收走。惩罚的结局已经注定。滚雷的声音再度响起。脚下土地震颤,裂开口子,我坠落,向无底深渊坠落,挣扎，呼喊，却喊不出，也不能阻止这坠落，于是惊醒。仔细回味这梦，感到主题过于直露的尴尬。

此即这套集子的由来——来自我总也做不完的"第一题"。在契诃夫剧作《没有父亲的人》里，主人公普拉东诺夫对他的邻居们说："哈姆雷特害怕做梦，我害怕生活。"我呢，我因害怕生活而害怕做梦——害怕了大半生，直到只剩最后三分钟的时候，猛然惊醒。

因此，《我害怕生活》里的这五本小册实在是煎熬的碎屑与逃离的祈祷。之所以还敢示人，乃是由于作者被这一理由所说服：它们或可成为某种镜子与安慰——有一个人，在生活中经历了漫长的贫乏与胆怯，却在断断续续挣扎不休的写作里，看见了一丝亮光，保住了一点真心。至于这真心能否安慰你，我也说不准。我自己，倒是愿意听从古人，那人说："不可使慈爱、诚实离开你，要系在你颈项上，刻在你心版上。"（箴言3∶3）

这些文体驳杂的字写于1995年到2022年。有的作品因为一些缘故没有收进来，但大部分也就在这里了。时间跨度如此之长，规模厚度却如此有限，这是我写作之初没有预料到的——我没有预料到，写作竟如此之难。但我也没预料到，写作竟如此意义重大——它是一条道路，借着一束光，将一个困在囚笼里的灵魂，引向自由与爱之地。诚然，写作本身并不是光。但写作只要是诚实不虚的，必会遇见光。光在人之外、人之上，是切切实实存在的。光引领我们实现生命的突破。

这五本小书，按照文体和内容辑成，分别说明如下：

《必须冒犯观众》是一本批评随笔集，收入了一些关于戏剧、影像、文学、泛文化现象的散碎议论和自己的创作谈。它曾于2014年出版，此次再版，篇目做了大幅调整和增删，并按论域重新编排。

《捕风记》是一本文艺专论集，收入了对若干位戏剧家、小说家和批评家的集中论述。它曾于2011年出版，此次再版，篇目亦做了较大调整，所论者是：契诃夫，彼得·汉德克，林兆华，过士行，朱西甯，木心，莫言，王小妮，止庵，林白，王安忆，贾平凹，林贤治，郭宏安。

《王小波的遗产》是关于作家王小波的回忆与评论文章的结集，断断续续写于1995至2022年。总成一书，表明一个受他深刻影响的写作者的记念。

《致你》是一本私人创作集，写于1996年到2021年。之所以用"私人"二字，是因为它们不成规模，自剖心迹，与其说是作品，不如说是一些写给知己的信，最能表明"业余写作"的性质。尤其诗歌，从未发表，完全是自我排遣的产物，以之示人，诚为冒险之举。写小说曾是我的人生理想，但至今畏手畏脚，留下一两个短篇在此，微微给自己提个醒儿。一些散文，是某种境况中的叹息；还有些散文，被写者已经作古，使我的心，如同一座墓园。《致你》是本书里写作最晚的文章，表明我如今的精神光景。近日搜百度，才知2016年已有一首同名流行歌。奈何我不能改。这里的"你"，来自马丁·布伯《我与你》之"你"，是永恒之"你"，充溢穹苍、超越万有之"你"。这是我写给"你"的信，此对话将一直延续在我未来的旅程中。

《戎夷之衣》是完成于2021年的话剧剧本，借《吕氏春秋》里的一个故事，叩问人心中的光与暗。戏剧创作是2009年以后我所致力的事。虽收获不多，至今完成的只有《大先生》《秦国喜剧》《精卫填海》《戎夷之衣》四部剧，且每一部的构思都极缓慢，上演亦很艰难，但写作过程却极喜乐——那种负重而舞的喜乐，是其他体裁的写作所无法给予的。何故？因戏剧是一种最有攻击性也最能凝聚爱的灵魂对话。这么说，不完全由于戏剧是对话体，更由于这种艺术天然地蕴含一种可能性，将一个时代最本质、最疼痛的问题，化作象征性形象之间直接的精神冲突，抛却末节而切中要害地，袭击并拥抱读者/观众的心。戏剧写作是我中年的礼物，使我得以"菜鸟"身份返归青春。这真是奇妙的事。

整理这套书稿，即是整理二十多年麦子与稗子拥挤共生的时光。由于自我的更新变化，从前的有些观点，如今亦已发生变化。但既然已经写下，已经发生，就仍抱着客观的态度，放在这里。

因此，这套小册绝非一个写作者的"成就"之总结，而仅仅是另一探索的萌芽与开始。此生或许只余剩"最后三分钟"，但仍可卸下惧怕，满怀盼望地写作，如此，才能彻底从噩梦中醒来，去就近光。

李静
2022年6月10日

目 录

I 《我害怕生活》总序

甲 辑

003 良心的交响乐
　　——关于契诃夫和他的戏剧

021 附:"哈姆雷特害怕做梦,我害怕生活"

025 内在世界的外在世界的内在世界
　　——关于彼得·汉德克的戏剧

034 附:正义是温暖流动的微粒

041 自由的美学,或对一种绝对的开放
　　——论剧场导演林兆华

071 悖谬世界的怪诞对话
　　——从过士行剧作看严肃文学共享性的扩展

乙 辑

121 他让我们久违地想起"重要的事物"
　　——论朱西甯的《铁浆》《旱魃》

131 "你是含苞欲放的哲学家"
　　——论木心

159 附:最后的情人已远行——木心先生祭

163　不驯的疆土
　　　　——论莫言

197　海明威的中国姊妹
　　　　——论王小妮的短篇小说

206　附：人心的风球挂起来了

213　科学的激情与诗歌的耐心
　　　　——论止庵的《受命》

227　附：《喜剧作家》是止庵的"《坟》"

233　保存与牺牲
　　　　——论林白

267　不冒险的旅程
　　　　——论王安忆的写作困境

307　未曾离家的怀乡人
　　　　——论贾平凹

丙　辑

327　道德焦虑下的反抗与救赎
　　　　——关于林贤治的知识分子研究

343　当此时代，批评何为？
　　　　——郭宏安的《从阅读到批评》及其他

357　首版后记

361　后记

363　《我害怕生活》总后记

戏剧本身即是一种多声部的文学体裁,
与其他文学种类相比,戏剧的对话性和公共性更强——
因为它直接面对聚拢在一起的活生生的公众。

甲
辑

良心的交响乐
关于契诃夫和他的戏剧

"我被您的戏揉皱了"

1898年,三十岁的高尔基给素不相识、大他八岁的契诃夫(1860—1904)写信倾诉衷肠:"前不久我看了《万尼亚舅舅》,哭了,哭得像个女人,尽管我远不是个有善德的人。回到家里,惘然若失,被您的戏揉皱了,给您写了封长信,但又撕掉了……我看着这些剧中人物,就感觉到好像有一把很钝的锯子在来回锯我。它的锯齿直达我的心窝,我心紧缩着,呻吟着……""在这里,现实主义提升到了激动人心的、深思熟虑的象征……别的戏剧不能把人从具体生活抽象到哲学概括，您的戏剧能做到这一点。"

2015年是契诃夫诞辰155周年，1至2月，李六乙导演、北京人艺演出了这部《万尼亚舅舅》。在戏的结尾，看着辛劳孤独的索尼娅祈祷般地劝慰心如死灰的万尼亚舅舅，我也忍不住像并不喜欢的高尔基那样哭了起来，为他曾那样写信给契诃夫而喜欢了那样的他，并深深感到，自己也被这部戏无可救药地"揉皱"了：

万尼亚舅舅，我们要活下去，我们要度过一连串漫长的夜晚；我们要耐心地承受命运给予我们的考验；无论是现在还是年老之后，我们都要不知疲倦地为别人劳作；而当我们的日子到了尽头，我们便平静地死去，我们会在另一个世界里说，我们悲伤过，我们哭泣过，我们曾经很痛苦，这样，上帝便会怜悯我们。舅舅，亲爱的舅舅，我们将会看到光明而美丽的生活，我们会很高兴，我们会怀着柔情与微笑回顾我们今天的不幸，我们要休息……我们要休息！我们将会听到天使的声音，我们将会看到镶着宝石的天空，我们会看到，所有这些人间的罪恶，所有我们的痛苦，都会淹没在充满全世界的慈爱之中，我们的生活会变得安宁、温柔，变得像轻吻一样的甜蜜……你不曾知道在自己的生活中有

过欢乐，但你等一等，万尼亚舅舅，你等一等……我们要休息……我们要休息！（童道明译）

很久以来，汉语读者对小说家契诃夫耳熟能详，对剧作家契诃夫则不甚了了。人们兴奋地谈论雷蒙德·卡佛、村上春树们对他的钟情，但此钟情似乎不包含他的戏剧。这个致命地影响了曹禺和焦菊隐戏剧观念的俄罗斯人，这位在"古希腊戏剧时代—莎士比亚戏剧时代—契诃夫戏剧时代"的西方戏剧史分期中，让戏剧真正步入现代时期的剧作家，这位至今依然被西方剧作家和电影作者不断咀嚼、师法和改编的戏剧巨人，焦菊隐早在1943年就如此介绍他："在他的天才成熟、世界观通彻的时候，他开始写剧本……小说是他通往创造之极峰的过程，只有他的戏剧是最高的成就。"但这不妨碍我们继续忽视他的剧作。理由是：我们缺少戏剧生活。

这种境况随着契诃夫的一个个纪念日在慢慢扭转。2004年契诃夫逝世100周年，中国国家话剧院举办了"永远的契诃夫"戏剧演出季，当时不少记者问"为啥要给一个小说家搞戏剧季"，等看完受邀的五部戏，这个问题就永远地消失了，一个共识取而代之：不但契诃夫的戏剧是"永远"的，连根据他的小说改编的戏剧也会是"永远"的。其中以色列戏剧家哈诺奇·列文根据契诃夫三短篇《希洛德的小提琴》《苦恼》和《在峡谷里》编剧、导演的《安魂曲》最令话剧迷痴狂——以本人为例，就去剧场看了三回，剧本读了十遍，肠断数节，夜不能寐。2014年契诃夫逝世110周年，上海译文出版社首次推出了译笔精良的《契诃夫戏剧全集》，第一批分四册出版：李健吾译的《契诃夫独幕剧集》、焦菊隐译的《伊凡诺夫·海鸥》和《万尼亚舅舅·三姊妹·樱桃园》，以及童道明译的《没有父亲的人·林妖》。2015年1至2月，除了先有《万尼亚舅舅》在首都剧场上演，后有童道明编剧、杨申导演、以契诃夫恋情为题材的《爱恋·契诃夫》在中国国家话剧院小剧场上演之外，商务印书馆还出版了童道明编、译、著的《可爱的契诃夫——契诃夫书信赏读》，恳挚精约地呈现契诃夫其人和他的戏剧生活。一时间，微信公众号上出现了大量的契诃夫台词、契诃夫评介、契诃夫演出剧评，其中一个标题深得我心，"我们欠契诃夫一句感谢"。

取道"中庸"的特立独行

安东·巴甫洛维奇·契诃夫的戏剧生涯远不像他写小说那么顺利。这位二十八岁获得普希金奖的小说家，十七八岁就写出了首部无标题四幕剧，遭到大哥严厉痛贬，使他将其雪藏终生——不知何时誊抄的手稿于1923年在他妹妹玛丽雅·契诃娃的银行保险柜里被发现，编辑将其定名为《没有父亲的人》，作为遗作发表。人们认为此剧的誊抄工作可能断续若干年，已非当初他的大哥亚历山大·契诃夫所见的面貌，其长度相当于一部长篇小说，全部演出下来，不含幕间休息需要八个多小时，惊人地深刻、成熟、勇往直前，是他后来所有剧作的"发源地和出海口"；20世纪下半叶，该剧以《普拉东诺夫》之名热演于欧洲各大剧院。1887年，他的第二部剧作《伊凡诺夫》（契诃夫称其为"戏剧处女作"）在莫斯科首演，获得了小小成功，影响平平。1896年，《海鸥》在彼得堡首演，遭遇惨败，给他烙下终生难愈的耻辱创伤："剧场里呼吸着侮蔑，空气受着恨的压榨。而我呢，遵着物理学定律，就像炸弹似的飞离了彼得堡"，"即或我活到七百岁，也永远不再写戏，永远不再叫这些戏上演了"（契诃夫致聂米罗维奇-丹钦科的信）。1898年，《海鸥》由斯坦尼斯拉夫斯基和聂米罗维奇-丹钦科以全新的美学执导，新成立的莫斯科艺术剧院首演，获得巨大成功，自此契诃夫的剧作才大放异彩。但直到生命的最后一年，写最后的剧本《樱桃园》时，他仍感到："写剧本真是一件过于庞大的工作，它使我恐惧，我简直无能为力。"（契诃夫1903年10月致妻子、莫斯科艺术剧院女演员奥尔加·克尼碧尔的信）

如此痛苦，为什么还要写戏呢？法国作家亨利·特罗亚的分析很有道理："戏剧艺术使他能和公众保持直接的，几乎是血肉的联系。他认为戏剧创作是一种力的较量,一方是隐藏在人物后面的作者,另一方是观众……这是一场争取人们心灵的搏斗,思想的共鸣将充满整个大厅,这比小说家孤独地关在书房里所能体会到的难以捉摸的快乐更加令人心醉。"

但是这场"争取人们心灵的搏斗"因契诃夫剧作难以捕捉的标新立异,"共鸣"得异常漫长和艰难。以托尔斯泰为例,这位文学巨匠无保留地称赞写小说的契诃夫是"用散文写作的普希金",但始终对他的戏剧不以为然:"莎士比亚的戏写得够糟了,你的戏比他的还要糟。"(关于托翁恶评莎士比亚和贝多芬,柴可夫斯基是这样看的:"他在滥用一个伟人的权力。")"你笔下的那些主人公,你想把他们带到何处去呢?他们躺在沙发上,呆在堆放杂物的房间里,这样来来去去。"托翁的批评具有代表性,也传神地概括了契诃夫剧作的基本样貌——静态内向的非戏剧化戏剧。在惯用外部冲突构造戏剧性的19世纪戏剧人看来,契诃夫属于不会写戏、不知所云、不讲趣味的剧作家。直到20世纪60年代,他才被追认为现代派戏剧的源头,其最著名的继承人是萨缪尔·贝克特和哈罗德·品特。

契诃夫剧作的认知过程之所以如此漫长,乃因为它们是些穿着改良旧衣的特立独行者,不似奇装异服的现代主义作品那样易于辨识。契诃夫本人就是所有意义上的改良主义者而非革命者——从政治态度、精神信仰到艺术实践。

政治上,契诃夫处于保守主义和激进主义的中间地带,认为救国之路在于让沙皇政权缓慢地变为开明的自由主义。他既不赞成沙俄政府的暴力统治和言论管控(一个著名的例子是:1902年,为了声援被剥夺科学院荣誉院士称号的高尔基,他主动辞去了自己的科学院荣誉院士称号),又不赞成高尔基彻底颠覆社会秩序的无产阶级革命主张(他致信高尔基谈论俄罗斯民族性:"他们的心理状态像狗一样,如果你打它,它就哀嚎乞怜,钻进狗窝,如果你亲它,它就躺在地上,四脚朝天,摇尾献媚",这样的人群需要在既有秩序内接受长期的理性训练,否则只会拥戴新的暴君),尤其反对平民革命逻辑所隐含的"向下拉齐"的文化观念("应该做的不是把果戈理下降到平民的水平,而是要把平民朝果戈理的水平提高"),更反对革命者为达目的不择手段的斗争哲学("如果我们的社会主义者当真要利用霍乱来达到自己的目的,那我就要鄙视他们。用恶劣的手段达到美好的目的,这会使目的本身也成为恶劣的……如果我是一个政治家,我绝不敢为了未来而羞辱今天")。他不参与政治论战和表态,只相信觉醒之个人的身体力行对公共社会的日益改善,即使被骂"冷血""淡漠",也从不拿自己的善行去自我辩解和训诫他人。这位以写作生存养家的作家—医生,"从未有过一件价格超过五十卢布的冬大衣",却亲自出资、筹款并设计建造了三所学校,终生免费医治病人(他积累的病历卡显示:他平均每年医治一千多病人,并免费发放药物),搭建霍乱病房,独自穿越西伯利亚去萨哈林岛考察流放犯的生存状况,登记了一万张犯人卡片,给他们成批募捐书籍,根据调查结果写成的《萨哈林岛》一书促使当局改善流放犯的生活条件,给故乡塔甘罗格图书馆捐书,帮助建立雅尔塔肺病疗养院……"一切都做得十分委婉,带着一种淡淡的幽默和怜悯……在我们面前的是一种新人的模型……安东·契诃夫只有一个。"(约翰·普利斯特列)。

关于信仰,契诃夫在福音书和科学之间采取了绝非折衷的理性态度,此态度最典型地体现在他与托尔斯泰的关系上。他敬爱托翁,钦佩他的小说艺术、道德魅力和强大无私的公益救助能力,但对他攻击科学、蔑视艺术、赞美农民的贫穷和蒙昧的福音主义绝不苟同。"理性和正义告诉我,电和蒸汽机比贞洁和拒绝肉食更能体现人类的爱。"(1894年契诃夫致苏沃林的信)医科出身使他深知科学思维和尊重事实对一个作家的重要性,同时,他也并不神化科学和否定上帝:"现代文明不过是为了远大前途而进行奋斗的开端,而这种奋斗或许要持续几万年,其目的是为了在遥远的将来,人类能学会了解真正的上帝的现实性,即不要到陀思妥耶夫斯基的书本中去猜想,去寻觅,而要像二加二等于四那样明确地了解这种现实性。"(1902年契诃夫致谢尔盖·佳吉列夫的信）"在'上帝存在'与'上帝不存在'之间有着广袤的空间，真诚的智者在其间艰难跋涉。俄国人只知其一端，因为他们对两极之间的事物是不感兴趣的。"（《札记》）

一个如此取道"中庸"的特立独行者，他的戏剧艺术也处在现实主义与现代主义之间——时空、人物和事件沿着自然主义逻辑缓慢展开，但是，作为传统剧作法之核心的关键情节和有效对话却被省略，而事件的余波和人物之间隔膜荒诞、互不理解的独白式对话，则成为重中之重。这是流淌着现代主义孤独血液的现实主义，是对话的戏剧与独白的诗歌的中间形态。它们交织着抒情与反讽、希望与绝望，既是一个时代的社会意识和俄罗斯民族根性的隐喻，又是弃绝当下、弃绝交流的永恒孤独的象征。如同封闭之前最后的敞开，分裂之前最后的聚合，抽象之前最后的具体，巨响之前最后的安谧——契诃夫戏剧，是一种"临界点"的艺术。

揭示人类灵魂的惰力

这种"临界点"不是一个个孤立静止的点，而是趋向行动和改变的点，这是契诃夫作为现代派戏剧的源始者，迥异其后辈之处。与贝克特、尤奈斯库、品特们"非理性、分裂化和经常绝望的世界观"（阿伦·布洛克语）相反，契诃夫只把"非理性、分裂化和经常绝望"当作观照对象，而不当作"世界观"。

他的戏剧主人公固然都是些灰心愁闷的人（《没有父亲的人》里的普拉东诺夫，《伊凡诺夫》里的伊凡诺夫），默默忍从的人（《万尼亚舅舅》里的索尼娅），无尽等待的人（《三姊妹》里的三姊妹和哥哥安德烈），脆弱易碎的人（《海鸥》里的青年作家特利波列夫），徒然梦醒而因循依旧的人（《万尼亚舅舅》里的万尼亚），空谈工作而幻想未来的人（《三姊妹》里的屠森巴赫），穷途末路依然挥霍善感的人（《樱桃园》里的柳鲍芙），说出真理而无力实现的人（《樱桃园》里的特罗费莫夫）……但这不表明他认为世界"只能如此"或"会如此"，而只表明世界"现在是如此"。这些人物的特质如用一句话概括，那就是《伊凡诺夫》里主人公的夫子自道——"我的灵魂被一种惰力给麻痹了"。"灵魂的惰力"是契诃夫对俄罗斯精神病态的总体诊断，正如同是医科出身的鲁迅用"奴性"一词给中国人的精神病态做出了总体诊断一样。契诃夫以医生的精确冷静，来呈现"惰力"的细微症候；又以诗人的哀感热忱，将此症候置入销魂蚀骨的诗意氛围中。于是，观众一边沉溺于诗意的引诱，对这"灵魂惰力"的感染者充满同情的理解；一边畏惧那病症的深重和生命的无望，想要起而改变。或者毋宁说，这是契诃夫期待于他的观众的："当我们把人们的本来面目展现在他们自己面前的时候，他们是会变好的。"这种信念，使他与他的现代主义后辈判然两分——后者将人类的绝望处境形而上化，并认为这种绝望是不可改变的唯一现实。

这种对于"人类灵魂惰力"之揭示，在契诃夫的戏剧探索中贯穿始终。在早期剧作《没有父亲的人》和《伊凡诺夫》中，契诃夫致力于刻画"多余人"式的灰心愁闷者，那些没落贵族出身的知识分子。普拉东诺夫（《没有父亲的人》的主人公）和伊凡诺夫有着相似的轨迹：大学毕业后，由着良知的驱使，担负起过多过重的社会责任，因环境的吞噬而迅速失败；于是厌倦，疲惫，孤独，面对生活的实际问题无能为力，又为自己的冷漠和他人的受苦而负疚；受到女人的爱怜，但爱情不能拯救他，反使他沦为有毒的唐璜角色；只有死亡能了结他自己和他予人的痛苦——前者死于女人的枪下，后者开枪自杀。在这两部剧作中，契诃夫有意识地突出主人公典型的俄罗斯特征——炽热，舍己，直率，伤怀，易冲动，易负疚，易厌倦，易毁灭。这是一种不受理性控制、无力自我认知和自我完善，却极有审美魅力的灵魂痼疾，契诃夫以超善恶的态度刻画了它，无法获得当时戏剧界的理解。

经过喜剧《林妖》的过渡之后，契诃夫写出了四部不朽剧作：两部正剧——《万尼亚舅舅》和《三姊妹》；两部喜剧——《海鸥》和《樱桃园》。

《万尼亚舅舅》中,在万尼亚认清他的半生奉献毫无意义、试图开枪射杀他的攫取者——庸碌的教授妹夫而不成之后,他选择了回到从前的生活,继续给这位妹夫提供给养,索尼娅继续虔诚而无望地操劳,母亲继续崇拜这位平庸的姑爷,庄园又继续了生活的原样——一个循环闭合的结构,微妙地象征了激情澎湃而又因循怠惰的俄罗斯性格。

《三姊妹》则相反:戏剧开头的一切——庄园主安德烈的教授梦想,三姊妹的青春年华,他们共同的"回到莫斯科去"的夙愿,伊里娜想要摆脱娇小姐的空虚而去工作的冲动,屠森巴赫对她的爱情和关于工作与奉献的真理,军官们对三姊妹的依恋……到了结尾皆为泡影——安德烈娶了庸俗的妻子并受控于她,赌光了兄妹四人的家产,他们再也没钱回到莫斯科去;三姊妹青春不再,伊里娜厌倦她无意义的工作;屠森巴赫依然空谈工作的理想,却怀着未得呼应的爱情死于决斗;军官们也永远离开了三姊妹的城市……这是一个关于人与其愿望相分离的故事,也是关于人受制于天性和环境的惯性而无法新生的故事。在昏昏欲睡、静如止水的氛围中,绝望的生命悲剧习焉不察地轰然发生。

《海鸥》和《樱桃园》为何被契诃夫标注为"四幕喜剧",至今困扰着全世界的戏剧人,也给了戏剧人阐释其"喜剧性"的无限空间。虽然两部戏的喜剧元素非常醒目——《海鸥》里咨啬自恋的女明星阿尔卡基娜,《樱桃园》里娇小姐和贵少爷做派的仆人杜尼雅莎与雅莎,都是活宝,但故事主体却非常悲伤。在《海鸥》中,忧郁而热衷于形式探索的青年作家特利波列夫开枪自杀了;他热恋的妮娜被名作家特里果林始爱终弃,创伤累累;玛莎默默扼杀自己对特利波列夫的爱情,嫁给畏缩自卑的小学教员郁郁终生。在《樱桃园》中,没落的女贵族柳鲍芙最终失去了满载记忆的樱桃园,它将在农奴出身的富商罗巴辛手里变成一片实用的别墅区;贵族们黯然离开,忠诚的老仆费尔斯被遗忘在旧居中默默死去;剧终响彻樱桃树的砍伐之声,一个交织着优雅与罪孽的贵族时代结束了。

这两部感伤抒情的、死了人的戏——且死去的不是"反面人物",而是令人同情的角色——能被称作喜剧吗?

这里触碰到契诃夫喜剧的双重性。一重是古典的喜剧性,即喜剧作为"春天的神话",是一个扬弃旧物、走向新生的象征性历程——《海鸥》里的妮娜历尽折磨之后,成为一名懂得背负十字架的真正演员;《樱桃园》里的贵族安妮雅和她的母亲柳鲍芙挥别负载祖先罪孽的樱桃园,走向了"新生活"。另一重是现代的喜剧性,即,主人公扭曲的微笑融入了荒诞、孤独、隔膜、断裂的生命体验——自说自话的对白、浓郁节制的伤感和怪诞偶然的死亡，与剧中隐含的形而上对话者（"宇宙的灵魂""上帝"或"人类的未来"）之间，形成一种冰冷、悬殊、无动于衷的对比关系；这种有限与无限、偶然与必然之间的对比和挣扎，这种无法胜利的挣扎所透露出来的滑稽与哀婉，正是契诃夫喜剧中最具现代性的成分。契诃夫喜剧，是一种残酷喜剧。

契诃夫的七部四幕剧为帝俄时代最后的黄昏存照，并显示出他先知般的洞察力：它们一再讲述俄罗斯的旧精英阶层如何在祖先幽灵血腥罪孽的阴影中（《樱桃园》里特罗费莫夫有段著名的台词："安妮雅，你的祖父，你的曾祖父和所有你的前辈祖先，都是封建地主，都是农奴所有者，都占有过活的灵魂。那些不幸的人类灵魂，都从园子里的每一棵樱桃树、每一片叶子和每一个树干的背后向你望着……啊，这够多么可怕呀。"），在世代相传的养尊处优所形成的天真无能中，在良心的煎熬和乌托邦的狂想中，任凭生命沉沦、因循、枯萎、消逝而无力自拔；这种病入膏肓的灵魂惰力所凝成的不祥乌云，预示着天倾地覆的雷暴。

契诃夫貌似不知道柳鲍芙和安妮雅们离开樱桃园之后，将开始怎样的"新生活"。他让她们发出了欢快的呼喊。但是，他那不愿明言的悲剧预感，已借由砍伐樱桃树的粗鲁之声痛楚地说出：若干年后，柳鲍芙和安妮雅们的"新生活"，就是那躺倒的樱桃树。就是流亡、监禁和枪毙。就是尸横遍野的古拉格。

戏剧的交响曲

如要形容契诃夫剧作的创造性，那么可以说：他是用作曲——作交响曲——的方法写戏。不同功能的人物组成各自的"器乐组"——主要角色组，"反面角色"组，喜剧角色组，荒诞角色组……人物间的对白与沉默，并不用以营造传统戏剧所需的事件性张力，而是建立起另一种关系——类似交响乐队中，不同器乐组在节奏、力度和调性等各方面进行的对比、展开和收束。这种内向的台词和微弱的动作交织而成的意义织体，不引诱观众追逐故事与结局，而是施展诗意的魔法，让他们悬浮于人物的瞬间体验中，纵身其精神命运的旋涡中，最终，以纤毫毕现的写实形象，达到强烈有力的哲学象征。由此，契诃夫戏剧逃脱了多数现代派戏剧因过于直白抽象的形式主义，而早早透支其生命力的宿命。

如何以细枝末节的写实达到哲学性的象征？首要步骤是人物设置。契诃夫的戏剧人物是依主题需要而设的，每个人物承担主题呈现的不同功能。大体而言，有以下几类：

主要人物——契诃夫戏剧往往没有第一主人公，而是好几位主角，无论男女，他们都是知识分子式的没落庄园主，有着复杂微妙的心灵褶皱，无可救药地感染了灵魂的病菌并与之疲惫地战斗，他们是俄罗斯精神状态的标本。

反面人物——不是道德恶人，相反，往往是道德高调的口号热爱者（比如《伊凡诺夫》里的里沃夫医生），以及因外皮过厚、神经粗糙而与灵魂病菌绝缘的人（如《三姊妹》里精于算计、控制欲强的娜塔莎，《万尼亚舅舅》里学问平庸、浪得虚名的谢列勃里雅科夫教授）。

使徒式人物——筚路蓝缕的孤独苦干者，但绝非圣人，很可能会冒出恶意，放浪形骸的（比如《万尼亚舅舅》中的阿斯特洛夫医生）。

喜感人物、尴尬人物和荒诞人物——这是契诃夫戏剧交响乐队中的色彩乐器组，戏份不多，画龙点睛，是荒诞味、现代性的修辞来源，也是他那主题沉重、节奏平缓的剧作至关重要的调味品。喜感人物负责创造轻松嬉笑的气氛（如《樱桃园》里的仆人杜尼雅莎和雅莎）；尴尬人物外化并调侃人自感卑微的不自由状态（如《海鸥》中的小学教师麦德维坚科）；荒诞人物神秘怪异而又意味深长（如《樱桃园》里的不知自己来历的德裔家庭女教师夏洛蒂，《三姊妹》里耳聋的老人费拉朋特）……

这些人物既有自己的日常轨迹，又承担精神性的象征功能。他们总是处于"几乎无事"的状态，其对话是佯装的，每个人接过别人的话茬，只为说出和表现自己；但其实并没有人关心他／她这个"自己",说着说着,就成为无人应答也不指望被倾听的独白。这种表现隔膜和孤独的独白式对话手法,一直为后世的剧作家所用。

而剧中人的"几乎无事"也是剧作家营造的假象——所有决定主人公命运的事件、所有事件的高潮部分,都发生在幕后,它们或被省略,或在台词中轻轻带过,位于戏剧主体的,是事件发生之前和之后主人公的精神状态。这种"省略"之法,也为后来的现代小说和戏剧做出了典范。

有人说契诃夫的戏剧有着散文式的随意,其实"随意"亦是伪装——一切都经过精密的设计。当人物的结局突然来临,敏感的观众才意识到其开头早有暗示,只是在一句台词或一个动作中一闪而过罢了。比如,在《三姊妹》第一幕,脾气拧巴的索列尼对屠森巴赫说:"说不定两三年后……我发起火来,就给你脑袋里装进颗子弹去呢,我的天使。"在第四幕结尾,屠森巴赫果然与索列尼决斗,死于后者的枪下。

但是所有的技巧,都埋藏在契诃夫的诗意之中,以至于像是没有技巧。人物沉浸在精心设计的抒情逻辑中,说着貌似毫无意义、实则别有深意的台词。我永远无法忘怀屠森巴赫在启程决斗之前,对他心爱的伊里娜的告别语:"我快乐。就仿佛,这些松树,这些槭树和这些桦树,是我头一次才看见似的……这些树木多么美丽啊,住在它们的阴凉下边，生活又真该是多么美丽呀！我得走了，时候到了……你看，这棵树，已经死了，可是它还和别的树一样在风里摇摆。所以我觉得，如果我要是死了，我还是会参加到生活中来的，无论是采取怎样的一个方式。再见了，我的亲爱的……"

啊，再见了，我亲爱的契诃夫。你的确一直参加在我们的生活中，以你不朽的方式。

2015年4月26日完稿

附

"哈姆雷特害怕做梦，我害怕生活"

契诃夫的第一部四幕长剧《没有父亲的人》（初作于1878年前后），瞄准了这样一个对象：

普拉东诺夫是位贵族出身的中学教师，一个受到民粹主义影响而"走向民间"的心灰意冷的二十七岁青年。他是美丽聪慧的将军遗孀安娜·沃依尼采娃的座上宾。安娜的庄园客厅里坐着一些高谈阔论的左邻右舍，看起来像是她亲密的朋友，其实都是债主。地主老格拉戈列耶夫对普拉东诺夫的谈论可算点题："普拉东诺夫是现代不确定性的最好体现者……他是一部很好的但还没有写出来的现代小说的主人公……我理解的不确定性，就是我们社会的现代形态……非常糟糕的小说，冗长，琐碎……也不智慧！一切都是那样的混沌，混乱……"与此相呼应，此剧长度的确等于一部长篇小说，不含幕间休息的完整演出需要八个多小时，人物意识和行动捉摸不定，可谓"混沌、混乱"世界的戏剧外化。

安娜和普拉东诺夫是此剧的两个核心人物,如同一个椭圆的两个焦点——都是良知敏锐、灵魂诗意的人,精神上相互爱慕着,但各自濒临绝境而彼此无法援手。因为亡夫留下的债务,安娜的庄园和矿山随时可能被侵吞,老格拉戈列耶夫做出帮她摆脱债务的姿态,实欲以娶她为妻来交换;普拉东诺夫在平庸无聊、物质至上的外省环境中,完全无法作为,唯有用言语冲撞那些诗之敌人,来发泄自己过剩的正义感和精神性。剧作没有勾勒他从热血喷涌到灰心愁闷的变化过程,而只是呈现他"灰心的状态"——时而负疚痛悔、良知发作,时而萎靡背德、自毁毁人。他清醒地自责:"罪恶在我的周围游荡,它玷污了大地,它吞噬着我精神上的兄弟,而我在一边袖手旁观,像是从事了一项繁重的劳动之后,坐着,看着,沉默着……"他沉痛地自问:"我们为什么不能像我们所应该的那样生活?!"他无情地自省:"不受贿,不偷窃,不打妻子,思想纯真,但……是个坏蛋!可爱的坏蛋!不一般的坏蛋!"他有力思考而无力行动("哈姆雷特害怕做梦,我害怕生活。"),于是他那过剩的能量在痛切自省之后,瞬间就转化为唐璜式的放浪形骸。女人们都爱他,他却挨个毁掉她们,作为自己沉沦的祭品。最后,他终于被其中一个忍无可忍的"祭品"——索菲亚——枪杀,死在爱他的安娜的怀抱中。安娜和周遭人等的境遇依然没有改变。

契诃夫的这部秘密处女作袒露了他最关切的主题——一颗高贵的精神种子，如何在贫乏庸俗的反精神土壤里变成自我溃烂的毒瘤。

这是一部人与环境、人与自我相冲突的现代悲剧，而非表现"人与人的外在冲突"的传统戏剧。剧作一出手就背离了经典的剧作法则，而运用了契诃夫独有的构造方式，他此后所有剧作，都是对此方式的完善和光大：不设计针锋相对的对峙人物，不设置剑拔弩张的外在矛盾，没有善与恶、真与伪、上帝与魔鬼、自由与奴役之类判然两分的道德选择（一如易卜生的张力模式），悲剧的根源也不再能归于具体的他者；但所有人物也绝非如中国人惯于想象的那种模糊扁平、无是无非的角色，而是相反——每个人都有着复杂的人性光谱和强烈的情感，各自生活在自己的正义之中。主人公普拉东诺夫的敌人并非显性的罪恶势力——他们之所以被他视为敌人，乃因为他们是诗意世界的蔑视者，自身财富心安理得的食利人，对苦难人间毫不负责毫无能力的废物，对蒙昧大众残酷无情不讲规则的流氓无产者式的强盗……这些人跟他是熟人，像朋友，相互之间说笑逗趣，但他们的冲突却隐含在忽然话不投机的对白里，如同潜流一般，显示出这是两种不会引发任何外部动作，但会引起灵魂战争的微妙的价值冲突：

小维格罗维奇：有诗人，很好，没有诗人，更好！诗人作为一个情绪化的人，大多数是寄生虫，个人主义者……歌德，尽管是个诗人，但他难道给过德国的穷人一块面包？

普拉东诺夫：老调子！年轻人！够了！歌德没有从德国的穷人那里拿过一块面包！这是重要的……

契诃夫以全息的手法结构剧作，将主人公的自我斗争和软弱倦怠，与周遭环境的平庸窒息和无意义感，同时呈现出来。但是他避免因主题的重大而形成响鼓重锤的音色，相反，他云淡风轻。普拉东诺夫死前最后一句话是谐谑的，他指着送信人马尔科，叮嘱朋友替自己兑现承诺："给他三个卢布！"将沉重之物化作轻逸，是契诃夫从始至终坚持的手法。

2015年3月

内在世界的外在世界的内在世界
关于彼得·汉德克的戏剧

没有一个梦

能够让我看到

比我所经历的事还要陌生的事

也没有什么草

是为了打破宁静而生长

——彼得·汉德克《不理性的人终将消亡》

中的布鲁斯歌词

戏剧到了彼得·汉德克的手里,已纯然发育为诗。这不是歌德《浮士德》、拜伦《曼弗雷德》意义上的分行叙事剧诗，而是不分行不叙事的反抒情诗。诗的思维逻辑。诗的意象方式。尤其是，诗的语言。每个人物的台词都悬浮，自在，含混，独语，拒绝有效的交流，不指向情节和结局。每部剧作都会在反复的阅读中，让意义的不确定性成倍增殖。由于"人"的悲观境遇，当代欧洲戏剧持续着一种"无言之言"的诗之冲动，彼得·汉德克是这一趋势中的最杰出者。正如2014年"国际易卜生奖"致彼得·汉德克的授奖辞所言："如果说易卜生是尚未结束的资产阶级时代的剧作家典范，那么彼得·汉德克无疑是戏剧领域最著名的史诗诗人。"以"史诗"形容他的作品，诚为解语。只是该词之于这位剧作家，溢出了布莱希特"史诗剧"之"史诗"所指代的"叙事性"。汉德克的剧作是有着诗之韵律的超现实之梦，它们整体性地隐喻了破碎悸动的当代世界——正是由于剧作与宏观历史的隐喻关系，它们可被视为"史诗"。

1966年，彼得·汉德克二十四岁，处女作"说话剧"《骂观众》首演（该剧连同《自我控诉》和《卡斯帕》一起结集为《骂观众》，于2013年在中国翻译出版）。这部叛逆之作令他一举成名：没有角色，只有演员；没有布景，只有空的舞台和打着灯光的观众席；没有故事，只有演员向观众直接喷射冒犯之语。他曾自述："组成'说话剧'的语句所呈示的不是世界的形象，而是有关世界的观念。"与之相比，新近在中国翻译出版的剧作集《形同陌路的时刻》[收入两部话剧《不理性的人终将消亡》（1973）、《筹划生命的永恒》（1997）和一部默剧《形同陌路的时刻》（1992）]，已算是"回归传统"之作。它们所呈示的既有"世界的形象"，又有"关于世界的观念"——剧中人物是社会意识和幽暗人性的人格化，却绝非"有血有肉"的写实形象；戏剧情节是当代历史进程的寓言和预言，却并非观念的图解。它们是扭曲的梦境，不祥的启示录，显示剧作家整体性、内在化地观照和呈现世界的能力。对惯于就事论事、以外在世界为检验艺术的唯一标准、以舞台上的"一片生活"为最高追求的中国戏剧人来说，这种整体性和内在化的精神能力，是一种陌生而匮缺的艺术钙质。

如何达到整体性和内在化？或可用彼得·汉德克的一部诗集名来概括，"内在世界的外在世界的内在世界"。不错，汉德克是在呈现他置身其中的"外在世界"，但这充满不确定性的"外在世界"乃是一个摆脱了客观法则、被他的主观精神和"内在世界"所重构的现实；对于这重构的现实中的每个角色，他则致力于表现他们精神内面的世界。这种双重的内在化，赋予他的舞台形象以不遵从客观逻辑的自由。

在这种自由中，汉德克的剧作放弃了连贯完整的故事、性格立体的人物、确定凝固的场景和强烈外在的戏剧冲突。他的戏剧人物和空间，依高度抽象的主题需要而设——每部剧都是一个完整社会结构的灾变性的缩微景观,每个人物都有着高度含混而分裂的自我意识。汉德克的主题发展和戏剧形式,在这部横跨二十多年历程的剧作集中,可见一斑。

出版于1973年的剧作《不理性的人终将消亡》,表层是一场"商战悲剧":资本家赫尔曼·奎特与他的企业主朋友们,为阻止自由竞争带来的利润受损,订立价格和产品的卡特尔;卡特尔挤垮了小企业而独大,奎特却违背游戏规则,使他的合作伙伴全部破产;他的廉价劣质商品掌控并恶化了人们的生存,在这了无生趣的恶之胜利中,奎特撞向了岩石;剧终,水果箱滚落,里面群蛇舞动——现代的毁灭场景,与人类古老的原罪意象相呼应。由此,"商战悲剧"转化为资本主义世界的《卡利古拉》悲剧。

可以看到,汉德克笔下的资本寡头奎特与加缪笔下的古罗马暴君卡利古拉一样,自我意识复杂而分裂,只是这位主人公不再拥有经典形态的悲剧故事。一方面,他是诗之敌人,有着强悍冷血的行动理性,以使用廉价劳动力、破坏游戏规则而成为最大赢家,以他的廉价商品帝国,把世界变成以"日常性"为"唯一性"的永恒垃圾场;另一方面,他的诗意理性异常发达,随时诗神附体般喋喋于转瞬即逝的微妙感受和破碎记忆。这种诗意起初被他用作卖弄和暗示的工具:"那些像诗句一样的话语,对我们而言是历史的一种形式,也是一种交流方式。难以想象,没有诗歌,我们将如何做生意?"最终那残存的诗性反噬了他自己:"我听到了一种声音……是电影名字、大字标题、广告口号。'雨点敲打着窗户',这声音时常在我的脑海里回荡,可是在我和别人拥抱的时候被另一个声音打断:'你猜,谁要来吃饭?'或者'这里不让吸烟……'我敢肯定,今后我们这些狂人只能听到这些声音,再也听不到高度文明的超我之声:'好好认识你自己'或者'你要尊敬父母……'一批妖魔鬼怪刚被解除魔法,另一批就已经站在窗前打嗝儿了。"他知道,唯有诗可不朽。而事实是:他营造的日常垃圾场取代诗而占有了永恒。于是他忍无可忍,只有自杀。奎特既是一位撒旦—诗人—资本家,又是抽象的"资本理性"的人格化。以"理念"本身为主人公,源自中世纪的道德剧传统——那些以"死亡""明辨""知识""忏悔""善行""财富"等为主人公的说教性戏剧,经过20世纪现代主义美学的发酵,潜入当代戏剧的营养谱系中。

因此可以说,《不理性的人终将消亡》不只是一部"批判资本异化"的作品,更是一部表现人性之恶在资本条件下,将产生何种精神后果的幻想剧。布莱希特抵达了制度批判,彼得·汉德克则审视恒常的人性恶及其结痂——这种恶,即是有限速朽之"我"妄图占有和统治永恒的那种古老贪欲。人类徒然探索着幸福之路,却总被这贪欲所支配的各种魔鬼带入歧途。先是专制、神权的魔鬼，后是资本扩张导致的"超越性精神"丧失的魔鬼。有形、暂时的制度之恶可以死去，无形、永恒的人性之恶却无法消除。

彼得·汉德克的这种审视世界的目光，始终带着诗性和哲学性的惊讶。而惊讶导致艺术表达的陌生化。再也没有比默剧《形同陌路的时刻》更能汪洋恣肆地表达剧作家感到的惊讶了。这是一部由形体和舞台写就的无字长诗，取消了传统默剧对生活情境和事件的形体模仿。街头常见的各色人等，与《圣经》、神话和经典文学中的主人公在舞台上并存，衍生出连绵不绝的意义波纹。舞台人物的神情、动作、停顿、象征性道具和形体关系构成的隐喻，形成了戏剧张力与推动力。此剧在说什么呢？孤独，疏离，形形色色的形同陌路，对人类之爱的犹疑召唤……"有时每个人都恨每个人。所有的人都被追逐，也包括那些追逐者。人与人形同陌路，但同时又对此毫不惊奇。每个人都自成一派，不计其数。"在话剧《筹划生命的永恒》中，女叙述者的言语或可为此剧作注。毋宁说，这是汉德克贯穿一生的主题之一。

"占据永恒"的主题，则在《筹划生命的永恒》中得到了更复杂的发展。这部时空虚置的"国王剧"，是一首无法穷尽其意义能量的伟大长诗，一部弱小民族的精神史寓言，从中可看到剧作家私人经验的影子。

汉德克有深厚的"南斯拉夫情结"。他的母亲是斯洛文尼亚族人，出身寒苦，经历坎坷，1971年在他二十九岁时抑郁自杀；他的两位未曾谋面的舅舅在德国纳粹入侵斯洛文尼亚时是游击队员，被捕后被强行送往苏联战场，为希特勒送了命；大舅曾在南斯拉夫的马里博尔（现为斯洛文尼亚的城市）学习农学。汉德克多次到塞尔维亚旅行，得自亲见亲闻的政治倾向，令他1990年代以来颇遭诟病：他同情溃散的南斯拉夫，将塞尔维亚也归入巴尔干战争的受害一方。2006年，他参加了米洛舍维奇的凄凉葬礼，是一枚不折不扣的"抚哭叛徒的吊客"——鲁迅会喜欢他的，但媒体反应激烈，他的一些剧作演出被取消，杜塞尔多夫市则拒绝支付授予他的海涅文学奖奖金。2015年2月3日，总部设在海牙的联合国国际法院裁定，塞尔维亚在20世纪90年代初期的巴尔干战争中未对克罗地亚犯下种族屠杀罪行。

这是后话。汉德克的私人经验和政治态度，已融入到1997年的《筹划生命的永恒》中。两位舅舅的身影时隐时现，化作剧中人象征性的家族背景；科索沃的民族对立和纷飞战火，似已成为"飞地王国"的原型及其精神史的线索。但剧作就是剧作，它总要从现实的原型起跳，而抵达理念的原型，并将其人格化、戏剧化和诗化。

《筹划生命的永恒》是一部史诗剧，共十三节，时间跨度几十年，结构呈对称的U字形。人物依主题演绎所需的观念部件而设。比如，我们可以认为："外祖父"是飞地民族复仇意愿的人格化；两个女儿是飞地民族屈辱磨难的人格化，其中"姐姐"是"恨"，"妹妹"是"爱"；姐姐强悍阴郁的儿子"巴勃罗·维加"是权力意志（权力是恨之子）；妹妹的儿子"菲利普·维加"是诗性意志（诗是爱之子）；"人民"就是人民，在剧中只有一个；"白痴"是飞地人古老的乌托邦梦想；"年轻貌美的漫游叙述者"是飞地人新兴的民族主义意识形态，她与巴勃罗结婚——权力统治与意识形态岂非地造的一双么；"女难民"是苦难与失败，她与菲利普结婚——诗与苦难失败岂非天生的一对儿；"空间排挤帮"是世界强权，其中的"首领"与巴勃罗极其相似。

这些人物在不变的地点——"飞地"，出场，行动，建立关系。可以看到，剧作表层是关于一个民族英雄在抵抗和复仇的过程中，逐渐变质，走向极端主义和威权统治的故事。对主人公巴勃罗而言，权力的本质，便是一个血肉之躯想要成为神，想要战胜死亡、为时间重新立法，从而占有"永恒"的那种疯狂欲望。剧作语言是如此晦涩而诗性，完全略去任何外在的事件性过程，而是直接、跳跃、反讽而繁复地展露每个人物的形上世界，伴随着冷冽而间歇性的幽默感。人物独白动辄几页长，完全以现代诗的语言方式进行："春天的第一只蜜蜂掉入山湖中。它的翅膀在阳光下旋转，四处平静的湖面上唯一的运动……

我母亲冻红的双手。外祖父复活节之夜的披风。正在融化的草原溪流。垂死的蛇在十一月的星空下爬行。夏天满月时乡村池塘里蝙蝠的倒影。沙丘坟墓里和冻原石堆下母亲的兄弟被撕烂的身体……故乡该死的绿色。"这是菲利普念他记录的"历史"。

忍不住将汉德克与契诃夫做一比较。同为反情节反戏剧性的剧作家，他们却在戏剧的两端相向而行。契诃夫作为现代戏剧的始祖和俄罗斯戏剧的翘楚，是感性的，太感性的，他将人类生活和心灵的毛细血管呈现在舞台上，最终达到整体性的象征。汉德克作为当代德语戏剧的代表性作家，则是理念的，太理念的，以理念本身为主题和主人公，专写无情之物，却最终爆发出强烈的悲剧力量。这两种戏剧可能性都极伟大，但显然契诃夫更易被接受。汉德克剧作的这一嶙峋特征，来自德语民族独有的"民族性"——那种哲学的本能，那种将理念的骨骼化作创造之血肉的本能。或许它会引起其他民族欣赏者的不耐与不适，但它却分明抵达了"只谈家常"的"真佛"空自承诺而无法抵达的灵魂雪峰。

2016年4月

(附)

正义是温暖流动的微粒

让我戏拟《试论疲倦》的文体来谈谈彼得·汉德克的这本书吧,正如他戏拟《宗教问答》写了这本书。

为什么戏拟这个文体?你要做的可是谈论这本书哎。

这文体可以四处游走。还有什么比随意溜达的文体更合适谈这本精骛八极、离题万里的自由之书呢?

你打算怎么溜达?

溜达是不可计划的。一切要听从偶然的意愿。比方说,我想起十天前见到汉德克本尊时,他说的一句话:"现在的作家都没有本雅明所说的'灵光'了。如果我说我是一个有灵光的作家,我就是在说谎。但我确信灵光的存在。"你觉得他是什么意思？

他想说的是：他知道何谓灵光。他也自信曾被这灵光照耀过。只是他不这么说。你还记得本雅明怎么说起灵光的吗？

灵光是对"遥远之物的独一显现"。

何谓"遥远之物"？显然，本雅明在暗指神，或某个我们永远无法抵达、却会照耀我们的终极之物。在希伯来语中，"神"是复数。这或许意味着神有无数面相，"遥远之物"有无数形象，它化身大自然的万千面影。

你不觉得汉德克的写作里，"遥远之物"一直在场吗？在他的《缓慢的归乡》《圣山启示录》《去往第九王国》，和这本书里的每一篇，都横亘着远方的荒野，主人公在荒野里踽踽独行，经历着独自的内在生活。这图景是一个象征——彼得·汉德克有可能是文学史上最后一个真实的荒原客。在他之后，真正的大自然，被写作者深刻体验过的大自然，作为他生命和灵魂的延伸的大自然，可能就在文学中关闭了，消失了。这才是真正的"灵光消失"。悲哀吧？

再说"独一"。这是汉德克贯穿一生的情结。他要求他的存在是独一的，他的写作是独一的，他的每部作品相互之间无论形式还是主题都参差不同，都穷尽自身最大的精神可能性，都是独一的。在每部作品内部，对于他的叙述对象，他都保持着"独一性"的洁癖。在《试论点唱机》中，他憎恨那种规模化格式化、将曲目一网打尽分门别类印刷成册的点唱机，他称它为"点唱机黑手党"；他竭力寻找个别存在的、哪怕是破烂、普通、曲目表是"机打和手写的大杂烩"的点唱机。拒绝复制和人为的整一性，寻求一切原始经验。他之所以在1990年执着于这样一种行将消失的过时物件并不厌其烦地叙述它，是因为"他只是想要在它从自己的目光中消失之前牢牢地把握住它，承认一个东西对一个人会意味着什么，而且首先是从一个单纯的东西里会散发出什么来"，这句话泄露了他的写作的一个重要方法论。就像史诗围绕英雄散发的东西而写，他的《试论点唱机》围绕点唱机"散发出来"的东西而写，于是他可能写的是一部关于点唱机的史诗。于是他看到它周围"被忽视的身影"："在黄杨树旁的板凳上睡着一个人。在厕所后面的草地上有一大队士兵安营扎寨……在开往乌迪内的站台上，有一个强壮的黑人靠在一根柱子上……从后面郁郁葱葱的松林间，有一对鸽子在空中盘旋，一只紧跟着另一只……"可以说，彼得·汉德克是一切"独一"的"被忽视的身影"的搜集者。

这微小而温暖的"独一性"的反面，是千篇一律的"历史见证者"童话。1989年临近岁末时，一个德国熟人激动地邀请"他"一同启程见证柏林墙的倒塌。当"他"想到"第二天一早,在那家承载着国家使命的相关报纸上,便会刊登出那些诗意的历史见证人提供的首批诗篇,当然连同照片一起并且体面地夹着边框,而在之后的早上,又以同样的方式,会为之刊登第一批颂词",他就一口回绝,来到"这个遥远的地方,在这个荒原和群山环抱的、对历史充耳不闻的城市里……试图琢磨起一个像点唱机这样举世陌生的玩意儿来……"至今依然灵光闪耀的《试论点唱机》(1990年)和现在已平庸无奇的柏林墙——还有比这更好的对比吗?还有比这更好的关于文学之力量的象征吗?

可是,汉德克本人并没有你描述得那么彻底。在你刚才那段引文之后,还有这么一段呢:"他那小小的打算好像与发生在他夜间最深沉的梦境里的东西发生矛盾……在梦境深处,他的规则显现为图像……一部波及世界的史诗:战争与和平,天与地,东方与西方,血腥谋杀与镇压,压迫、反抗与和解,城堡与贫民窟,原始森林与体育场,失踪与回乡,完全陌生的人与神圣的婚姻之爱之间胜利的统一……他感到远远在自身之外那个节奏在大幅震动,他似乎要用写作来追随它。"他依然渴望与中心世界的中心图景保持联系,甚至成为这图景的叙述者。也因此,他称自己为"史诗诗人"吧?

这就是彼得·汉德克的灵魂戏剧性——一个为了"独一性"而偏离中心的顽童,和时刻意识到生活之整体性的史诗诗人之间的张力。顽童是他的天性,史诗是他的信仰。此处所说的史诗,是卢卡奇意义上的——一切事物都在史诗世界的内部被完整化,达到自我完善和同质,并相互关联。

你知道吗,他的"五试论"就是在对"独一之物"的发现和"离题"中,在难以言喻的灵魂曲线和意象纷披的诗性句群中,暗暗走向史诗的精神聚合。这冒险旅途的终点,是五个对世界的祝福:

《试论疲倦》(1989年)——从童年的痛苦疲倦,到这个民族成员中"大屠杀—小伙子和小姑娘"的"不知疲倦",到"真正的人的疲倦",直到"上帝的疲倦"……作家在诉说对人类的兄弟之情,从局部触摸到整体时的彻悟和喜悦。

《试论点唱机》(1990年)——一切"他"经历过的点唱机,与之有关的地点、人群、场景的回忆,一次盛大的命名。

《试论成功的日子》(1991年)——不是世俗的成功,而是上帝的成功。使徒保罗的书信作为回旋曲不断奏响。

《试论寂静之地》(2012年)——谈的是厕所,厕所里的寂静。作家写它的起因是:当他身处无话可说的人群中,关闭意识大门的时刻,作为远离其他人的手段,他独自与厕所和它的几何形态为伍。一到这寂静之地，沉默的冰河解冻，语言和词汇的源泉生气勃勃地迸发。"新的词语！伴随着新的词语觉醒。心没有受伤。实实在在地活下去……惊奇就是一切。你们接受我吧。"在远离人的地方，他爱着人，渴望融入人。

《试论蘑菇痴儿》（2013年）——写的是"少年时代的朋友"，全身心爱着野生蘑菇也具备最多蘑菇知识的采菇能手，实是作家的另一重自我。对待蘑菇，他有一个原则："只有野生的东西才算数"。显然，"蘑菇"是完整、原初、创造性的人性象征。既是律师又是蘑菇痴儿的主人公，作为作家的自画像留在了这部作品中——一个既出世地关切人、研究人、呈现人，又入世地为人的存在权利辩护的人。在这篇"试论"的结尾，历经炼狱的"蘑菇痴儿"与他失踪的妻子重逢，和"我"，和一个年轻人，在"通向圣杯的小饭馆"里共进晚餐，在"太阳升起的地方"下榻。一个童话式的结尾。作者确信无疑地写道："童话最终必然拥有它的位置。"

听起来像是正义已经实现。

诗的正义。微粒状的正义。微小，轻盈，穿透一切，最终停驻在那些无名无姓但独一无二的时光和事物之上。作家凝视并叙述着这些哑言而独特之物，将它们从死亡和

<small>正义是
温暖流动的微粒</small>

遗忘中解救出来。如果没有他，没有他的叙述，它们将从未存在。但是在他的叙述之光照耀下，它们获得了"永生"。对彼得·汉德克而言，正义只能是温暖流动的微粒，只能存在于诗。正义的体积一旦大起来，就会变成砸在胸口的石头。唯有勘察粒子级正义的诗人，才能走向终极的正义。这是汉德克的这本书教给我的。我已很久没能从文学里学到什么。一旦学到，便是致命的，终生不忘。

没有用。我听不懂你这些梦话。

"那个被关押在罗马的保罗一再这样描写着冬天：'加快步伐吧，赶在冬天之前过来，亲爱的提莫西亚斯把我落在卡尔波什附近的特罗斯大衣给我带来吧……'

——那件大衣现在在哪儿呢？"

（在和合本《圣经·新约·提摩太后书》里，"提莫西亚斯""卡尔波什""特罗斯"，被译为"提摩太""加布"和"特罗亚"——引者注）

彼得·汉德克化身使徒保罗，这样问。

其实，他自己早已手捧厚厚的冬大衣，站在保罗的狱门外。周围环立着狱卒、信徒和看热闹的群众，他全然不顾。

那被他改变的读者，也会如此。

2016年11月

自由的美学，或对一种绝对的开放
论剧场导演林兆华

总体艺术与语言悖论

"话剧导演"林兆华孜孜以求的，或许是一种叫作"总体艺术"的东西——那种将戏剧、音乐、现代舞、装置艺术、行为艺术……融为一体，贯通直觉和理性的剧场艺术。2007年9月，德国现代舞大师皮娜·鲍什（Pina Bausch）访华，他向她表达了无以复加的敬意："（她的艺术）正是我想要的……我愿意做她工作坊的学生。"她的艺术的何种元素让他如此痴醉？此问题或可打开一扇对这位导演的理解之门。皮娜·鲍什，新舞蹈的勇气之母，永远的现代先锋，把舞蹈、哑剧、戏剧情节、严肃歌曲和场景结合在一起，打破一切艺术的界限，只为涉入灵魂真实的极境。我曾看过一场她的《穆勒咖啡馆》和《春之祭》，有点明白为何全世界都被她的总体艺术所征服——她开掘了身体表现的无限内在性，并将其与超时空的日常情境结合在一起，创造出超越语言而抵达哲思的剧场诗意。当我不久之后重新欣赏林兆华导演的契诃夫《樱桃园》影碟，并忆起2004年该剧的现场演出带给我的战栗狂喜时，蓦然感到他与她的作品在气质和形式上的共通之处——那种艺术语言的直接与极端，那种孤独荒凉的现代感，那种反抒情的诗性，那种肢体、场景和音乐尖利精准的组合方式……相对于舞蹈家皮娜·鲍什，林兆华的探索更具悖论色彩：他是"话剧导演"，却偏偏倾心以"反语言"的方式呈现语言文本——不是说他取消剧本，而是他在演员的台词表演之外，愿意把更多的剧场空间交给身体、音乐、影像和舞台装置，以便演员和观者都能通过身体和环境的媒介，产生"大于语言"的真实感知，"复原"一部语言作品的"前意识"。

正是因此，与其称他为"话剧导演"，不如称他为"剧场导演"。"话剧"是台词中心或语言中心的，但对不断试验的林兆华而言，台词渐渐不再具有精神优先性，而是被视作与舞台、音乐和形体并列的元素，或者毋宁说，台词更多地被作为音乐或动作的一种来使用。由此，我们或可看出他对语言的态度是暧昧而犹疑的：语言的既虚伪又诚实、既遮蔽又昭示的双重性，它对复杂性的无与伦比的表达力和对直觉自由的强大侵犯力，都让他亦喜亦惧。因此他愈来愈致力于在剧场中破除语言文本的所指边界，而无限延展其直觉和隐喻的意指空间。于是，剧场在他这里不再是一个"表义"系统，而是一个"总体感受系统"。林兆华愈到晚近，这"总体感受系统"愈显出"空"的欲望——那是超越时间和空间，无所说而无所不说，因含混而抵达无限，由特殊而及于普遍的欲望，它潜藏着林氏的"总体艺术"诉求与语言逻各斯之间无休止的亲昵与背叛。

一种语言之外的玄机，时时激动着这位周旋于话剧文本之间的导演，终于使他在2000年创作了无文学脚本的剧场作品《故事新编》。关于这部名副其实的总体艺术作品，本文将有专节论述。但除此之外，林兆华的工作仍是在"言"中接近"得意忘言"，在"声"中寻求"大音稀声"。他之所以没有取消"言"与"声"，没有弃语言文本而彻底转向非语言的剧场艺术，盖因他的剧场需要一种层次更为繁复的秩序——需要语言作为路标，指向人类意识的浩渺之地；若取消这路标，让剧场成为纯直觉的榛莽丛林，则会牺牲更多的复杂性。

但语言的份额在林兆华的剧场里发生了巨变。在传统的话剧处理方式中，语言（包括戏剧冲突，演员的表演）如同摄像镜头中的近景或特写，占据了剧场的绝对空间，成为观众意识的中心；在林兆华的剧场里，语言则如镜头远景中的一个点，亦如一滴晶莹之水，落入无边空寂之中——通过弱化戏剧性、"无表演的表演"、增强形体和环境因素，他大幅缩小了语言文本与剧场空间的比例关系。此手段暗含一种辩证法：剧场作为隐喻的宇宙缩微景观，语言与剧场的比例愈小，剧场的隐喻空间和观众的视境愈大，它的意识层次愈丰富。但这里有一个前提：表演对语言意指之复杂性的呈现不可降低，如此，这一"缩微景观"才能保证不是一个简陋而化约的模型，而是微妙精神性的扩展。

历史之痛与反历史化

极简，隐喻，人工性，反稳定，反历史化，对含混与直觉的崇拜……林兆华的剧场意识，并非被现代、后现代的主义和形式所建构，却是为它们所激发。他与它们各自走过不同的历史，在20世纪80年代一朝相遇，于是一见如故，一拍即合，同时，亦各执一词，各怀心事。

中国的现代剧场探索是从林兆华导演、高行健编剧的《绝对信号》开始的——内容未脱"现实主义"范畴，形式已先行一步。讽刺的是：虽然不无敏感的艺术批评家兼法西斯主义领袖阿道夫·希特勒曾攻击现代主义艺术是

"政治上布尔什维主义的精神准备",但布尔什维主义国家封闭时期的艺术伦理却与他的某些观念高度一致:"戏剧、艺术、文学、电影、新闻、广告和橱窗展饰都必须清除一切表现我们这个正在堕落的世界的东西,使之服务于道德、政治和文化观念。"[1] 1982年,《绝对信号》以晃动的车厢和主人公有限的不安,给"文革"后的中国戏剧界带来了第一丝真实的"堕落"气息,这是林兆华出离"服务于道德、政治和文化观念"的"社会主义现实主义"创作方法的开始。

将人物、情节和主题置入一个具体的社会—历史空间,或者说,将表达内容"历史化",将叙述本身视为世界整体的"转喻""反映"与"缩影",是现实主义艺术的基本手法。用无产阶级意识形态支配这一"历史化"空间,则是社会主义现实主义的基本手法,它绝对统治了新中国文艺三十年,一切不合尺寸的精神性与形式感悉被扼杀,艺术创造力毁灭殆尽。80年代,"社会主义现实主义"式微,出现了十来年短暂的艺术本体探索,但未及"个人"意识发育成熟,文学戏剧主流复又被出于或隐或显的意识形态动机、从社会—历史层面叙述"人"之状况的"主旋律""新现实主义"乃至"底层写作"等各色现实主义潮流所占据。近四五年来,在官方和市场双重压力下,戏剧的

---

[1] 转引自[美]弗雷德里克·R.卡尔:《现代与现代主义》,北京,中国人民大学出版社,2004年8月。

故事化、写实化回潮更剧,纯粹基于艺术动机的戏剧探索已无人埋单,曾经的先锋导演们纷纷转向主旋律与商业化。"历史化"的幽灵和隐身其间的意识形态规训,在新中国文学戏剧历程中几经浮沉,仍成为最顽强的统治者。

正是在此背景下,林兆华出发于《绝对信号》、日趋自由放诞的"反历史化"剧场探索,获得了历史性的深意。作为现代主义的一个特征,"反历史化"有终结时间、中断传统、排除社会——历史性、反意识形态、将"人"的主观世界绝对化、宇宙化之意。林兆华的"反历史化"与西方现代派之不同,在其"反"的背后隐藏着深刻的历史之痛——几十年意识形态陷阱导致的人间惨剧和创造力衰竭,以及由此显现的中国精神文化传统的缺陷,是他艺术探索中片刻未忘的反向参照。他的"反历史化",意味着不给"陷阱"以寄生空间,并与这"反向参照"保持从未消歇的对驳与质疑。因此,无论他执导的剧本属于"写实派"还是"现代派",在他的剧场中皆被消除了封闭确定的时空属性与历史身份,主观性与象征性凸显,精神基调趋于怀疑省思而非讴歌陶醉。这一特征我们可从他执导的原创剧和经典剧中一目了然。

因剧场艺术与现实的关系分外直接,故表达现实观照的原创剧对戏剧导演格外重要——这与艺术手法的"现实主义"分属两个论域。戏剧创作者唯有在三个现实层面——个我,公共与形而上现实——之间自由真诚地往还，方能构筑健全的戏剧艺术。但对中国戏剧人而言，公共观照的禁忌性质多年来成为戏剧创作的最大障碍，对付障碍的手段有三：1. 将戏剧目光自限在个我、私人和"无害"的公共领域，多数商业剧皆属此列；2. 综合地观照现实并以寓言、怪诞、象征等超现实手法表达真实意旨，过士行作品皆属此列；3. 在历史叙事中寻求精神对应性，《白鹿原》《赵氏孤儿》等皆属此列。

剧作家高行健和过士行先后是林兆华最主要的合作者，前者与他共同开创了中国现代剧场的新形态，后者的黑色喜剧则是迄今为止中国剧坛最睿智和尖锐的灵魂拷问——说林兆华"催生"了这位天才剧作家，一点也不为过。

但是能在话语钢丝上自由翻转的剧作家毕竟可遇不可求，中国原创剧对"真实"的表达要么辞难达意，要么拘泥于有限的历史性，源自现实而又超越现实的精神性叙事，始终难觅。林兆华对经典剧作的选择与呈现，正是基于对这种精神空缺的补偿愿望。因此他的经典剧二度创作，乃是他的现实情怀与艺术探索目的相交织的产物，是相对完整和成熟的剧场作品。而这正是本文的论述重点。

西方经典与中国经验

如果历史认定一部作品为经典，就意味着它不是一个凝固的历史现象，而是一种生生不息、时时更新的常数现实。那个"常数"乃是经典的精神之核，是对人类恒在境遇的卓异揭示。当经典被形诸舞台时，必得与当代现实照面并做出回应。它不是历史博物馆的陈列品。它的生命呼吸有赖当代生活的唤醒，并被赋予新的形式；它也以己身的智慧，对当代生活做出自己的观照与判断。正是这种经典与当代的不断对弈，造就了经典存在与重排的意义。

林兆华排演西方经典的具体手段每部都不相同，但又有些大同之处：所选作品皆与他的"中国经验"深有感应；舞台都是极简和隐喻的；角色外形都是当代化的；表演方法都是反"体验派"的；所传达的舞台意味都是比文字剧作更含混不定的……在这些之上，是他对剧作的一个根本性处理方法：寻找隐喻，重建能指。诚如艾柯所言："艺术品是一种根本上含混的信息，即多种所指共处于一种能指之中。"

对于西方经典剧作，他的导演手法和风格是步步累积、日渐强烈的。1986年，他执导布莱希特的《二次世界大战中的帅克》尚属探索初期，对剧本的演绎忠实遵循布莱希特的导演方法论——假定性舞台，演员与角色处于间离关系，引导观众旁观和判断而非进入和体验。1992年排演迪伦马特的《罗慕路斯大帝》时，他对剧作主旨的"不忠"倾向已露端倪——舞台的中心凭空增添了牵线偶人，这是对迪氏作品背道而驰的曲解和改写，是导演自身历史观的体现，在舞台上，它与迪氏历史观构成复调。在这部假扮小丑的英雄以自我废黜而废黜作恶帝国（负负得正）的喜剧中，迪氏传达了一种反决定论的自由历史观；林氏则以一边是角色表演、一边是代表该角色的偶人被舞弄操纵的舞台呈现，暗示每个人的命运都被冥冥之力所支配，不存在能独力改变历史和命运的自由之人——即便剧作中改变历史的主人公罗慕路斯和鄂都亚克亦复如此。这是一种宿命论的历史观，它为《罗慕路斯大帝》打上了悲剧色彩。林氏以宿命论的"剧场能指"覆盖迪氏的反决定论的"剧作所指"，后者则以演员的台词泄露自身，反抗这种覆盖，林版《罗慕路斯大帝》就这样成为两种历史观相互对话、诘抗与辩难的悲喜剧。

相比而言，还是莎士比亚作品最能唤起林兆华的创作灵感，这是由莎翁对宇宙人世广阔的观照幅所决定的——他的精神是如此普遍又如此特殊，总有作品能呼应不同时代、不同地域的人们不同的存在境遇。林兆华对莎剧的选择别有深意，其处理方式分两步走：1. 提取和强化莎剧里最击中国人现实感的"所指"，也就是说，将莎剧的精神主旨"历史化"；2. 以极简、含混和隐喻的舞台、演员的非"体验派"表演等现代性因素，扭曲和遮掩剧作的具体指涉性，或者说，将剧作的实在性"非历史化"。如此，他欲使观众获得源于中国经验但超越中国经验的精神观照。

1990年，林兆华搬演《哈姆雷特》。舞台上低垂着灰色的帷幕，放有一把类似理发馆用的高背靠椅，主体由纵横交错、齐腰高的钢梁和钢梁上悬吊的几要触碰地面的几组风扇构成——一幅时间终结的现代图景。在此废墟氛围中，演员们的表演强化了阴谋与杀戮、真相与谎言、道义责任与责任恐惧、行动的软弱与良心的不安等主题。被害国王的冤魂向哈姆雷特诉说真相的声音，是那种广场喇叭传送的音质，并伴以突兀的枪击声，这一神来之笔在整部戏中，既脱离了剧情时间，又刺破了舞台暗示的"时间终结"的光滑平面，闪电般撕开国人刚刚发生、竭力掩埋的风暴记忆。"历史性所指"就这样突然入侵"非历史性的剧场能指"，毫无预兆地爆发之后，又余音袅袅地隐没，装扮成这个现代剧场里诸多隐喻性元素的一种。

林版《哈姆雷特》还有一大创举——主要演员在舞台上瞬时性地互换角色。比如，濮存昕扮演的哈姆雷特和倪大宏扮演的国王克劳狄斯一段对话刚毕，倪大宏即变成哈姆雷特退场，濮存昕变成克劳狄斯继续；梁冠华扮演的波洛涅斯与濮存昕扮演的哈姆雷特对话刚毕，濮存昕即变身波洛涅斯，梁冠华变成哈姆雷特，二人继续对手戏……如此角色互换的游戏所为者何？

自上世纪80年代以来，林兆华便在探索一条极端自由的表演之路，后来他称此为"无表演的表演"（此说法可追溯到安德烈·塔可夫斯基，他曾如此评价布莱松影片的本真表演："这样的表演方式是不可能过时的，因为其中没有任何可以称之为形式的东西。可能过时的只是积极性和假定性的程度。"）：他从中国戏曲的表演形式中汲取方法论，要求演员瞬息之间出戏入戏，一边在扮演角色，一边意识到自己在扮演角色，不排除演员在表演中表现对自己所扮角色的价值判断。他反对完全进入角色的体验派表演方法，理由除了如布莱希特所言"反对把戏剧变成遗忘现实的迷药"，还因为他反对演员因专注于角色的"纤毫毕现"，而忽略对整部戏的精神主体的把握。布莱希特表演理论的背后是"批判和改变现实"的行动目的论，它要求"理性"全部占领人，且认为理性是人类获得自由的唯一力量；林兆华更相信精神的综合性，相信非理性与不确定意识对人的"习惯理性"的矫正作用，他的戏剧意欲唤起的是一种迷醉和反思的双重状态——以混沌的剧场能指将观众引入前意识区域，通过顿悟来超越语言的定向性，进入对生命本体的深层反观。在《哈姆雷特》中，他让演员在一瞬间，把所扮角色从哈姆雷特转换为他的仇敌叔叔，其实是一种让演员摆脱"体验派"表演方法的极端训练。将训练手段直接搬上舞台而成为角色扮演方式，则产生了令人震惊的象征意味：人类存在的无限相对性，不确定感，人性的多重性……在演员的瞬间变身中得以直接呈现。

2001年，莎剧《理查三世》豪华上演。此剧"无表演的表演"的实验性更为激进，角色完全取消个性——表演极度单一化和动作化，台词被演员平面化、无表情念诵；着装高度一致，除了"理查三世"着黑色大氅，余皆穿黑色的长西装肥腿裤。"剧作所指"被导演置换成行为艺术与多媒体艺术相交叉的"舞台能指"——理查三世与王后和众大臣的"老鹰捉小鸡"游戏、抢椅子排排坐游戏，让人直观领略"专制统治下，大众仍在做游戏"的主题；前王后们一边说着痛斥理查三世的台词，一边轻抚他的身体，表现她们既痛恨仇敌又谄媚权力的心理；在情境相合的英文歌曲伴奏中，舞台银幕映现着富有强烈象征性的影像——纷乱爬动的蚁群：彼时剧情正是众人麻木卑怯之际；被剁掉的巨大鱼头列队成行：彼时剧情正是理查三世大行杀戮之秋……从多媒体的运用到演员的表演，皆直接指向《理查三世》的核心主题：权力与欲望，阴谋与同谋，杀戮与就戮，专制与屈从，野心的舞蹈与良心的挣扎，人间不义的暂时获胜与正义女神的最终复仇……这是探索"超语言"之路的林兆华与语言巨匠莎士比亚的一场角力，结果天平倾向莎士比亚一边——舞台动作和多媒体的表义性过强，"所指"支配"能指"而丧失了含混性，"无表演的表演"完全取消角色的心理深度，以致角色面目不清，台词成为单一音符的轰鸣，致使该剧成为滤去"水分"的观念之作。但它的实验意义深远，为林兆华的"总体艺术"探索了一道边界，也为"无表演的表演"方法求解出了对待语言的最低阈值：经典剧作若保留其语言形态而演出（而非完全转化为非语言的其他艺术形式），无论其"超语言"的艺术诉求多么强烈，在表演上也不能抽干台词的心理空间和全剧精神结构的纵深性；同时，舞台上的"超语言成分"与全剧主旨的相关性不可过强（已有台词担当此任），甚至它应以表面的"非相关性"干扰主旨的呈现，直至剧终才与"相关性"因素聚合，而释放出呈几何级数增长的精神热能。这一问题，在他后来执导的《大将军寇流兰》等剧目中得以超越。（见个案一）

莎士比亚之外，林兆华对契诃夫的演绎也颇多灵感。1998年，他突发奇想，将契诃夫的《三姊妹》和贝克特的《等待戈多》组合一体，上演了褒贬不一的《三姊妹·等待戈多》。与契诃夫的"生活流"形态相反，《三姊妹》被林兆华寓言化处理，姊妹三人被"拘"在一个相框式的高台表演区里，坐着，以回忆语气叙说台词，作完全静态的表演。两位男演员时而是"等待戈多"的爱斯特拉贡和弗拉第米尔，在"相框"外的"旷野"上相互抱怨和安慰，时而是《三姊妹》里的男主角与姊妹们交谈。三姊妹"到莫斯科去"的梦想和丧失行动力的"等待"，与戈戈和迪迪对意义赐予者"戈多"的"等待"互为参差——前者的"等待"隐含了契诃夫对改变现世的积极呼吁，后者的"等待"则是对终极意义消失的不甘绝望；前者的尽头便是后者，后者再走一步便又跌入了前者，二者之间是一种隐晦的循环关系。两者的拼贴是一个绝妙的创意，惜乎其

精神关联未能有力呈现。更成熟的契诃夫演绎要等到2004年。(见个案二)

个案一：《大将军蔻流兰》

2007年12月，莎士比亚争议最多、在西方演出最少的剧作《大将军蔻流兰》(朱生豪译本作《科利奥兰纳斯》)由林兆华执导上演。此剧有嘲骂人民群众、抨击民主政治的"政治不正确"嫌疑，听听悲剧英雄蔻流兰的台词："这种反复无常、腥臊恶臭的群众，我不愿恭维他们，让他们认清楚自己的面目吧……""身份、名位和智慧不能决定可否，却必须取决于无知大众的一句是非，这样的结果必致于忽略了实际的需要，让轻率的狂妄操纵着一切……赶快拔去群众的舌头吧；让他们不要去舔那将要毒害他们的蜜糖。"可以说，这是一部对立双方毁灭于各自之可憎弱点(这种弱点既难以容忍又其来有自)的悲剧，如果用政治学眼光来看，亦可说是表现"自由与民主之矛盾"的悲剧：战功赫赫的大将军蔻流兰坚执贵族价值观，厌恶"民主程序"的卑屈(为了讨好选民，需要在竞选时到市场上去展览征战的伤疤以表效忠)，认为让平民参与政治既反智又效率低下，结果他冒犯公众，亡命天涯，为了报复驱逐他的祖国和人民，他叛国投敌，率军进攻罗马；"人民"一方呢，生活困窘、智勇匮乏、一叶障目而易受蛊惑，他们因窘困而要求公平，因公平诉求迫切而被言论上政治正确、实际上自私弄权的护民官所煽动，赶走了顽固的精英蔻流兰。但"人民"有能力让贵族低头，却无能力昂首卫国，在蔻流兰的强大攻势面前，"人民"终得借助于蔻流兰之母到儿子面前请求容恕，放过罗马。最后，蔻流兰答应了母亲的请求，却被一直嫉妒他的敌首所杀。

此剧上演后，评价趋于两极，争论焦点皆集中于全剧主旨与当下现实之关系上——赞美者或认为对中国而言，这是一部提前了五十年的民主政治预言，或基于"文革"时期"人民群众专政知识精英"的历史经验，指出这是对"群众崇拜"意识形态的有力反思；反感者则认为，在强势集团崛起、草根处于弱势的当下中国，上演这样一部嘲骂大众、讽刺民主、为寡头政治辩护的戏，在艺术伦理上是说不过去的。

但两极都对演出形式少有异议。导演抛出两大舞台手段，取得了出乎意料的震撼效果：一是起用百位民工登台扮演罗马平民；二是使用摇滚乐队作台词伴奏和幕间演唱。其实此二手段皆非首次使用。2006年导演《白鹿原》时，林兆华第一次起用数十位民工扮演陕北农民，并动用戏曲"老腔"渲染全剧粗朴浑然的色彩——原生态元素赋予舞台以磅礴的生命力，极大缝合了剧作的不足。《蔻流兰》中的民工则全部身着褐色麻衣，无表演，只需肩扛棍棒从舞台上下各方蜂拥出场，以自然身姿静立台上。在摇滚音乐伴奏下,这种数量造成的威压与不安之感是十分强烈的。但是,与剧中所需的"暴民"气质不同,群众演员自然散发出来的质朴、驯良与懵然,使他们承受蔻流兰凌厉的台词时显得无辜。这大概是反感者的感性依据。

摇滚乐队第一次出现于林兆华的舞台上是在1994年上演的《浮士德》,彼时它只起到序曲和将经典"当下化"的作用,未构成全剧的有机成分。《大将军蔻流兰》中的摇滚除了"活化"经典、赋予全剧以追问和不安的气质之外,其运用方式还借鉴了戏曲伴奏,从而装饰戏剧冲突,增强台词效果。若将摇滚更加内化到叙事之中,真不知此剧会产生何等爆炸性的力量。

为什么《大将军蔻流兰》在艺术上获得了普遍肯定,其思想意义的评价却截然相反——尤其值得注意的是,双方都基于自身的现实历史经验而做出各自的判断?这恰恰是中国现实多面性的反应。短短三四十年的时间,中国人经历了从"文革"的"群众神话"时代(其实质是"护民官神话")到后新时期的"权钱神话"时代的巨大变迁,"蔻流兰""护民官"和"人民"们还未理解自身的境遇,地位与角色就被颠倒再颠倒——"群众崇拜"的意识形态中毁坏文明的逻辑还未充分遭到清算,新时代巨大的社会不公就使被剥夺者缅怀起它的庇护与温情;与此同时,"群众神话"时代迫害知识精英的历史记忆直至今日亦未得到彻底的祭奠与安放，因此那个时代的副产品——"群众崇拜"的意识形态便成为历史亲历者、同情者和精英价值论者反对的目标。这是一个旧账未销、又欠新账的时代，对《大将军蔻流兰》的两极评价，正是历史与现实创伤在艺术评论中的双重反应。

但是，如果仅只纠缠《大将军蔻流兰》的政治寓意，这部作品就不应上演——毕竟"民主"乃是今日普世价值，对现代观众而言，蔻流兰式的精英政治观已成陈迹，失去了价值观念上的挑衅性。在当下世界，此剧的生命力在其深刻的文化隐喻：自启蒙时代至今，"文化蔻流兰"与"文化护民官"之战从未止息，愈演愈烈——如果说政治平民主义带来了一个政治上相对公正的世界，那么文化平民主义对人类文明的侵蚀却正在成为一种灾难。在平民政治取得胜利之后，怀抱"护民官情结"的人们转移了战场：他们将政治平等逻辑推进到文化、文学和艺术领域之中，认为一切文化艺术都是阶级、性别、种族、国家利益的产品，必须在颠覆不平等的社会秩序同时，先颠覆它的罪魁祸首——那极少数天才构筑的人类文明的塔尖。文化护民官们以正义和公平的名义，以社会苦难的名义，以文化必须服务全人类的名义，给伟大的"文化蔻流兰"们判罪，因为他们对改进社会状况无益，丧失了"人民性"。从这点来看，莎士比亚的《蔻流兰》正是对他自己数百年后的命运预言，也是对精英文化（这是一个多么

"政治不正确的词"啊）在人类历史中的命运预言——丰富、伟大、不是人人都能理解的莎士比亚们，必须为他们的创作无法消除人类的苦难而悔恨，也必须为自己不能娱乐大众而羞耻。这就是文化护民官及其"平民"们的逻辑。现在，这种逻辑正泛滥在从西方到中国的文化和意识形态领域，而成为创造力的真正敌人。在如此背景下看这场《大将军寇流兰》，我既无法认为它与我的现实无关，也无法感到它不合乎道德。在文明的前景普遍遭遇威胁的今天，我们必须重新界说道德的定义。

个案二：《樱桃园》

2004年，林兆华导演的契诃夫《樱桃园》在北京北兵马司剧场首演。整个观演场所设计即是一件杰出的装置艺术作品：舞台占据整座剧场的三分之二，气势汹汹不由分说把观众席逼到三分之一处——观众坐在五十年前老影院里才有的那种斑驳暗旧、阶梯式排列的连排硬板椅上俯看演出；舞台地面由钢丝构架，经常防不胜防地打开一个个缺口，供人物出其不意地从地底"冒"出；逼仄的舞台天棚皱巴柔软到几可碰触人的脑袋，真有"历史的夹缝"之感；塑料布拉起的侧幕，人物可以随时隐藏和出入；一株株瘦小枯枝代表了美丽的樱桃树……在废弃而简约的现代主义气味中，舞台与观众席是一个整体的"感受—表义系统"，隐喻着一个即将倒塌、别无选择的旧世界——不仅是演员,连观众也置身于这样一个世界里。在如此氛围中,人物各自以出人意料的方式出场:罗伯兴带着东北口音,从塑料侧幕里滚出;柳苞芙刚一亮相就隐入地底,而后从另一地面缺口款款走出;大学生彼佳则从天棚的破洞里只往下露出半个脑袋……这些显示出一个艺术顽童异想天开而稚拙可掬的想象力。

若把契诃夫的《樱桃园》原封不动搬演下来,需要三个多小时,林版《樱桃园》不到两小时。在剧作上林兆华没有大动,只是删掉了管家叶彼霍多夫和家庭女教师夏尔洛塔两个人物,一些台词语速较快,有时以"多声部"形式由剧中人同时说出,这使整部戏的节奏快了许多,结构也不再漫漶。在文学的层面,林兆华强化了商人罗伯兴和大学生彼佳两个形象,他们与蒋雯丽扮演的柳苞芙构成此剧鼎立的三足,这是对含蓄的契诃夫意图的有效强调。实际上,契诃夫虽为现代戏剧先驱,《樱桃园》的叙事仍是在时间之内的,或者说,是历史化的——它是一部关于三种人、三种文明及其历史出路的预言。现在,由于这预言已经或多或少地成为业已发生的往昔,林兆华遂从多个角度入手,将契诃夫剧作转换成"反历史化叙事":舞台完全反自然、隐喻化、功能化;演员着当代衣装,表演介于"体验"与"跳出"之间,舞台动作夸大,融入动荡激烈、大开大阖的现代舞成分,以动作的外在性泄露契诃夫台词的隐含义,在感官的"动"与精神的"深"之间,形成了恰当的张力。

在意义层面，林兆华放大了柳苞芙、罗伯兴和彼佳的声音，强化了他们之间的紧张感：柳苞芙是即将死亡的贵族阶层的象征，她风情万种，心地善良，柔弱无辜，富有教养，但是"原罪"深重——她的"所有的祖先都是占有活的灵魂的农奴主"（彼佳语）。养尊处优的积习使她无力行动，无法自救，最后只好卖掉世代居住的樱桃园还债，黯然离开。她的退出似乎是一种补偿，一种了结，一种应得的历史报应。蒋雯丽的表演朴素自然，较为静态，这是"没有行动能力的贵族"角色的内在规定性使然。罗伯兴则象征着新兴的实干家阶层，他出身卑贱，行动力强，最终买下了樱桃园，为他的农奴祖先雪了耻。为了盖更多的别墅，赚更多的钱，他叫人砍倒只有审美价值没有实用价值的樱桃树，那刺痛人心的"吱嘎——"声，是樱桃树在倒下，也象征着秉有原罪然而温厚优雅的贵族文明在倒下——她被民主人道但是粗鄙实用的平民文明所取代，对此文明的悖论，历史的胸腔怎能不发出困惑的长叹？大学生彼佳是一个纸上谈兵的新型知识分子的化身，他对这场平等取代压迫、粗糙取代优雅、"用"取代"美"、"物"取代"神"的历史巨变既有所预感，又盲目乐观；既同情富有人性的贵族遗民柳苞芙们，又人道地站在平民立场，同意历史的"补偿"和"了结"的判决；既欣赏平民实干家罗伯兴们的活力和勇敢，又预感到其使文明粗糙化的可能，因而忠告他"不要浮躁！丢掉这浮躁的恶习"。彼佳凌空蹈虚的夸夸其谈与罗伯兴急功近利的"行动性"恰成对照，二者在舞台上的表演便充满了疾速剧烈的奔跑和呼喊，有时则出现反讽意味的戏仿。把灵魂的飓风直接外化为形体动作，并与柔弱静态的柳苞芙互为参差，舞台的气象骤然辽阔。

除此三人之外，舞台上还有诸多灵光闪现——杜尼雅莎和雅莎的"活宝化"处理增添了该剧的喜剧性；柳苞芙的舞会，用演员们从侧幕伸出双脚有节奏地敲击地面来借代性地表现；第四幕的"搬家现代舞"别出心裁，音乐的"事故性中断"和众演员在中断中的"凝固"身姿，极有新意；结尾处费尔斯从地底发出声音，而非像其他版本的《樱桃园》那样走到舞台中央，便更加意味深长……音乐用俄罗斯手风琴曲，为全剧打下了轻盈而忧郁的基调；灯光的运用堪称一绝——明暗与色彩的节奏变幻如一首韵律微妙的诗。音乐和灯光的抒情性，与整个剧场装置和演员表演的反抒情风格之间，构成了美妙的张力。与契诃夫剧作散点式结构相应，舞台表演也是多中心或无中心的——不同的人物组，会同时围绕不同的事件做各自不同的表演，致使舞台空间一如生活常态般散漫自然，体现出一种"无设计的设计感"。导演对演员台词的运用一如协奏曲，而非如一般话剧所做的，演员台词乃是"主调音乐"，其他舞台因素皆围绕台词而设。

由此，林兆华版《樱桃园》成为观众的多重感官与判断力交融的场所。在这里，剧作的"历史化"与剧场的"反历史化"（其中首要因素是演员的表演）形成强烈的反差。这一剧场呈现并非"剧作之再现"，而是对"历史化"的剧作在现代人精神世界中之"映像"的表现性呈现。演员对角色的表演并非"扮演"，而是与隐喻的舞台一道，对观众所做的"示意"。导演在剧场里不是复现剧作家的意图与视像，而是直接裸露他自身对剧作、时代和永恒之交互作用的理解，这一理解是有缺口的，未完成的，无标准答案的，有时甚至是与剧作家背道而驰的，但也因此是充满活力的。

对林兆华的绝大部分西方经典呈现，我都作如是观。

《故事新编》与"形式即意义"

首演于2000年、取材于鲁迅短篇小说集《故事新编》的同名剧场作品，是迄今为止林兆华导演唯一一部没有文学脚本的剧场作品。对这位导演而言，《故事新编》显现出他更多的艺术可能性。

演出场所在一间废弃的、四处漏风的电焊厂房里，舞台主体是一座煤堆（耗煤70吨），左右两侧安放着做蜂窝煤的机器、做煤球的机器、传送带、烤白薯的炉子，炉上放一摞蜂窝煤，舞台后部两侧各矗立着一个钢制起重架，幕墙空荡，供多媒体投影之用。对中国精神传统的批判态度，被这个颓圮的空间形象化。最原始的物件与最当代的器物"魂灵化"地并置，观众一入此处，多重隐喻信息即被加诸感官。

这是话剧、哑剧、京剧和现代舞的组合作品，由四位话剧男演员、两位京剧男演员（小生和武生各一）和三位现代舞演员（一男二女）表演。导演把表演的形式和内容交给演员自己决定。每位演员通读了小说《故事新编》后，选定自己要表现的篇目：话剧演员选择了《铸剑》《出关》《理水》《非攻》《采薇》等篇，择取字句片段贯穿起来，成为打碎逻辑脉络的独白体台词；京剧和现代舞演员选择《奔月》和《铸剑》等篇，以唱腔和形体加以表现；《补天》和《起死》的表现较少。导演负责最终对练习片段的择定与组合。

这是一部纯粹以形式法则建构的作品，意味极为含混，其"能指"结构方式犹如交响乐，节奏张弛有度而又变幻于无形。

开场如第一乐章的"呈示部"：苍凉的音乐起，舞台暗，静场，舞台右侧有三处微光，只照出三位演员的脸，鬼气弥漫。蓦然灯亮，幕墙放映多媒体投影默片，是导演和演员说戏的镜头。舞台上，所有演员拖着铁锹从不同方向走上煤堆，铲煤，同时开始众声喧哗，各自朗诵出自《故事新编》不同篇目的台词，但演员音量语速各有不同，其中《铸剑》的声音最高，"中板"语速："眉间尺……"，是为全剧"主部主题"；其他篇目有如"副部主题"，其中《非攻》音量较大，声音故意拖着长腔："凡有益于人的就是好的，无益于人的，就是坏的……"，《采薇》的音速犹如"慢板"，《理水》如"快板"，语速机关枪一般……扰攘声中，不知谁突然一嗓子"时局不好啦——"，众人作震惊状，在巨大音乐声中，众主题汇聚为疯狂铲煤的刺耳声响。

全剧只有《铸剑》的故事由一位话剧演员用"说书"方式完整讲述，起到结构主线的作用——在故事的不同阶段，它被不同的"插部"所打断。在"展开部"，"说书人"语速越来越慢，讲到眉间尺与黑衣人相遇时停止，静场。在京剧小生时徐时疾的击钹声伴奏下，京剧武生和现代舞男演员随伴奏韵律移步至舞台中央，武生以木棍代剑，男舞者以柔条代剑，二人开始对舞。武生程式化的刚劲身段和男舞者无程式的柔软形体相互召唤，"武""舞"难分，节奏由徐而疾，由疾而徐，舞（武）姿随"剑"赋形，出神入化。完全异质的中国京剧身段与源自西方的现代舞相碰撞，不是彼此相克，而是相生相融。

说书人继续讲述，同时幕墙上放映剧组成员切磋研磨的镜头。说书人讲到黑衣人收下眉间尺的头颅要替他报仇，唱起歌来："哈哈爱兮爱乎爱乎……"京剧小生接腔唱道："岁月流转……"即将进入《奔月》的主题。众人聚拢到煤堆上，蹲下身来一起吃烤白薯，听说书人边吃边接着讲故事。《铸剑》的血性刚烈的思想，以如此麻木猥琐的形式呈现，很与鲁迅另一短篇小说《药》里，刽子手康叔对麻木不仁的酒客们讲述烈士就义的情状相仿佛。京剧小生和武生不动声色地移至前台，待说书人讲到小太监向大王举荐黑衣人前来解闷，说"他有金龙，金鼎"时，小生开腔念白"金——丹——"，借助语词能指的重叠，过渡到《奔月》主题的表现。武生伴舞，同时与小生以京剧唱腔作二重唱"乌鸦炸酱面——"，蹲食白薯的众人齐声叫好，作看客状。当小生念白："嫦娥，我的金丹呢？"舞台后区灯光突亮，但见现代舞女演员坐在圈椅里旁若无人地吸烟，椅子缓缓上升，直升至剧场屋顶，灯渐暗，"嫦娥"吸烟的酷姿未变。这时，众人站起，将吃剩的白薯乱扔一地。这一动作对国人恶习的讥刺意味甚浓。多媒体投影又起，是导演在说戏，如同进入"第二乐章"。

在这一部分，《铸剑》《理水》和《采薇》三主题被并置表现。当说书人以"中板"速度接着讲述《铸剑》时，表演《采薇》的二位男演员（指代伯夷、叔齐）沉默地环绕舞台蹒跚而行，表演《理水》的男演员则演哑剧；当《采薇》演员以"慢板"速度，绕场边走边老态龙钟地絮语时，讲述《铸剑》的"说书人"呆立，表演《理水》的演员仍演哑剧；当表演《理水》的演员以"急板"速度，机关枪扫射般把台词大段"爆发"出来时，演《铸剑》者呆立，演《采薇》的男演员与一位现代舞女演员表演哑剧——女舞者向地掷物，表现《采薇》中"阿金姐"对伯夷叔齐的讥讽："'普天之下，莫非王土'，你们在吃的薇，难道不是我们圣上的吗！"

与此三重主题同时，女舞者"嫦娥"和京剧武生、男舞者之间的对舞仍在继续，异质的形体语言相互试探、对话、征服、融会，缓慢而顿挫，如互搏，如挑逗，千变万化，妙趣横生。

《理水》的疾速独白是全剧的华彩段落。话剧男演员模仿文中所涉各种角色情境及其言语——大水之中，众学者在文化山上开会，谈论遗传，谈"禹是一条虫"；众学者向巡视官员汇报：百姓有的是吃的，别为他们操心；百姓畏惧见官，推举民意代表……这时台上其他演员慢慢聚拢，朝着他看；他停止讲述，与他们对视；众人慢慢靠近他，次第走到他跟前看着他，发出一个介于"说""唰""杀"之间的声音，嗤之以鼻地笑着离去。他又接着讲，众人又聚，又重复如上动作，离去；他仍接着讲，讲到辛劳治水的大禹如乞丐一般出现在宴乐闲谈的众官员面前时，众人发出哄堂大笑；他沉默，与他们对视，众离去；他又接着讲述苦干而沉默的大禹，暂停，众人终于聚拢来再不散去，围住他，逼他蹲下，指着他齐喊"说！说……"，犹如"文革"时期的批斗场面。灯渐暗，音乐声中幕墙上又投出多媒体影像，那是一组平民生活蒙太奇：一个老头木然地坐在熙来攘往的路边躺椅上，扇着蒲扇；一个正在打气的自行车；一个路边的正在理发的老者的光头……与《理水》中畏于见官、不敢申诉苦境的百姓形象相呼应。众人以慢动作抱作一团，灯光由暗转明，犹如进入"第三乐章"。

"说书人"接着讲述《铸剑》，讲到大王头被黑衣人砍下，入鼎，与眉间尺头在鼎中撕咬，黑衣人自刎，头颅入鼎，助眉间尺之头对抗王头。这时京剧小生高声念白："一个月亮，一个太阳，是谁上去，又是谁下来……"同时男女舞者对舞。其他众人慢慢向舞者聚拢，双手高举空中，犹如托起一轮明月，静场。"说书人"继续坐在烤薯炉前讲故事，众人倾听——黑衣人头和眉间尺头一起，将王头咬得眼歪鼻塌，满脸鳞伤，最后一声不响，只有出气，没有进气了。灯渐暗，犹如进入"第四乐章"。

幕墙放映多媒体有声投影，是剧组成员在切磋谈戏。同时，舞台上又开始众声喧哗，每位演员一边孜孜于拣煤块，一边各说各的，声音高低、语速各有顿挫，最后渐拢于"说书人"的声音——臣民欲葬大王，却分不清鼎中面目模糊的三个头，哪个才是王的，只好三头与王尸同葬。静场。灯渐暗。传来悠然鸟鸣。一如开场，舞台右侧亮着三点微光，只照出三位演员的脸，鬼气弥漫。苍凉音乐起，幕墙上映出半张人面。停顿。人面拉近，特征愈来愈鲜明——是一双女人的眼睛。两行泪水从眼中无声流下。定格。京剧小生的清唱声起，灯暗。剧终。

这是一部在一个空间里几乎运用了所有艺术形式的"总体艺术"作品，其意味由此达到了混沌的极限。鲁迅先生的《故事新编》并非这部作品的"实质"内容，每篇小说其实是作为这部有着无调性交响乐般结构作品的"舞台动机"来使用的。之所以复述它的结构（因记忆模糊之故，恐有许多不准确的地方），是因为对这部作品而言，结构即意义。也就是说，它的意义是从每个形式元素的隐喻意味及其组合方式中诞生的，而这些形式元素——语言表演、京剧、现代舞、哑剧、音乐、多媒体影像、装置艺术……的碎片，是从文化隐喻与身体直觉的双重方向上发生作用的。导演的力量体现在对这些元素的巧妙撷取和大象无形的组合方式上，这组合使剧场真正成为一个超越语义中心的多元、立体的"总体感受系统"。它有勾魂摄魄、难以捉摸的节奏，有朦胧灰暗、宛若废墟的色彩，有麻木委琐的丑，有欲仙欲死的美，有无家可归的危机，有苟且健忘的安谧……这非语言所能道尽的一切，凝成这个关于中国人精神形象的批判性象征体。

结语：对一种绝对的开放

或是现场，或是碟，看过所有能看到的林兆华作品后，我感到自己在与一位永不衰老的艺术顽童相逢。在他的戏剧中，没有因袭，没有套路，没有因屈服于商业目的而削减艺术的难度，没有为取悦于权力而牺牲艺术的独立。这是一位因敏感卓异的审美判断而保持思想之清醒的创造者。他的作品要么成功，要么失败，要么予人狂喜，要么令人生恨，但从不让人昏昏欲睡。颠覆艺术定式、冒犯常规禁忌已成为他的思维习惯和创作起点。

他力求多变，每部作品的艺术手法都令人难以逆料。这种源头活水般的创造力，得之于他的心灵对一种绝对的开放——那是一种对"自由的美学"的开放，只把局限和定法挡在门外。这样的心灵不受训诫，亦不施训诫，而直接近于"太初之道"。这样的心灵最好奇，多动，搜集世间一切关乎本质的讯息。当艺术创造的吁求骤起，这些讯息便倏然而至，奔涌到他的眼前等待筛选和组合。因此我们看到，伟大的艺术家其实都是伟大的组合家——是形式组合的卓绝匠心诞生的巨大热能，成就了全新的作品。这一过程无法被理性言喻，只能诉诸直接领悟的心——正如爱因斯坦所言："直接领悟的心乃是上帝赐予的礼物，理性只是它的仆人。"仆人绝非无所不能，我们不必为其局限痛心疾首。

关于经典剧作，林兆华对艺术语言和表演方法的探索更新了人们对作品内涵、对生命本身的理解。他似乎有种玄学的本能，可将作品引入时间之外的虚无之境。他的"反历史化"的艺术，始而令人静观和抽身于生活之外，终则唤醒生命之敏感和理性之怀疑。因此，说到底，他是一位现代悲剧导演——他的艺术世界在不确定性中弥漫着悲凉之雾，他的精神指向穹苍之上的"一"。

但是林兆华的创作环境显然是有些捉襟见肘的。他的表演方法需要一个稳定的演员团队与他协同探索，他的奇思异想需要一个不完全被商业所操纵的演出机制来培养成熟的观众，如此，他的创造力才能释放最大的可能性。在这一切准备不足的前提下，我们看到了他灵感四溢、有些却似未完成的作品。它们暗示了一个天才在此地的境遇。在中国戏剧界，还没有谁比他探索得更遥远，更无忌，更痴心，更游戏。无论是先锋戏剧炙手可热的当年，还是商业戏剧热火朝天的今日，他的先锋本色从未更改。这个做着自由之梦的人，天真的孩童，无所顾忌的实验者，他拒绝一切稳定性和非独特性，对世界的复杂性与生命力保持着绝对的开放与好奇。在愈益保守的艺术氛围中，我们需对这样的灵魂保持永久的敬意，因为倘不如此，我们就是在反对自己，反对自己的成长与活力。

2008年3月14日完稿

悖谬世界的怪诞对话
从过士行剧作看严肃文学共享性的扩展

我们的权利就是喜剧。

——迪伦马特

楔子

2004年6月底,我看了中国国家话剧院上演的话剧《厕所》。过士行编剧。林兆华导演。观众们欢畅的会心的黑色的笑声穿过了整场演出,临到终场之时,凝成一片悲欣交集的静默。然后是经久不息的掌声。身着黑衣的演员们雕像般侧坐在不规则排列的现代抽水马桶上,接受着观者的致敬与狂喜。已经多年没看到这样酣畅有力的原创话剧了,接下来的结果是:《厕所》上演两轮共计28场,场场爆满——这还要考虑禁止北京媒体宣传该剧的因素。在这部作品面前,专家和普通观众达成了罕见的共识。上溯1990年代,过士行的《鸟人》《棋人》《鱼人》和《坏话一条街》上演时,也是观者如云,一票难求。如此票房效应当然与导表演的功力有关,但是过士行剧本确是全剧的灵魂,其台词的爆炸性、其剧本本身给人带来的阅读快感,是极其强烈的。在一个经历了现代主义的分裂体验、不再相信文学艺术"雅俗共赏"之可能、主流严肃文学又几已"自绝于人民"的时代,"过士行现象"提醒了这样一个事实:我们必须承认"有趣"和"对话"的价值正当性,是它们的原始魔力将严肃文学从孤独的咒语中解放出来,扩展了其"共享幅",并使其向人潮汹涌的"民间广场"奔泻而去。在本文中,我杜撰了"共享性"这一概念,用以指涉严肃文学的美好特质与接受者的精神能力之间的积极关系——也就是"作者"可共通的精神创造性通过"作品"在"读者"那里激发的精神愉悦,以及此种精神愉悦在文学创作—接受领域中的互动与扩展,简言之,就是创作者和接受者对共通的创造性智慧的接近、抵达与欣赏。关于严肃文学的共享性特质,自由作家王小波是这样描述的(虽然他未如此命名):"从某种意义上说,严肃文学是一种游戏,它必须公平。对于作者来说,公平就是：作品可以艰涩（我觉得自己没有这种毛病），可以荒诞古怪，激怒古板的读者（我承认自己有这种毛病），还可以有种种使读者难以适应的特点。对于读者来说，公平就是在作品的毛病背后，必须隐藏了什么，以保障有诚意的读者最终会有所得。考虑到是读者掏钱买书，我认为这个天平要偏读者一些，但是这种游戏决不能单方面进行。尤其重要的是：作者不能太笨，读者也不能太笨。最好双方大致是同一水平。假如我没搞错的话，现在读者觉得中国的作者偏笨了一些。"[1]我还想补充一句：但是中国的作者却往往在预设读者比自己笨的前提下写作。在此前提下，作为"庸众"的读者势必永远不可能理解"精英"作者，因此，道德高尚的作者决定教育他们，性情孤傲的作者决定不理他们，于是大家都关起心门来幽闭地写作——即使写的是"广阔天地"，其精神关怀也是封闭的。因此，当下纯文学是如此缺少"有趣"和"对话"，以至于纯文学作者之外的普通读者几乎不再阅读它们。纯文学成了圈内人自娱的游戏，这种情形真是十足无趣。

当然，必须把"有趣"和"对话"与创作者为了适应受众的智力惰性而投其所好的"挥刀自宫"区别开来，前者实是某种汁液丰沛、开放敏感的不安分创造力自然外溢的结果。——联想到纯文学界近年来为改善门可罗雀的处

---

[1]《王小波文集》第4卷，《〈怀疑三部曲〉后记》，中国青年出版社1999年出版，第336页。

境而提出并被曲解的"好看小说"的救市概念，强调这一点分外重要。现在看来，"好看小说"的写作实践多是把沉闷不及物的内倾性纯文学，改造成保持了纯文学"精神沉闷性"的半通俗小说而已，可说是故弊未除，又添新恙。

在我看来，纯文学"共享性"丧失的原因大致有二：

1）1970年代末至1980年代，文学界尚未在现代人文主义思想中深深浸淫，尚未在精神层面完成"文化现代性"的本质性转化，便已开始对西方现代主义进行"剥离技巧"式的临摹吸收，那些从"上帝已死"的语境中诞生的表达人类破碎体验的技巧，与源自中国前现代传统的虚无体验生硬地结合，从而形成了蔚为大观的"新潮文学"，其封闭性和崩解性的语码系统与国人千百年来的自然艺术传统发生断裂。文学作品既不再能陶情冶性消烦解闷，也不再能成为想象性介入国运民瘼的移情之所，而是成了各种"颓败体验"的会聚地，普通读者的快感期待受到毁灭性挫折——这种快感期待有多大价值可以讨论，同时我们得承认，它也未能得到严肃文学更有价值和更富魅力的导引。而且，随着现代自由意识在公众中的日渐生长，严肃文学不但未能参与这种精神成熟的培育过程，相反，它在整体精神上仍处于停滞的未成熟状态，而被现代公众精神成长的脚步愈甩愈远。

2）1980年代后期以来，"现代主义孤僻个人"的内倾独白模式逐渐居于中国严肃文学的价值制高点，本体论意义上的孤独、绝望、虚无被确认为静止的真理，它将人的内部世界与外部世界割裂开来，于是作为呈现对象的"内部世界"逐渐成为丧失了外部世界原始动力的枯竭之水（回忆一下易卜生《培尔·金特》那个撕洋葱头的譬喻吧，个性如洋葱头之芯，非本质的经验之皮层层剥开，最终的内里空无一物）——这除了是现代主义思维的逻辑结果，同时也是作家们积累经年的意识形态—社会现实厌恶症的病理性发作，写作主体在历史的暴力面前多陷入打击—逃离的简单条件反射模式，而未发展出有力整合分裂体验和悖谬现实的新的艺术智慧。

于是，在文学中存在了无数世代的驰走于民间广场的活泼有力的"对话性"，自此猝然死去，文学共享性的精神纽带也随之消亡，严肃文学"门前冷落鞍马稀"也便成为自然之事。正如秘鲁作家马里奥·巴尔加斯·略萨所说："如果小说不对读者生活的这个世界发表看法的话，那么读者就会觉得小说是个太遥远的东西，是个很难交流的东西，是个与自身经验格格不入的装置：那小说就会永远没有说服力，永远不会迷惑读者，不会吸引读者，不会说服读者接受书中的道理，使读者体验到讲述的内容，仿佛亲身经历一般。"[1]

---

[1] 略萨：《给青年小说家的信》，上海译文出版社2004年出版，第31—32页。

现在，纯文学界似乎在从两个方向上重寻文学的"对话性"，于宏观上便也显现出两种隐忧：一是"现实关怀"的表面化，关于弱势群体的生存叙事、与当下处境暗相对位的历史叙事渐成主潮，与之相应的问题是叙事技巧的陈旧化（好像现代主义经验和技巧从未发生过似的）和精神肌理的道学化、民粹化与粗鄙化，在"苦难""悲悯"和"正义"的上空，徘徊着不会笑的"新阶级论"的幽灵；二是世情叙事的半通俗化，坏就坏在这个"半"字上，即它残留着纯文学孤冷的修辞姿态，却秉持着世俗人功利的精神境界，而纯文学奇思高蹈的精神和通俗文学酣畅通达的优点却未留下。总之，是中国文化的反智传统在文学领域里的泛滥。"智慧"和"有趣"仍然是最稀有之物。"对智慧问题的关注在当代文学中只扮演着一个很小的角色。在我们这个时代最敏锐的那些人中，大多数只停留于描绘混乱状态，超越这一状态以期达到某种智慧，一般来说已不再是现代人的做法。"这是玛格丽特·尤瑟纳尔当年对法国当代文学的看法，挪用到我们的当下文学上来，也依旧合适。

正是基于此，我认为过士行作品的广泛共享性具备探讨的价值——它们是由其有趣性和对话性（而非肉麻性和封闭性）激发欣赏者的认同的，而这对于增进普遍的精神成熟有益。由过士行的创作探讨严肃文学之共享可能的问题，可能会引申出对严肃文学在价值层面上的片面深刻原则和反趣味主义的怀疑与颠覆,而这也许正是本文最终的目的。

其实在严肃艺术的共享性问题上,比过士行更显著的例子是文学领域里的王小波和电影领域里的周星驰——因为智慧和有趣,前者由"精英的殿堂"冲向"大众的广场",后者由"大众的广场"迈进"精英的殿堂"。过士行戏剧并未被如此铺天盖地地共享,但这并不妨碍其作品的精神特质所潜藏的强大的共享可能。

1. 对话与冒犯

过士行1952年12月12日生于围棋世家,其祖父过旭初和叔祖父过惕生是我国20世纪20至60年代的围棋国手,围棋界当年有"南刘北过"之说,"过"指的就是他的叔祖父过惕生。他当过知青、车工、记者,后成为中国国家话剧院的专业剧作家。1989年他创作了第一部话剧《鱼人》,之后至今又写了《鸟人》《棋人》(此三"人"被称作"闲人三部曲")《坏话一条街》《厕所》和《活着还是死去》(又名《火葬场》),最后一部尚未上演。纵观其作品可知,过士行是一位在每部话剧里都对这个世界进行"怪诞"的整体观照的剧作家,而不是对局部世界进行现实仿真和是非判断、或者以形式符号的无限能指运动覆盖存在真实感的剧作家:《鱼人》探讨人的自由巧智和征服意志与自然的和谐延续之间无法调和的矛盾；《鸟人》思考人的无人可以幸免的"异化"问题；《棋人》探究"天才"与"生活"之间你死我活的对立；《坏话一条街》追问文化的发生、保存和扬弃与人的灵魂塑造之间纠缠不清的关系；《厕所》以人之心灵的荒芜沦落质疑"发展"和"进步"的神话；《活着还是死去》则直捣当下社会道德体系的核心病灶——公平、正义和真实的缺失。总之，这是似假还真的情境、变动不拘的氛围、放诞鲜活的人物和黑色幽默的气质构筑的难以言说的形象世界，这个世界与我们生活其中的现实世界之间，构成了一种强烈而复杂的对话关系。

A."独白"与"对话"

借用巴赫金的观点，文学与世界之间存在着"独白"和"对话"两种基本的关系——他是以譬喻的方式来使用这两个词的，因为除了《旧约》中的亚当，没有任何人能真正地"独白"，即能"始终避免在对象身上同他人话语发生对话的呼应"（巴赫金语）。当作家在作品中称述对象世界时，他总是要与其他触及了这一世界的作品与观点相逢，他总是要与已有的话语发生直接或隐性的交流——"同意一些人，驳斥一些人，或者与一些人汇合交叉"，于是"对话"便开始了。但是对话态度本身又有明显的区分：那种仅仅在自我话语的核心深处运动，而把与其话语向心力方向不一的其他现实与杂语摒弃在外的话语方式,即是"独白"——比如用以实现"文化、民族、政治上的集中化任务"的意识形态性诗歌和小说,不及物的、只有"自我"的腹语式现代派作品,等等。意识形态独白(包括官方意识形态独白、反官方的意识形态独白、宗教和准宗教色彩的道德训诫等)的排他性表现在它是以自身权力的方向为方向的;现代主义独语的排他性则体现在另外的维度,即对个性内心之外驳杂"不纯"的社会、世界和宇宙的排斥,它倾向于把人类的内心封闭为一个自给自足的小宇宙。当某种"独白"话语成为主宰性力量时,它"只能消灭语言和思想,兼并真正的个性,或阻碍其发展"(赵一凡语),因而不能建立艺术与世界之间的健康关系。

相反,那种既指称着自我和外部世界,同时又与其他主体的话语相呼应的交流方式,即是"对话"。对话的文学是一种交响着不同精神意识的开放的文学,它在写作者、接受者和整个世界之间,架起了体验、同情与认知之桥,它不认同存在的终极虚无性,相反,它是在深切领悟了存在之荒诞的同时,仍对改善世界的新可能性和人类存在的精神价值表现出坚韧的信念。正如瑞士剧作家迪伦马特所说:"诚然,谁认识到这个世界的无意义,无希望,谁就会完全绝望。但这一绝望并不是这一世界的结果。相反地,它是个人给予世界的回答;另外的人的答复可能会不是绝望的,可能会是个人决定容忍这一我们生活于其中的世界,就像格利弗生活在巨人之中一样。他也实现了时间的距离,他也退后一两步来测定他的敌人,准备自己和敌人战斗呢还是放他过去。这仍然可以显示出人是个勇敢的生物。"[1]这是未被虚无吞没的现代作家面对世界的一种态度,它导致作家承担世界并与世界的复杂性进行不懈的对话。

在对话的文学中,作者放弃了全知全能的"独语的上帝"角色,而成为与"他人的真理"平等交流的人,以及各个不同的"他人真理"的"中立"的呈现者,在不同真理的碰撞和冲突中,作品呈现出没有答案的终极困惑。正是这种困惑,唤起人对存在的真实而诗性的感知。如果说文学有其"功利目的"的话,那么这种精神感知的唤醒即是。这时的作者是一个多重世界、多个他者的汇聚所,就像陀思妥耶夫斯基所说:"我不能没有别人,不能成为没有别人的自我。我应在他人身上找到自我,在我身上发现别人。"[2]也正因如此,他笔下的人物"不是无声的奴隶,而是自由活动的人物,他们与作家并肩耸立,非但会反驳自辩,而且足以与之抗衡"。

由是观之,对话的文学实是自由精神的产物,同时也

---

[1] 张昌华、汪修荣主编:《世界名人名篇经典》(六),"迪伦马特"篇,北方文艺出版社2005年出版,第1417—1418页。

[2] 转引自赵一凡:《欧美新学赏析》,中央编译出版社1996年9月出版,第64页。

是自由精神的孕育者与传布者。阅读过士行的剧作，更加深了我对这一观念的体验。众所周知，戏剧本身即是一种多声部的文学体裁，与其他文学种类相比，戏剧的对话性和公共性更强——因为它直接面对聚拢在一起的活生生的公众，它的艺术呈现只有直接击中观看者的现实处境和精神处境，才能在剧场中产生共鸣。也正因此，在一个健康自由的社会里，戏剧才拥有了"社会论坛"的功能，人们才在这里直接交流和自由呈现对于政治、社会、艺术、宗教等的看法和体验。也正是由于此种特性，戏剧在我国难以发达，因为若要在严格的话语禁忌中游戏，必得具备更高超的表达智慧和更顽强的道德勇气，否则，不是剧作无法上演，就是上演的尽是些无关痛痒的虚饰之作。不幸的是，这也正是我国当下戏剧的主体状况。不幸中的万幸是，还有一个明显的例外，那就是过士行。过士行如同技艺超群的走钢丝者，在那根纤细摇晃的话语钢丝上翻转腾挪，酣畅嬉戏，在我们以为他会跌入禁忌深渊之地，他奇迹般地凌空而起，在我们认为他将脆弱无力之处，他总能当胸给我们重重一击。在当下有限的话语通道上，他以敏捷的身手与这个世界进行着多个层面的精神对话，并在对话中释放着他冒犯性的精神动能。

可以说，"对话与冒犯"是过士行的写作姿态。对话，是他与世界在社会现实层面和精神本体层面的对话；冒犯，则是他对一本正经的冠冕谎言的冒犯，对"唯生存准则是从"的民间劣根性的冒犯,对僵化停滞的艺术惰性的冒犯,对凝固不动的"唯一真理观"的冒犯……在众声的交响中,他服从的既非"草根的正义",亦非"官方的道德",他追求的既非"先锋戏剧的形式快感",亦非"现实主义的生活气息"。他在对话与冒犯中表现出来的精神独立性与艺术创造力,有时是令人惊讶的。

B. 社会现实对话性

我们可以逐层分析他的对话性。先说最表层的"社会现实"对话性。这是过士行戏剧受到公众欢迎的主要原因之一,也是中国剧作家在当下语境中最难实现的一个方面。过士行的独得之秘在于,他掌握了"边缘"与"中心"的微妙平衡——他的戏剧人物及场景是极其边缘的,然而内涵所涉却触及公众关注的精神核心;所涉是公众关注的精神核心,然而观照方式和表达姿态却是自我边缘化的,即不采取黑白分明的"道德冲突"与"真理激辩"模式(就像阿瑟·米勒所做的那样),而是在是非不明的灰色地带进行"多重真理"的含混多义而又机锋迭出的立体呈现。

这种"边缘性"直观地体现在过士行对戏剧场景的安排上。与其开放的对话精神相应,他的场景永远都是"交往领域的世界",即社会各色人等交流聚集的场所;然而这交往之地又与趋向中心的官方性的堂皇地带毫不沾边,而是自由散漫无法"收编"的民间场所，它带有拒绝升格、放浪不羁的"粗俗"气质：《鱼人》是在钓客云集的湖边，《鸟人》是在养鸟家云集的鸟市，《棋人》是在光棍棋人何云清的家里，这个家已不具备私人性质，完全成了棋迷们的对弈场；《坏话一条街》不消说是一条充斥着流言蜚语和刁钻顺口溜的平民街巷；《厕所》剑走偏锋，是在上世纪70、80、90年代人出人进的公共厕所；《活着还是死去》则将"偏"推向极致，索性让各色人等来到火葬场悼念室接受死亡的拷问。

　　与场所的民间边缘性相匹配，人物也都处于权力中心之外的边缘地带：沉迷于个人嗜好的社会闲人（钓鱼能手、养鱼把式、退休将军、教授、经理、不得志的京剧演员、心理医生、鸟类学家、孤独的围棋国手），民谣搜集者，精神病人，胡同大爷大妈，厕所看管人，小偷，同性恋者，自由撰稿人，摇滚歌手，殡仪馆老板，魔术师，含冤而死的艾滋病感染者，壮志未酬的足球运动员，歌厅小姐……人物数量庞大，身份庞杂，居于聚光灯下的主人公最是位于社会"阴面"的冷僻角色，不但不承担主流价值观的象征功能，相反，其存在本身倒是对"阳面表述"的映照、质疑与反讽。然而过士行戏剧的人物覆盖面也有一个衍变的过程：在"闲人三部曲"里，是清一色的民间闲人，人物之间的紧张关系是由"超社会性问题"所导致；到了《坏话一条街》中，人物的民间色彩一如既往，然而多了一个异样的角色"神秘人"及其规训者"白大褂","神秘人"前半部分像是民间舆论的监视者,后半部分又现身为拼死维护文明遗产的先知,他与胡同居民的紧张关系实是超功利的"文明"与功利的"生存"之间的紧张,然而先知即是世人眼中的狂人,于是终归要被象征着日常秩序的"白大褂"拘拿而去;到《厕所》和《活着还是死去》中,主要人物仍是游荡于社会主流之外的边缘人,但是和"神秘人"色彩相近的人物在这两部戏中有了变异性的延续——那就是《厕所》里的"便衣"和《活着还是死去》里的"侦探"("神秘人"的另一半变身为"侦探"的对立方"楚辞"),此二人色彩诡异,犹如阴沉天际的隐隐雷声,又似一部交响曲中的黑色音符,总是作为"中心意志"的象征代理人出现,每当民间世界发出摇撼了僵化秩序的旁逸斜出之音,他们的身影便会幽灵一般应声而至,成为"监控者"的谐谑化身——过士行戏剧的社会对话性因此一形象的诞生而增加了张力与深意。值得注意的是,监控者的幽灵最终都如"化身博士"一般隐遁而去——舆论警察"便衣"在市场经济的90年代,成了出身于小偷的防盗门厂老板"佛爷"的跟班,始终代表义愤填膺的秩序真理的"侦探"直到剧终"白大褂"登场,才让我们知道他原是精神病院里逃出的病人。对"恐怖力量"进行这样的轻逸化处理,乃是创作主体对自由之敌的祛魅与戏谑(在其他作家的叙述中,"自由之敌"形象要么缺席,要么是将其巨灵化和恐怖化,两种情况都是严酷现实作用于创作主体所产生的内在精神恐惧的变形投射)。在《活着还是死去》的结尾,一副手铐从空中缓缓落下,与"侦探"的魅影渐相重叠,黑色的禁锢意象是作家对我们真实处境的冒犯性命名。

就这样,一群边缘人在边缘性的民间汇聚场所,以层出不穷的变幻样态触碰着现实社会的真实核心。这种触碰不是义正词严一本正经的,相反,它是亦庄亦谐和恶作剧的,它通过人物的爆炸性台词,将虚伪光鲜的现实地表炸得千疮百孔。

不妨现举一例。在《活着还是死去》里,第六场下半场是一群小姐追悼一个跳楼自杀的姐妹,变身为"化装师"的楚辞主持追悼仪式。在他准备赞美她们的"真实"之前,先询问一番众小姐在干这一行之前都是做什么的,于是有了下面的对话:

> 众小姐 (七嘴八舌)我学花样游泳的,我学音乐的,我学外语的,我学耕耘的……
>
> 小姐甲 什么耕耘,不就种地吗?
>
> 众小姐 是呀!种地的最不值钱,卖完粮食拿的都是白条,提这个干什么!
>
> 化装师 种地的就应该拿白条,因为我们从来提倡的就是只问耕耘,不问收获。好啦我们不要再

纠缠细枝末节了。我要说的是你们才是最真实的。

小姐乙　我们这里有人二十六了老说二十一，有人得了性……

小姐甲　SHUT UP！

化装师　无伤大节。当我们去医院输血得了艾滋病的时候，当我们耕耘的是假种子的时候，当拦河大坝用了标号不够的水泥引起渗水的时候，当我们的战士在战场上用了劣质子弹打不响的时候，当高考题泄露的时候，当会计做假账的时候，当处女都被定为嫖娼者的时候，当药都是假的的时候……什么还是真的？

众小姐　哎！什么还是，什么还是？

化装师　这个世界还有真的！那就是你们！你们是真的，你们的血是真的，你们的肉是真的，你们出卖的肉体是真的，你们的青春是真的！那是真正青春年华的肉体，那是学过美术、音乐、播音、花样游泳、外语，哦，还有耕耘等等本领的肉体。你们用自己的青春满足了大规模流动人口的生理需要，换回了无数良家妇女的人身不受侵犯。当房地产业，大中型企业给国家造成大量不良贷款的时候，你们不要国家一分钱，百分之一百的空手套白狼……

恶毒的嘲谑和悲悯的关切、尖刻的冷眼和炽热的襟怀、没心肝的爆笑和摧心肝的狂怒交融在一起，如同难以化合分解的灼人液体。过士行剧作就是以这样不拘形迹的方式，实现其艰难而酣畅的社会现实对话性的。"你说的一切与我们有关。"——这是其作品的公众"共享性"的基础。

C. 精神本体对话性

然而更深层的共享性则存在于作品与世界在精神本体层面的对话之中。那些轰动一时而事后湮没无闻的作品，就是此一层面的匮乏导致其艺术生命的短暂的。而过士行戏剧的独异性也源于此：它们是剧作家对世界进行怪诞的**整体性**观照的产物，同时，他与他的对象世界之间的关系也是醒目的——那是一种若即若离、既外且内的关系。应当说，"是否和如何对世界进行整体观照"以及"作家在对象世界面前位置如何"这两个问题，对于作品的精神品格意义重大。如果作家对世界不作整体观照，而是精神活动的起点—过程—终点始终附着在局部现实的形而下碎片上，并且作家与其对象世界之间并不拉开"超我"的审美距离，而是其"自我"或"本我"总在其中利害相关，则该作品将很难具有精神的纯度，而势必染有世俗的杂音。这是当下所谓严肃文学烟火气重、精神混浊的一个原因。相反，若作家是在对世界作独特的整体观照前提下表现对象世界，且既与对象世界拉开"超我"的审美距离，同时又能潜入其内部揣摩和表现每种存在的相对合理性，则他（她）的作品必会抵达一个晶莹浩瀚的世界，通往无限幽深之处。

与一些当代作家的精神观照越来越微雕化和物质化不同，过士行与世界的精神本体对话是大开大阖、自由往还的——他的每部剧作都揭示出人之存在的一种悖论状态。所谓悖论，即意味着事物的任何合乎逻辑的一面都存在着与它正相反对的同样合乎逻辑的另一面，此二者相生相克，互为"生死之因"，互为不可解决的绝境，因此，世界本质上即是由各种悖论所构成。对过士行戏剧而言，"悖论"的呈现本身又经历了阶段性的变化。

在"闲人三部曲"中，过士行专注于探究人之存在的超社会—历史性悖论。《鱼人》揭示的悖论在于：人的自由意志与智慧冲动（它由"钓神"代表）必将驱使人征服自然以致破坏自然与人的和谐；而自然（它的意志由"大青鱼"和"老于头"代表）若要被认知，则又需要人的自由意志与智慧冲动。"人"与"自然"的相生相克关系，在"钓神"和"老于头"惺惺相惜、双双死去的结局中得以寓言。《鸟人》揭示的悖论在于：人终是自身欲望的囚徒与病人，但正是这些并不体面的欲望支撑起一个参差多态的世界——在此剧中，"鸟人"有驯鸟欲，"心理学家"有规训鸟人的窥阴欲，"鸟类学家"有对鸟标本的占有欲，洋人查理有监督欲，他们的欲望背后都有难以启齿的病态动因。但是，人们若要根除其"病"回归"健康"，则势必也会失去生命的基本动力而沦为空壳，这个参差多态世界，也势必变成只有一个正确答案的单一世界，其空荡无聊，就如同《鸟人》最后，众人被三爷审问得哑口无言、曲终人散一样。《棋人》揭示的悖论在于：天才（此剧中，"天才"由孤独棋人何云清和青年病人司炎所象征）若要追求智慧的极致，必将纵身跃入智慧的黑洞而损害"生活"的逻辑（"生活"由司慧所象征），这是一个"反熵"过程；"生活"若要达成自身的圆满，则必要人遵循日常的逻辑而离开对极端之物的追寻，这是一个"熵增"过程。此剧的司炎实是死于人类"反熵"与"熵增"运动对他的争夺与撕裂，而何云清与司慧的落寞则暗示了"反熵"与"熵增"运动各自隔绝所导致的枯萎。此三种悖论超然于特定的社会—历史规定性之外，是过士行戏剧与"放之四海而皆准"的隐蔽"真理"之间的对话，而非与具体的此岸世界的对话，他的对话姿态是暗带讥讽而又冷眼旁观的，非介入性的。

在《坏话一条街》里，过士行半步踏进社会—历史之维，半步踱进超越之门，揭示出人之存在的文明悖论：在一个培植"恶"的文明传统中，文化保守主义者出于文明的焦虑若要保存这文化，则该文化族群的人性劣根亦势必被保存下来（文化保守主义者"耳聪"费尽心机搜集民谣，"神秘人"千方百计阻止拆迁，却反被"槐花街"居民所闲话和围攻。这里"民谣"和"四合院"是文化传统的象征);若要消除劣根,清洁人性,则势必要斩断该文明的传统之根,使人找不到自身的来路(文化理想主义者"目明"以消去"耳聪"磁带里充满"坏话"的民谣,来实现其"清洁人性"的目的,在"耳聪"看来却有"倒脏水弃婴儿"之憾)。这一文明悖论自"五四"以来一直是中国知识分子纠缠不清的梦魇,竟然在过士行这部发生于平民胡同的"贫嘴剧"中得以呈现,实是奇迹。

在《厕所》和《活着还是死去》中,过士行实现了对以往的"超越性观照"的超越,他终于从一个不涉是非、本乎个人的超社会—历史的精神空间,毅然迈进是非缠绕、沉重浑浊的社会—历史空间,将他本乎内心的道德感,与天赋而来的复调智慧相结合,揭示出后极权社会里"个人尊严"(自由,平等,生命,爱情,荣誉,真实的认知权利,必要的生活条件……)与"整体秩序"(安定,驯服,可规范,可预料,"思无邪",任宰割……)之间的悖论关系——个人一旦产生尊严呼求并身体力行,秩序必会发生惊悚的松动并动员自身的反作用力,阻挡和摧毁尊严的实现(比如《厕所》中,史老大刚愤怒地说出这个国家在"作","便衣"就立刻应声而至,将其带走);秩序一旦膨胀自身的权力意志,则寻求尊严的个人就会决意抗争,直至遭遇无理性的禁锢与毁灭(比如《活着还是死去》中,象征着秩序意志的"侦探"一叫嚣:"我们活着就是要清理社会的各个角落,把那些垃圾都打扫干净,让整个社会都生活在无菌环境里",象征着秩序不稳定因素的"楚辞"就要落个被推进火化车间的下场)。这是具体时空中发生的限定性悖论,由此一悖论的呈现,观众或阅读者得以追索和认知支撑这一悖论的无形而野蛮的悖谬力量。这种颠覆性的认知导引,乃是文学对现实世界所能做出的有力而富创造性的冒犯。

纵观过士行戏剧,虽然它们在精神本体层面尚未达到精微深邃的境界,其群体性的社会现实情怀尚未转化为个体性的精神存在本身,但是,它们呈现的精神世界却超越了中国文学中习见的伦理道德领域和私人生活领域,也超越了惯常的善恶对立模式与家长里短模式,以一种智性的"悖论"模型,将人之处境的复杂、含混和多元寓言了出来。可以说,这是他在精神对话层面给中国当代文学的独特贡献。

2. 怪诞悬念与诙谐思想

实际上,推动观众或读者把一部戏剧从头看到尾的,不是该剧所谓的深刻思想和善良的意图——纳博科夫有言:在文学中,所谓深刻的思想,无非是几句尽人皆知的废话而已——而是戏剧的悬念、节奏与趣味。这要通过戏剧动作、人物台词和戏剧情境的变化来实现。戏剧的被接受取决于悬念,"它可以由各种问题来表达,如:'下一步将发生什么事?''我知道将要发生什么事,可是它将会怎样发生呢?''我知道将要发生什么事,也知道将怎样发生,但是X将对此怎样反应呢?'或者是完全另外一种问题:'我所看到的是怎么一回事?''这些事仿佛都是按一定形式发生,这次又会是什么形式呢?'等等"。[1] 过士行戏剧本质上属于让观众自问"我看到的是怎么回事?"这种情况,也就是说,他的作品表面遵从生活的外壳,而内里却按照自身的离谱精神一意孤行,最终让观众疑惑于自己所看到的。之所以产生此种效果,是因为过士行的戏剧乃是由"怪诞"悬念所支撑,而怪诞的背后则是一种消解片面严肃性的诙谐思想。

何谓怪诞?Л.Е.平斯基认为,"艺术中的怪诞风格化远为近,把相互排斥的东西组合在一起,打破习惯观念,近似于逻辑学中的悖论。乍一看去,怪诞风格只不过是奇思妙想,滑稽可笑,然而,它却蕴涵着巨大的能量"[2]。巴赫金则指出:"在怪诞世界中,一切'伊底'(即支配世界、人们及其生活与行为的异己的非人的力量。——引者注)都被脱冕并变为'滑稽怪物';进入这个世界……我们总能感觉到思想和想象的某种特殊的、快活的自由。"[3] 过士行戏剧中的怪诞,正是如此。

---
1 [英]马丁·艾斯林:《戏剧剖析》,中国戏剧出版社1981年出版,第39页。
2 转引自《拉伯雷研究》,巴赫金著,河北教育出版社1998年出版,第38页。
3 《拉伯雷研究》,第58页。

这位剧作家"把相互排斥的东西组合到一起"的手段是变幻不定的，现举几例：

A. 超现实元素与现实元素的自然交融与并置。《鱼人》里，一个寻常的北方秋天的湖畔和一群寻常的钓鱼者和养鱼工，与神乎其技的钓神和那条神秘的大青鱼自然并置；《鸟人》里，鸟人们自然而然的鸟市生活，被现实生活中不可能存在、却在剧中"自然而然"建立起来的"鸟人精神康复中心"取代，而三爷审案一节，亦是既超乎现实又毫不唐突；《棋人》中，何云清和棋迷的世俗生活与阴魂对何云清的造访（两次出现：先是以一束光形象出现的司炎之父，后是已经自杀的司炎）自然并置；《坏话一条街》中，"互相说人坏话"的现实情境与民谣的形式化奔泻、神秘人的出没（尤其是神秘人将花白胡子打晕，摘下其须，与花白胡子表演双簧一段）、妞子奇迹般的痊愈等超现实情境自然交融；《厕所》中，极度写实的厕所生活，被某夜史爷窗外无迹可寻的"夜半歌声"划破，结尾多名黑衣人在戏仿电话转接台的"超高级马桶"使用说明声中默然静立，也是超现实的黑色幽默之笔；《活着还是死去》中，追悼室里闹哄哄的现实氛围，与魔术师楚辞戏仿现代弥撒超度死者，及死者短暂复活参与生者对话的荒诞情境的混合与并置……超现实元素对现实世界的侵入，使惯常的世界出现间歇性的短暂静场，那些唯有从歪斜刁钻的视角才能发现的真理，由此无声地泄露。超现实因素出现在过士行戏剧的自然进程中之所以并不显得突兀和不可信,与其戏剧主题都是与世界的整体性对话有关,表达大困惑,唯有依靠大变形和大偏离才能达到,拘泥于生活的日常逻辑,就没有足够的空间容纳荒诞古怪的精神追问;同时,还与营造氛围、从开始就敞开超现实的可能性、叙事空间运行逻辑的首尾一致等多种技巧的运用有关。

可以说,过士行戏剧不是由日常想象力所支撑,而是由变形与偏离的想象力所构建——那是一种由诙谐思想带动的变形与偏离。利希滕贝格指出:"把真实的各种微小偏离现象看作真实本身,乃是整个微分学的基础,这一巨大技巧也是我们的诙谐思想的基础,如果我们用一种哲学的严谨性来看待各种偏离现象,那么我们这种诙谐思想的整体常常就会站不住脚。"[1]这段话也可以视作过士行戏剧的方法论。"把真实的各种微小偏离现象看作真实本身"之所以会产生诙谐,是因为"偏离"给人造成的错愕和"看作真实本身"所表现出来的若无其事之间,存在着巨大的张力,这种张力的直接后果导致"笑",以及举重若轻的从容气度。同时,诙谐的真实观打破了拘泥于事物常相的单调逻辑,建立了一种自由奔放、充满意外和欢乐的想象力,将人从常规的价值观念和等级观念的囚禁中解

---

[1] 转引自[瑞士]迪伦马特:《老妇还乡》,外国文学出版社2002年出版,第3页。

放出来。这是诙谐思想的价值所在。

B. 情境与语言之间的"错位"。最集中地体现在《坏话一条街》里。此剧将文明批判（也可说是国民性批判）的意图化为"耳聪"采集民谣的动作线索，于是民谣在各种情境"借口"下如泡沫一般飘向空中，其貌似不搭调的"错位感"强化了情境的诙谐。可以随便举出一段：耳聪把她所崇拜的神秘人藏在了自己屋子里，郑大妈循声察看，神秘人躲到床下。郑大妈坐在床上，问耳聪为什么屋里有声，耳聪声称自己在背民谣。郑大妈每欲弯腰，耳聪都抢上前去背上一段，由正常地背，变为"咬牙切齿地"背，进而"一步抢上，与郑大妈并肩而坐，搂住郑大妈"地背，直至"急跪在郑的面前，抱住郑的双腿"，"如泣如诉地"背："山前住着崔粗腿，山后住着崔腿粗，两个山前来比腿，也不知道崔粗腿比崔腿粗的粗腿，也不知道是崔腿粗比崔粗腿的腿粗。"[1]

《厕所》第一幕则更为典型：70年代的公共厕所，外面已排起了等待的长队，里面排便的人们则一边四平八稳地蹲坑，一边有声有色地交谈：

> 张老　对待尼克松的态度就是不冷不热，不卑不亢。

---

[1] 过士行：《坏话一条街——过士行剧作集》，中国国际广播出版社1999年出版，第273页。

胖子　（关上半导体，唱京剧）他神情不阴又不阳。

张老　文件上不是这句话。

胖子　基辛格喜欢肚皮舞。

张老　你从哪里听到的？

胖子　《参考消息》。

张老　要看他的主流，他对我们中国还是友好的嘛。

胖子　您是说肚皮舞不好？

张老　这是一种下流的舞蹈。

胖子　下流在哪儿？

张老　用肚皮……

英子　肚皮舞非常性感，并不下流。

胖子　非得看了才能知道。

张老　那得到中东去。你是去不了了。

胖子　那我就光看肚皮，舞，再说啦。

英子　是这样的……

英子学肚皮舞。

三丫儿　别扇我这边儿嘿。

厕所是物质—肉体生活的"终端"场所，"接受排便"是其天职，但是人们却在这里交流着中国的外交、张伯驹的命运、公费医疗、社会风气和未来前景，精神活动与下体活动滑稽地难分彼此，这种滑稽感对那个时代压抑滞重的精神氛围形成了无言的反讽，这种错位之感也产生了特有的过氏诙谐效果。

　　C."自我废黜"的形象。这是过士行为中国戏剧创造的独有形象，也是极具超现实色彩和形而上意味的形象，他们是《鱼人》里的老于头和《活着还是死去》里的楚辞。老于头为了守护自然的生生不息与天人和谐，在劝阻钓神失败、眼看他要钓起大青鱼之际自毁生命，偷偷跳入湖中"替大青鱼和钓神玩耍"，结果二人为了各自的生命追求双双瞑目。楚辞作为"阴面"世界（无权者的世界）的一个不安分的抚慰者，在火葬场追悼室——这个阴阳交界之地——以致悼词的方式，为那些在"阳面"世界（按照权力者逻辑运行的世界）遭受不公平对待的阴魂实现了带有"冥币"性质的替代性公平，虽然只是"冥币"，也仍被秩序的象征者"侦探"认为是扰乱了阳面世界的金融秩序，因此他向楚辞发出了推进火化炉的"判决"，以看看他的存在到底是"真实"还是"虚幻"，楚辞没有反抗，戴上手铐躺在停尸床上被推了进去。

　　老于头和楚辞都是以自我废黜——虽然他们可废黜的只有自己的生命——来阻挡"阳性世界"对"阴性世界"之侵毁的形象，这与迪伦马特创造的"自我废黜"形象有异曲同工之处——迪氏剧作《罗慕路斯大帝》中的罗慕路斯以自己对罗马帝国的怠工和最终的被黜使异族人民免于自己统治的帝国的荼毒，《物理学家》里的默比乌斯则由于意识到自己的发明将给世界带来毁灭而把自己关进了疯人院。过氏与迪氏的不同在于，迪伦马特人物的"自我废黜"是为了不使自己成为毁灭世界的"伊底"，过士行人物的"自我废黜"是倾全部微力反抗"伊底"对世界的占据。两者的选择都是勇敢决绝的，只是前者的形象散发出一个主体性丰饶的人自由的光辉，后者的形象则充满了柔弱者飞蛾扑火的无奈，由此可见东西方文化性格的差异和现实生活给予作家的不同暗示。

D. 民间俗文化的运用。对民间俗文化的使用给过士行戏剧注入了奇气。过士行精通钓鱼，养鸟，喂虫，下棋，谙熟民间俚语、里巷之事，当文化记者时看过上千部戏，采访过上百位表演艺术家，在他还不知道自己将要写作的时候，侯宝林们就已把自己醇厚幽深的艺术世界掀开了给他看。与民间俗文化有关的交往生活是他生命的一个自然部分。在过士行的戏剧里，民间俗文化不像有些"京味作家""民俗作家"那样成为表现目标本身、并最终"物化"作品的精神活性，而是作为人物交往和戏剧动作的起点：《鱼人》《鸟人》《棋人》里的人物交流是以钓鱼、养鸟和下棋的常识为前提的，《坏话一条街》是以民谣作语言主体的，它们提供了一系列特殊的生活空间和人物群体，因此有力避免了当代生活表层经验的雷同化（这种趋势在当下文学中愈演愈烈），并赋予表层经验以形象独异性和精神丰富性。

在过士行剧作的关节处，那些关于鱼、鸟和棋的精湛知识会成为营造高潮的推动力和塑造人物的血肉——至于骨架和神经，就由作家的思想去承担了——没有它们，"钓神""三爷"和"何云清""司炎"就不可能塑造得如此神奇可信，如同凝结了天地奇气的精灵：钓神和老于头在大青湖边关于垂钓的半韵文体的问难对答，胖子、百灵张与三爷关于"啾西乎跺单，抽颤滚啄翻"的养鸟禁忌和"全套百灵"内容的交流，棋人何云清以"走天元"开始的与少年天才司炎之间的生死对弈……都不是表面敷衍能够完成的。《棋人》在日本上演时，围棋大师吴清源作为观众在场，棋局按照过士行的设计在舞台上一丝不苟地进行，力求每一步棋都经得住他的评判。对于这些"梓庆"式的人物而言（《庄子·达生篇》："梓庆削木为鐻，鐻成，见者惊犹鬼神。"以形容那些神乎其技者），他们的"技艺"已成为他们形象和个性的一部分，作家对知识的掌握稍有闪失，形象的可信性就会土崩瓦解。而这些特殊知识在剧中的自然流溢，则给作品带来了极大的活力和共享快感。尤为可贵的是，作者没有停留于对"技"的炫耀性展示，而是抱着平常心，将"梓庆"和芸芸众生一道放在现代自由人文思想的光照下冷静审视，以"技"背后的文化精神隐喻为旨归，实现了题材特殊性和主题普遍性的"对立统一"。

然而对这位怪诞剧作家来说，更重要的是民间俗文化的形而上影响——很大程度上，是这个"俗民间"赋予了他"思想和想象的某种特殊的快活的自由"。过士行戏剧的"非集中化"结构和广场狂欢气质，我以为很大程度上得自于民间俗文化的生命状态对他的天然暗示。"应知世间盖天盖地奇书，皆从不通文墨处来。"[1]"不通文墨处"，意味着逃离了思维规训的文化处女地、泥沙俱下本真粗粝的市井民间、承载真实体验但没有话语权力的"沉默的大多数"……由于民间俗文化形成于"权威缺席"（包括世俗权力的权威和精神文化的权威）的语境中，它天然秉有平等精神、自由感受和狂欢气质，与物质—肉体生活联系紧密，与官方世界和官方文化迥然有别。"一个世界是相当合法的，官方的，用官衔和制服组织起来的，表现为对'都城生活'的想往。另一个世界则是一切都极可笑而又极不严肃，这里唯有笑是严肃的。这个世界带来的怪诞荒谬，原来恰是真正能从内部连接一个外在世界的要素。这是来自民间的欢快的荒诞……"[2]欢快和荒诞的民间敞开怀抱迎接一切生命的参与和观察，当别具慧眼的精神天才与它相遇，肉体—精神完美结合，最富活力和奇思、包孕着最丰饶的生命信息的作品便会诞生。莎士比亚的戏

---

1 《金圣叹批评水浒传》，第十四回，齐鲁书社1991年版，第273页。
2 巴赫金著、白春仁等译：《文本·对话与人文》，河北教育出版社1998年，第16页。

剧，拉伯雷的《巨人传》，薄伽丘的《十日谈》，便是从这"不通文墨处"来的。它们带着得自民间的诙谐精神，解放了禁锢于神权的心灵。进入现代以后，物质／精神的分化隔绝导致大众／精英、俗／雅的僵化对立，肉体—精神的自然循环被阻断，精英意识的绝对化使现代艺术成为自循环的产物，其精神观照的封闭化和人工化造成活力和共享性的减弱。而一些文学艺术的实践表明，物质—肉体化的民间因素一旦介入，精英艺术的孤僻症状便会重新消失，那种源自理念推导的形而上恐惧感，会被从大地上获得的诙谐无畏所消解。这是民间俗文化对过士行戏剧最大的恩惠。它的不受拘管、天马行空和朴素低调的精神，暗示剧作家去超越"非此即彼"的高调思维，以及对"伊底"的恐怖性想象。"恐怖，是诙谐所要战胜的那种片面而愚蠢的严肃性的极端表现。只有在毫不可怕的世界中，才有可能有怪诞风格所固有的那种极端的自由。"[1]

过士行戏剧的民间俗文化世界，正是这样一个"毫不可怕的世界"。游戏精神主宰着这个世界，无论是形而上的追问，还是冷峻的社会批判，都在这种半真半假、面带坏笑的游戏中"顺便"完成。

E. 向心力与离心力并行。向心力是指一部作品在情节、结构、语言、形象等方面向着一个意义核心集中而去

---

[1] 巴赫金：《拉伯雷研究》，第56页。

的倾向；离心力则是指在这些方面与意义核心背道而驰的那种分散化倾向。西方戏剧的经典传统基本是一个"向心力"的传统——它的典型体现是时间、地点、人物高度集中的"三一律"。而中世纪的笑剧、愚人剧、18世纪意大利的即兴喜剧，以及20世纪以来的荒诞派戏剧等形成的"边缘传统"，则呈现出意义和形象的离心倾向。离心力是对向心力的干扰和解构，在过士行戏剧中，两个方向的力则共存并行，正如巴赫金对"杂语"所描述的那样："与向心力的同时，还有一股离心力在不断起作用；与语言思想的结合和集中的同时，还有一个四散和分离的过程在进行。"[1]

这个特点在过士行所有剧作中都有体现，然而最突出的是《鸟人》。过士行自己说，这部戏是一个禅宗公案的结构。精妙至极。禅宗公案是"向心力与离心力共存并行"的极端表现。在一些禅宗公案中，曾有一些关于"佛是什么？"的有趣对答，禅师们的回答千奇百怪："土身木骨，五彩金装。""朝装香，暮换水。""猫儿上露柱。""龟毛兔角。""火烧不燃。""三脚驴子弄蹄行。"……荒诞不经，不着边际，似在恶作剧。这是因为禅反对自语言形成以来即已开始的"中心化"思维，以及由此种思维造成的生命枷锁。因此，从精神世界的庞然大

---

[1] 巴赫金著，春仁、晓河等译：《小说理论》，河北教育出版社1998年，第50页。

物开始，直到它里面最微小的团块，都是禅要消解和粉碎的对象，这是"禅"获取精神自由的一种途径，也是禅宗问答总是风马牛不相及的原因，以及它总是以"离心力"的方式出现的原因——因为符合日常逻辑的对答本身就是在接受"中心化"的思维枷锁。

然而悖论的是，禅师们在"反中心"的同时，其回答本身也有他自己的侧重，自己的"中心"，而不是全无中心的"百物不思"——"若百物不思，当令念绝，即是法缚，即名边见。"（《六祖坛经》）禅所反对的"中心"，是那种由于人类陈陈相因的默认而严重僵化、不被质疑的"真理"，或曰存在已久的意识深处的"大一统"，它如死亡的磁石，将生的碎屑吸附其上，于是"生"也一同死亡。禅的目标是让这些易被吸附的轻飘碎屑产生自身的力，产生飞翔的翅膀，变成生命的蜂鸟或鲲鹏，最终实现存在的自由。因此，可以说"禅"是一种以"说"来否定"说"、以"思"来否定"思"，并通过这种否定，来达到对无限真理的无限言说与沉思的方式，或者说，禅是一种以对"腐朽中心"的离心运动，来达成对"无限新奇"的无限种向心运动的思维方式。

《鸟人》正是这样的方式。此剧中有四种人，四条精神线索：鸟人（以失意的京剧名角三爷为首），他们的"养鸟经"是反自然、反自由的"驯化"与"恋父"的中国文化传统的象征；精神分析学家丁保罗，他是一个把任何事都归结为"弑父娶母"模式的以己度人的教条主义窥阴爱好者；鸟类学家陈博士，他以鸟类研究为名将世界上最后一只褐马鸡制成了标本，是一个研究生命却走向生命反面的工具理性主义者；国际鸟类保护组织观察员查理，他一方面认为鸟人们的驯鸟是残酷和违反鸟权的，另一方面却给杀死褐马鸡的陈博士颁发鸟人勋章，是一个在逻辑上自相矛盾的监督癖患者。这四种人、四条精神线索是对这个充满矛盾和悖论的世界的反讽性隐喻，每一种人都是一种片面真理的体现者，都有将自己和自己的真理绝对化的倾向——认识的迷障就是由相对真理绝对化所造成，破除这种"绝对化"凝成的僵硬团块，将它的荒谬和有限性彰显出来，这是《鸟人》的野心。禅宗公案的结构使它在很大程度上实现了这一野心：当鸟人（三爷和胖子等）、丁保罗、陈博士、查理在以动作和语言表达自身时，既是在消解其他的三种片面真理，也被其他三种片面真理所消解。这就是"向心力与离心力共存并行"的意思。丁保罗用他的听起来荒诞不经但又不无道理的精神分析消解了鸟人三爷的绝对权威；三爷以京剧审案的方式，揶揄了丁保罗的精神分析、陈博士的鸟类研究和查理的鸟类保护监察，"而那样地处理京剧，京剧本身也被消解了"（止庵语）。没有一种人得以"全身而退"，其对待自身的那种郑重其事的片面严肃态度最终无不以可笑的面目走向终结。然而这种对绝对化的片面真理的消解，并不导致一个虚无漂浮的相对主义世界的诞生，而是相反，这种时刻不停的否定意识，乃是基于对某种更加饱满和无限的"绝对"的朦胧体认。这是禅的方式，它在过士行剧作中润物无声地运行，给过士行的"怪诞"增添了独异的色彩。以我有限的阅读，还没找到任何一部与此剧结构相似的作品。

如果说那种高度集中化的戏剧结构是"集权政府"，那么过士行戏剧处处"离心"、枝蔓横生的"非集中化"结构，则是一种"民主政府"，那些旁逸斜出的小角色的无关大局但是机智幽默的动作和对白，就像民主政府里与总统意见不一的议员，张扬着"公民不服从"的权利。表面看似乎扰乱了富有效率的前进大方向，而真正的自由意志恰恰就蕴涵在这与整齐划一截然相反的杂音式动作里。这是怪诞的文学虽然拉拉杂杂却能给人带来无尽快感的"潜政治学"原因。

3. 悲剧意识与喜剧精神

巴赫金这样论述陀思妥耶夫斯基小说的复调特征："众多独立而互不融合的声音和意识纷呈，由许多各有充分价值的声音（声部）组成真正的复调——这确实是陀思妥耶夫斯基长篇小说的一个基本特点，在他的作品中，不是众多的性格和命运属于一个统一的客观世界，按照作者的统一意识——展开,而恰恰是众多地位平等的意识及其各自的世界结合为某种时间的统一体,但又互不融合。"[1] 评论过士行剧作,或可借用这段话,虽然其人物主体性的深刻程度无法与陀氏相比。在众多人物"地位平等的意识"组成的复调之上,还有一个大"复调"——悲剧意识与喜剧精神的复调:在他每一部剧作诙谐浑然的喜剧气氛中,最后总有一股黑色的悲剧性弥散开来;在苦涩的悲剧意识里,最后总有无法压制的笑声响起,如同疑问,如同冷嘲,通向若有若无的自由。格雷格说:"笑并非出于欢乐,而是对痛苦的反击。"克尔凯郭尔则说:"一个人存在得愈彻底、愈实际,就愈会发现更多的喜剧的因素。"怀利·辛菲尔也指出:"现代批评最重要的发现或许就是认识到了喜剧与悲剧在某种程度上的相似,或者说喜剧能向我们揭示许多悲剧无法表现的关于我们所处环境的情景。""我们对喜剧的新的鉴赏源于现代意识的混乱,现代意识令人悲哀地遭到权力政治的践踏,伴随而来的是爆炸的残迹,恣意镇压的残酷痛苦,劳动营的贫困,谎言的恣意流行。每当人想到自身所面临的窘境,就会感受到'荒诞的渗透'。人被迫正视自己的非英雄处境。"[2] 过士行的诙谐怪诞剧可以纳入喜剧范畴中,

---

[1]《巴赫金文论选》,中国社会科学出版社1996年,第3页。
[2][英]怀利·辛菲尔:《我们的新喜剧感》,载《喜剧:春天的神话》,中国戏剧出版社1992年7月出版,第183页。

但是这种喜剧的精神核心是一种对于时代、社会、人的痛苦感受。一种既分裂又交织的悲剧意识和喜剧精神共存于他的戏剧中。

可以看到，过士行与社会现实和精神现实的对话程度愈深，其悲剧意识愈深沉，其喜剧精神也愈高扬，悲剧与喜剧共存于一体所产生的张力愈大，于是形成我们所常说的"黑色幽默"。这种张力更强烈地体现在他的近期剧作《厕所》和《活着还是死去》中。

《厕所》的表面结构是三个时代里一群人各自不同的命运变迁，由此暗示着中国的时代变迁，而这一变迁集中展现在"厕所"这一粗俗的环境里。我们可以看到该剧在物质和精神两个层面的复调性呈现：从"厕所"的形貌上，可以看到从70年代人们相互打量和聊天的简陋"便坑式"厕所，到80年代有隔板的冲水收费厕所，直到90年代豪华宾馆的抽水马桶免费厕所，厕所硬件装备的与时俱进隐喻着中国社会的物质日益繁荣。但人物命运所揭示的中国人的精神境遇，却并未随着物质生活的"进步"而改善，而是由70年代的压抑窒息、80年代的困惑犹疑，演化到90年代的荒蛮虚无；更意味深长的是，人与人的关系由70年代的"工人阶级领导一切"，到80年代的"知青返城"，直到90年代又分出了"新的阶级"，一切都是"物非人亦非"。物质生活的表面"可喜"与精神生活的深层"可悲"在剧中同时行进。

这些人物的境遇变化是富有意味的：70年代游手好闲的三丫，到90年代成了深刻意识到"现在又有了阶级"的体面的建筑商；70年代的扒手"佛爷"，80年代是经营小本生意的警察眼线，90年代则成了程咬金防盗门厂的老板，即便如此他还要"拳不离手，曲不离口"地随时偷点东西，富有哲理地声称自己的使命"就是要教育人防盗。我用行动来给人以教训。那些个盗人钱财的被人所不齿，而盗去人灵魂的人却受人尊敬。我是宁肯偷钱包儿，也不去偷人家的心"。颇有迪伦马特笔下人物之风。老实本分的厕所工人"史爷"在三个时代一直与厕所相守；他暗恋的美丽善良的丹丹，70年代是幸运的文艺兵，80年代因去云南前线慰问军队踩上自家的地雷失去了双腿，丈夫也在"对越自卫反击战"中牺牲，90年代与"堕落"的女儿靓靓决裂；靓靓80年代还是个净如水晶的乖女孩，90年代则成了颓废绝望骇人听闻的"害虫"乐队女主唱。在第三幕，史爷看不过靓靓的"颓废肮脏"，把她拉到茶座进行了如下对话：

史爷　咱们搭帮吧？

靓靓　你功夫怎么样？

史爷　什么功夫？

靓靓　床上。

〔史爷低下了头，俄顷，又抬了起来。

史爷　我说的不是这个意思。我是说咱们能不能跟《红灯记》似的?

靓靓　什么红灯记?你什么意思?

史爷　就是,以父女的名义生活在一起?

靓靓　你干过她吗?

史爷　谁?

靓靓　还有谁,我妈呀。

史爷　你,怎么说话呢!

靓靓　多老的马我都敢骑,可就是不能乱伦。你说实话,我是不是你亲生女儿?

史爷　你这副德行,对得起死难的烈士,你的父亲吗?

靓靓　别那么悲壮。现在咱们跟越南又哥们儿了,他那烈士,以后还真不好提了。

有评论认为靓靓的形象如此极端和脸谱化,是由于作家不真正了解当下新人类的缘故。但实际上,作家并非意在表现"新人类"这种人物类型,而是要以靓靓的"无耻堕落"和嬉笑怒骂,追问当下国人精神荒芜的现实根源。靓靓最后那句喜剧性台词引来观众的哄笑,但这笑声背后,却是对非理性的庞大意志草率播弄个体生命的沉默抗议。公理不在,正义难寻,父亲的牺牲和母亲的残废都只是变化无常的政治战略的微不足道毫无尊严的牺牲品，在直接的经验中，靓靓不可能找到自身尊严的存在源头。她——同时也是我们——所置身的世界，乃是一个没有亘古长存的价值根基的世界，一个权力的巨手可以随意分派无理厄运而不受惩罚的世界，一个是非不分、善恶颠倒、惟凭"实力"说话的遵循丛林规则的野兽世界。不是靓靓堕落，而是现实的悖谬让人无法找到纯洁的方法。弗洛伊德说："当幽默使嘲弄直指通常不会遭到社会批评的'神圣'领域时，幽默便成为'穷人'反对'富人'的武器。"[1] 从佛爷、三丫儿、便衣和靓靓等反讽性形象看来，的确如此。

《活着还是死去》的悲喜复调更强烈，也更狂欢。此剧以火葬场追悼室为场景，以魔术师楚辞的行为为线索，是火车车厢式结构，就是说，链条松散，每一节都可以随意装上或卸掉，节数可以无限增加，也可以减少。每场的主人公除了楚辞和时隐时现的"侦探"，就是那些蒙冤含恨、尸体不肯离去火化的死者——其中包括因在医院输血感染艾滋病而死的小伙子、眼睛因被老师指使的流氓打伤而找不到工作最后绝望自杀的青年、为了考职称劳累而死的古典文学副教授、因自摆乌龙不堪球迷激愤含羞自杀的足球运动员、因父亲与自己断绝父女关系而含羞自尽的卖淫小姐。批判的锋芒指向黑色荒诞的

---

[1] [美] 梅尔文·赫利茨：《幽默的六要素》，载《喜剧：春天的神话》，第269页。

社会现实和文化传统的方方面面，然而其表达方式却是喜剧狂欢的。在第四场，楚辞以译成白话的楚辞《招魂》为死去的古典文学副教授招魂，屈原作为声音出现，吊唁者则作为"群众"出场：

屈原　来来往往的人们追求的是私利，

我为此而万分焦急。

衰老渐渐来临，

怕美名来不及建立。

楚辞　这是屈原的声音！他本来应该讲湖南话，但是为了推广普通话，我们不准他使用方言。

死者　我的正高职称！

学生甲　这是我们先生的声音。

群众　我们除了擂鼓还有什么任务？

楚辞　你们可以旁听，也可以退场。

群众　我们不退场，我们看到底。

楚辞　现在已经进入非常专业的祭祀阶段，请没事的群众退场。

群众　我们要关心历史，我们要积极参与！

楚辞　你们没有耐性，也不认真，三天打渔两天晒网，以群众运动出现的方式会带有很大的盲目性。

群众　谁说我们没有耐性！从街头的吵架到

最后一个电视节目播完,哪次我们不是把观看坚持到底。

这一场将楚辞《招魂》翻成长长的白话,是对文化传统之贫乏的反讽;此段关于"群众的盲目性"的借题发挥,则反映出作者对于"乌合之众"的警惕和不信任。在《坏话一条街》中,"乌合之众"的另一名称叫做"人民":

> 耳聪　你这是不相信人民。长城就是人民修的。
> 神秘人　长城也是人民拆的。……这里的长城的城砖都被人民拆回去砌猪圈了。
> 耳聪　我不信,拆长城的砖多麻烦呀。
> 神秘人　你不了解人民。人民是不怕麻烦的。

过士行戏剧的民间精神和他对"民间"的实存——"人民""群众"这一庞大空洞、难以指认的群体所抱有的怀疑与厌憎,存在着一种有趣的矛盾。"人民"在历史中表现出来的驯服、盲从、毁灭力与非理性,是过士行对之取反讽态度的原因,然而作家的人道立场又使他必须站在权力的对立方说话。这真是一个复杂的悖论。

喜剧狂欢的风格总是东拉西扯、没个正经的,在《活着还是死去》的第六场,楚辞为自杀的足球运动员安魂,对于"足球"这一纠缠了太多现实体制问题和文化心态问

题的"国耻",作者没有让楚辞从常规角度进入,而是先振振有辞地从"床上与场上的辩证关系"说起:

> 楚辞 (吟诵)没有美丽的海伦,就没有特洛伊战争;没有玛丽莲·梦露,杰奎琳干吗嫁给希腊大亨;西施成就了越国,没有任盈盈就光剩了令狐冲。要先发展足球宝贝,然后再提高足球水平!床上不能得分,场上焉能破门;(死者的下部瘪了下去)英扎吉可以抢夺维埃里的女友,你们为何不向科斯塔库塔的爱妻进攻。(死者的下部再一次鼓起)没有女人世界杯有何成功!(队员们跳跃,做比赛热身)甲A联赛要保存实力,配合黑哨挣钱为主。(队员们应和:对!)世界杯要请外国教练,出不了亚洲由他承担。但是我们自己的教练也要积极参与,不然真的拿着名次岂不笑我中华无能。他要求的我们不能全听,他要的球员我们决不答应。他说的阵容一定要集体商定。但是责任要由他负,让他一辈子都记住,中国人的钱不好挣!(队员们:不好挣!不好挣!)……

《活着还是死去》是一部黑色喜剧,那些令人爆笑处,正是现实世界令人最感悲哀和荒诞处。正如迪伦马特所说:"我们可以从喜剧中获得悲剧因素。我们可以显示出使人惊怕的一瞬间，如同突然裂开口的深渊。"[1]这部戏中，"突然裂开口的深渊"出现在剧终那副手铐从天而降的瞬间，它如同禅宗的棒喝，让我们在离席散去之际参悟自由与禁锢的真谛。

过士行戏剧使人着迷之处在于：它们的命义无不严肃，而它们的过程却无不幽默。但是"严肃"并不意味着它们只在道德领域打转，而是意味着对这个世界的真实与荒诞进行毫不回避的智慧有趣而敏感有力的探究；"幽默"也绝不意味着油滑，而是意味着"它尤其模棱两可，它是价值的真空地带，在这个真空地带中，道德与暴力在捉迷藏，微笑同苦涩在捉迷藏，严肃同怀疑在捉迷藏以及怪癖与道德平衡在捉迷藏"[2]。具有幽默感是难的。"幽默感首先是自己人格中的一个知觉……事实上，这是一个良心或更为准确地说，这是一个自我尤其敏感的知觉，人们在别人的目视下才具有这个知觉，这一知觉可看成胆怯。实际上，它是一种廉耻。它既不排除恶意、戏弄，也不排除放肆，还不排除勇气。这就是一个拥有幽默感的人的姿态，就是一个后来被人们称之为幽默家的姿态。"[3]

诚然，过士行戏剧并非无可挑剔——在一些作品中，

---

[1] [瑞士]迪伦马特：《戏剧的问题》，载《西方剧论选》，周靖波主编，北京广播学院出版社2003年出版，第599页。

[2] [法]罗伯尔·埃斯卡尔皮特著，卞晓平译：《幽默》，商务印书馆2004年出版，第27页。

[3] 同上，第28页。

其黑色幽默的最终对象乃是有限有形的现实社会,黑色幽默的主人公乃是带有群体化痕迹、表义功能过于明显的个人,因此他的黑色喜剧空间,还未能成为一个深邃无形的精神之海,他的戏剧主人公,也还没有成长为具有精神穿透力的自由精灵。他的戏剧尚处于形而下与形而上的交界处,还需要一个从天而降的契机,一场神秘无语的参悟,来把他推入无限之门。

但是不管怎样,在过士行已经显现的可能性中,我们已经看到了一位怪诞诙谐的剧作家以其充沛的才华和超越的心胸,创作出的给人带来强烈欢乐的怪诞戏剧。这是他敞开心灵与这个充满悖谬的世界进行真诚而狡黠的对话的结果。敞开的对话引来共享者无数。这不是向公众的智力局限投降,而是与具备认识能力的知音一起狂欢酣醉,共同探索世界的隐秘核心。"需要还给读者笑的能力,而痛苦剥夺了读者的这种能力。为了了解真理,他应该回到人的本性的正常状态。……斯宾诺莎的座右铭是:不要哭,不要笑,而要去认识。对于文艺复兴时期的思想家拉伯雷来说,诙谐就是要从模糊生活认识的感情冲动中解放出来。诙谐证明并赐予明显的精神成熟。喜剧情感和理智是人的本性的两个标志。真理本身在笑,使人处在安详、快乐、喜剧的状态中了解真理。"[1]对于剧作家过士行来说,

---

[1] 平斯基:《文艺复兴时期的现实主义》,转引自巴赫金《拉伯雷研究》,第161页。

真理的样子的确是一张笑脸。对于我们来说，恐怕亦复如是。

结语

1980年代后期以来，中国严肃文学逐渐成了写作者自身之事，许多作家相信，写作与读者无关。起初，这是一种拒绝媚俗的直率姿态，但是很快它便成了媚俗本身——它使写作者逐渐遗忘了文学乃是一种主体与世界之间创造性的精神对话这一事实。一些人把文学当作欣赏自身怪癖的场所和宣布"生命无聊"的讲坛，一些人则把它看成展览"精神脱水"之人的精致蜡像馆，一些人把它当作教育人民、宣扬政治或道德诫命的工具，还有一些人则把它看作承载民生疾苦、为民请命的容器。前两者使读者感到，自己对文学的围观是自讨没趣的，因为作者全部的心神都只在己身的痛痒，他根本没打算和你说话；后两者使读者感到，自己再围观下去就等于承认自己是个需要教育和拯救的傻瓜，因为作者如此捶胸顿足、涕泪交流全都是为了你。这种"严肃文学"的写作者在精神上是如此迟钝、贫乏、武断和封闭，以至于他们很难发现自己不熟悉、不习惯的未知事物并对之加以新鲜的探究，或者，他们很难站在不大喜欢、不想知道然而却真实存在的事物的立场上思考和想象。他们似乎正在成为自己之"有"的牺牲品。他们已不能像一个成长的孩童，总是抱着明净好奇之心面对无尽的世界。他们的经验、思想、感受力和想象力正在逐渐老化，逐渐停滞，然而却在老化和停滞中继续勤奋地生产。这种精神产品看上去是追求深刻、追求意义、追求道德的，是不会笑和反趣味主义的。这种文学认为："趣味"会使人玩物丧志，"笑"则是堕落、放肆与恶意的标志，而文学应使人纯洁虔诚，道德高尚，或者应使人绝望深刻，杜绝幻念，换句话说，人应当心无旁骛地自我教育和自我改造，直至成为一个正义真理或末日真理的体现者或祭坛上的牺牲。应当说，这种"片面载道"的文学观窒息了人向未知进发、实现自身创造力的无限可能，它忘记了人最终的目的是成为无限丰富和智慧的人本身。这种文学过分严肃的面孔让我想起王小波的一句话："最严肃的是老虎凳。"老虎凳文学让人在心智和情感上饱受煎熬，无法共享，无怪乎一派天然的普通读者离之远去。

其实对中国当下的严肃文学来说，致命的问题已不在于"道德的文学"（在此仅指道德高调的文学）和"犬儒的文学"的分歧——在都不具备"精神共享性"这一问题上，两者现在已惊人地一致——而是在于"有趣的文学"和"无趣的文学"、"智慧的文学"和"无智的文学"、"爱的文学"和"无爱的文学"的分歧，一言以蔽之，是"有创造力的文学"和"没有创造力的文学"的分歧。显然，后者的规模远远大于前者。这是中国文学的悲哀。对严肃作家来说，"创造力"是一个综合问题，既不只关乎道义良知，又不只关乎写作技巧，而是关乎智慧、有趣和想象力，关乎爱、幽默与笑的能力。诚如爱尔兰剧作家沁孤所说："在滋润想象力的一切营养中，幽默是最需要的一种，要限制或毁掉幽默是危险的。波德莱尔把笑称作人类邪恶成分中最大的表征；而当一个国家失去了幽默，正像某些爱尔兰城镇正在发生的那样，就会出现精神病态，波德莱尔的精神就是病态的。"[1]王小波、周星驰、过士行，以及一切懂得"笑与良知的辩证法"的中国写作者的存在表明，这个国家的精神病态还未入膏肓。因为这些写作者知道，文学不是实现任何具体功能的工具——甚至连表达正义的工具都不是，如果文学一定要有一个最终的目标，那么她的目标就是：建立一个人类之美、智慧与自由的共和国——创造力的共和国。

2005年5月7日完稿

---

[1] [爱尔兰] 约翰·密灵顿·沁孤：《西方世界的花花公子》，载《西方剧论选》，第550页。

对于"人生",保持辽阔而热诚的观照,
但将此"观照"转化为"艺术"之时,
则虔诚服从艺术自身的律令。

乙辑

他让我们久违地想起"重要的事物"

论朱西甯的《铁浆》《旱魃》

1

朱西甯先生的小说,表面像铜绿斑驳的古镜,内里却是透射人之五脏的X光机。朴旧、中国、严正而温柔,却又现代、普世、精准而酷烈。

《铁浆》和《旱魃》看起来似曾相识——一个个乡土上的故事,一个个黄土胎的人。但若从现代汉语书写脉络里寻找,却又找不出与朱西甯完全处于同一线索的作家。鲁迅的乡土小说对国民性格的刻画,与之有重合之处,但二者的精神归处却截然不同。沈从文的湘西故事里洋溢着爱之温热，似与他同调，但朱西甯的小说却无桃花源式的曦光。至于最为朱西甯所崇仰的张爱玲小说，他在叙事笔触上或有借鉴，但整个的精神走向，亦是迥异。在台北初版于1963年的《铁浆》和初版于1970年的《旱魃》（理想国、九州出版社2018年10月于北京出版），亦尚未受到胡兰成中国文化本位观的影响。这两本小说，纯然是一个虔诚的中国基督徒作家站在信仰的绝地里，透视亘古长存的中国文化和民族性格，而画出的既写实又超越的中国人精神肖像，救赎的愿力隐驻其中。

这位小说家是一位成熟的父亲。这并非指他是著名的朱氏三姐妹的好爸爸——虽然这也并非完全不重要；而是说他的精神气质，他的文学力量，具有成熟炽热的父性。他是在负重中实现美。他创造的小说世界，是为了淬炼和引升人的灵魂。正如朱西甯的同道、作家司马中原所说："我们不敢企求文艺为人类服务，至少，作为一个文学艺术家，应在心灵深处时时关心人类的前途。"（司马中原：《试论朱西甯》）

在艺术至上论者看来，这种"关心人类前途"的文学观是过时而刻板的，它会让艺术沦为工具。为艺术而艺术的文学拒绝任何父性与母性，而成了"为自己"的独身者。这种传统或可追溯至福楼拜。从这位"风格即一切"的作家开始，文学渐渐从宗教、政治和道德的负累中解脱出来，而致力于书写人类的无所事事。由此，文学赢得了自由。但也自此，文学渐渐患上了精神贫血症和知觉麻木症，不再与人类生死与共。这并非福楼拜的初衷，怎奈他的身后追随了太多不肖的信徒——无论西方的，还是中国的。批评家詹姆斯·伍德（James Wood）一针见血地指出：福楼拜冰冷的风格是为了"避免多愁善感"，但他"严格的回避态度流传到今天，往往变成了一种愚钝，一种不假思索也没有表情的文学，为无力（而非不愿）去感受而沾沾自喜，把文字捣碎成小块的纯感官描写，其实不过是对生活的剽窃"。小说由此陷入了"琐碎空洞的危险命运之中"，"重要的事物却消失了"[1]。

朱西甯的小说，在俘获我们的同时，却让我们久违地想起了"重要的事物"。

2

最重要之处在于：他为中国小说贡献了一种全新的东西——关于"爱—牺牲—救赎"的肯定性叙事。在他之前，最激动人心地触及此一主题的文学家是鲁迅。鲁迅的叙事态度则是否定性的。

鲁迅笔下的爱与牺牲具有形而上的启蒙意味，是孤独的先驱—精英为了将暗昧的社会整体引入光明之地而献

---

[1] ［英］詹姆斯·伍德：《臧否福楼拜》，黄远帆译，《破格》，河南大学出版社2018年版。

出生命。朱西甯笔下的爱与牺牲发生于相互平视的个体之间，是一个混在平凡人中的平凡义人，出于朴素的良心而舍己。

鲁迅的救赎，是欲将天国实现于地上，将正义秩序实现于权利层面。朱西甯的救赎不在现世争位置，而是让那被救却不领情的人在某个瞬间，突然看见牺牲者所处的"世界之外的一个点"（克尔凯郭尔语），这个"点"令他获得新的视野，良心悄然复苏，而成为与从前不同的人。

鲁迅的小说告诉读者：对真的人而言，爱与牺牲是必须且当行的，但由于国人的社会—文化—政治传统和民族性格的深重缺陷，其结果极可能是辜负与背叛——这种对救赎的绝望姿态，既是为了"引起疗救的注意"，也是怀疑和矛盾态度的真实反应。

朱西甯的小说则告诉读者：爱与牺牲乃是神恩，是良心的本然，因此不存在背叛与辜负，或者说，背叛与辜负不被牺牲者视为不幸。他的作品往往以被救者灵魂的变化与良心的不安，昭示救赎已然实现。

因此，鲁迅是以宗教之心，行怀疑之实，这种对人性真实的呈现，最切中小说的本质。

朱西甯则是以宗教之心，行陶冶之实，以他的小说开辟另一条精神道路：爱、肯定和信心的道路。这道路并不以现世的改进为依归，而是致力于将一切人性关系变为良心的关系，变为灵魂的自由与新生。这种良心关系渗透了内部和外部的世界,世界亦由此得以重建与更新。这是属灵之爱的力量——"这爱是从清洁的心,和无亏的良心,无伪的信心,生出来的。"(《提摩太前书》)

作家秉持这爱与信心,站在"世界之外的一个点",书写万千人世,描摹"属血气"和"属肉体"的人物在尘世之罪中竭尽全力的沉浮挣扎,得救或拒绝得救。这是以文学做见证。这不是写实的乡土文学——写实仅是笔法,那个写实风格的乡土世界,是作家灵明世界的显形,是比方,是寓言。

作家的根在天空,不在大地。

3

于是,他讲了这么个故事:

在老黄河边的一个万姓村庄,一对族人兄弟——大春和长春——因为四十亩地结了仇。不是他俩之间争这地,而是长春因为给一个弱势族人主持公道,使得本来要分给大春的地,归了那个弱者。自此大春怀恨长春,各种斗气使性,报复的雪球越滚越大。一个夜晚,大春引来马匪劫掠长春的家院,以借刀杀人。怎料急公好义的长春家被盐帮兄弟牢牢把守,匪徒未能得手,一怒之下反把大春绑于旷野树下,凌割了他的脸之后扬长而去。大春惨痛呼号,长春循声救下,却在毫无防范时被大春以利刃刺透胸口。大春自此杳无消息。长春被弟弟永春救回家，不治而逝。临终前，他对弟弟谎称，是马贼杀了他。

十九年后，大春成了一个面目全非的疯老头，回到故乡的锁壳门下，受尽戏弄。族人都认不出他，叫他唱一段，他就唱："悔不该哎……图财害命……把那天良丧，现世作孽哎……哎……现世报……不等阴地府走那么一遭哎……咚呛一个咚呛……"

永春为给大哥报仇四海追凶，却找不到仇人。当他疲惫地归来，被大春误认为是长春时，最动人的一幕发生了：

> 这疯子颤巍巍地扶着树干站起，仍不住地猛摇脑袋，斜睨着永春胸口。那只被割去的耳朵，正对着永春。
>
> "你……你没有挨……杀死？长春？"
>
> 藏在乱须里的嘴巴咧了咧，眼底现出一丝儿笑纹……
>
> 一只手像腐朽的树根一样，伸上来，战战索索地摸弄着永春胸脯，脸也几乎要凑到上面。只听他呜呜咽咽地念着什么，仿佛又是一种快乐的呻吟。"长春……啊，这就好……长春呀……"这样呜咽着……
>
> "嗡嗡……长春……老天爷搪住啦……嗡嗡……老天爷……"

那个曾以长春之死为人生目标的大春,在经历漫长的良心谴责之后,为长春的"复活"而欢喜呜咽——可惜是个错觉。此场景勾画出一个血气罪人所受的最重的折磨,所做的最深的忏悔,其力量与布尔加科夫《大师和玛格丽特》中彼拉多的梦相仿佛:彼拉多处死耶稣后,总梦见自己在月圆之夜,与耶稣一起走在月光路上,快乐地探讨哲学问题。可是每当他醒来,都发现自己凝固不动地坐在秃山上,带着洗不掉的罪,坐了两千年。

永春此时才懂得长春临终为何说是马贼杀了他——"那一脸温厚深远的天生的笑容"的他,不想冤冤相报,他已原谅那个杀死了自己的血气兄弟大春。

若干年后,当大春只剩一口气时,已是族长的永春去探望那裹在芦草里的残躯:

"也曾是一条生龙活虎的汉子,一生里抓打啃咬,总想多给自己争得点儿什么。想要的不多,得到的很少,这样就是一生了。""抓打啃咬,总想多给自己争得点儿什么",这是大春的精神肖像,也是亿万血气凡人的戾气写真,它穿越时间,于今尤甚。

超现实地,大春活下来了,百病缠身,折磨历尽,却被诅咒般地永远不死。族人供养着他,孩子们叫他"老疯子",向他丢石子。老祖母教育孙儿们:"好人不长寿,恶人活万年。"这句话不再是谴责苍天无眼,而是恶人受罪受不完的意思。老疯子进入孩子们的梦里,把他们吓醒。

褂兜儿里装进石头子儿，孩子们重又睡去，"梦见疯老头被他们打死了"。

这是中篇小说《锁壳门》——一个中国版"亚伯与该隐"的故事。长春如蒙上帝悦纳的亚伯，大春如因嫉妒而杀弟的该隐。作品讲述善恶冲突，更具体地说，讲述灵性人物（长春）的"爱之本性"与血气人物（大春）的"戾气品性"的冲突。这冲突不发生在社会—阶级层面，而是发生在一个大家族的内部，但却并非家庭伦理剧，而是古希腊式的天人悲剧——灵性人物的牺牲导致血气人物的天罚，令人震悚，予人净化。从人物结局的安排，可以看到作家对爱—牺牲—救赎的信心，对"道"的信心。这是作家朱西甯区别于传统中国文学——无论古典传统还是五四传统——的独特之处。年代不明的时间，风沙弥漫的旱湖，凝固不动的锁壳门，无始无终的黄河故道，心如婴孩的仁者，永远死不了的罪人，田地，赌局，盐商，马匪，家境和脾性各异的族人……作家之笔在栩栩如真的写实和放诞不羁的超现实之间自由往还，直抵象征之域。这种自由的动力，源自作家心中广大无边的意义空间。小说的形色，乃是意义的外化。这是《锁壳门》的特点，也是小说集《铁浆》和长篇小说《旱魃》的整体特点。

朱西甯小说中可以直接看到"爱的做工",这是它们抚慰性力量的源泉。小说集《铁浆》中的《贼》并不是贼,而是代人受过的朴素义人;《刽子手》里的刽子手也无法铁石心肠,他感到被他斩杀的汉子"惹人佩服,就在他杀人杀到是处",于是在酒馆里和老伙伴为其大鸣不平(从人物和场景设置来看,完全是对鲁迅《药》的反写——鲁迅的主题是启蒙失败,刽子手—看客之残忍和牺牲者的徒劳);《红灯笼》里的老舅为救落水小孩而危病复发,令懵懂的"我"真正懂得了惦念与焦虑的滋味……在朱西甯这里,蒙受牺牲的"爱者"与周围的人群不是隔绝和辜负的关系,而是发乎真心的微妙回应组成"爱之链条",嵌入人世。其间心理—精神能量的转换与补偿,对读者影响至深。

爱的另一端,是冷静审视"最糟糕的事物"的那种能力。张爱玲称赞"《铁浆》这样富于乡土气氛,与大家不大知道的我们的民族性,例如像战国时代的血性,在我看来是我们多数国人失去了的错过的一切"。这"血性",在朱西甯的小说里是戾气,是执着于物质—肉体欲望的疯狂意志,是灵明之敌人。这是鲁迅所批判的"奴性"之外,另一具国民性格幽灵,它在当今的城乡愈发游荡——敛财无度的贪官,高铁上的霸座狂,向幼儿园的孩子们伸出屠刀的"失意者",碰了下肩膀即破口大骂的路人……人人心中憋着无名火。这强直的火气、血气、戾气,在《铁浆》和《旱魃》里触目皆是,形神毕现,深具象征意味。它毒化孩子的世界,小小年纪即从生活细节开始"瞒和骗",养成长幼尊卑,歧视欺压"低等人";"低等人"自己,也安于被欺压和瞒骗,坚定不移地景仰着榨取和瞒骗自己的阔老爷(《捶帖》)。这肉体—物质之欲是如此非理性地强烈,已经到了活的得不到、死了也要奸尸的骇人地步(《出殃》)。为了福荫子孙,甚至不惜打赌喝下铁浆,以致命丧黄泉,尸如焦木(《铁浆》)。平素从未照拂过基督徒邻居的乡民们,天旱无水,却到唯一有水的这家水井边吵嚷抢水;又执于迷信,竟掘坟验尸以寻旱魃(长篇小说《旱魃》)……

如此富有也擅写救赎之爱的作家,为何亦能将戾气疯狂写得如此之广、之深?因为作家站在了"世界之外的一个点"。用美国天主教作家弗兰纳里·奥康纳的话说:"去观察最糟糕的事物只不过是对上帝的一种信任。"唯有深刻体验了至善无伪之爱,方能刻写形形色色的罪与恶。

这是自由写作的法门。感谢朱西甯先生的小说,引领我走到这里。

2019年3月21日

"你是含苞欲放的哲学家"

论木心

> 获得审美力量能让我们知道如何对自己说话和怎样承受自己。
>
> 文学研究的最终目的,即探寻能够超越一时之社会需求及特定成见的某种价值观。
>
> ——哈罗德·布鲁姆

个人

迄今为止,木心在内地还只是出版现象,而非文学现象。内地文坛尚未做好准备来接纳这位八十岁的"新作家"。或者说，木心的文学不符合内地文坛长期形成的精神尺寸——我们文坛的精神尺寸是怎样的？木心的文学又是怎样的？显然，第一个问号如此庞大，无法详加探讨。第二个问题，我愿意给出自己的答案。

目前，内地只出版了木心的散文集《哥伦比亚的倒影》、随笔集《琼美卡随想录》和短篇小说集《温莎墓园日记》，他的诗集《我纷纷的情欲》《巴珑》《西班牙三棵树》《会吾中》《雪句》和其他散文随笔集《素履之往》《即兴判断》等只在台湾出版过，内地也将陆续出来若干。

对这位陌生的作家，我们现在只知道他不多的信息：1927年生于浙江乌镇的富商之家，青年时期在上海美专和杭州艺专习画，新中国成立后曾任上海市工艺美术中心总设计师。他的写作生涯始于青年时代，"文革"伊始，他暗自写下的二十部书稿毁于"萨蓬那罗拉之火"，他亦因言获罪，两次入狱。1982年，55岁的他以"绘画留学生"身份赴美，自此长居纽约。1983到1993年间，他在台湾和美国华语报刊陆续发表作品。此后笔耕不辍，但作品很少在大陆面世。直至2006年初，他的弟子陈丹青在内地将其高调推出，"木心"的名字始被这片孕育他的大陆所知晓。现在，他是被美国博物馆收藏绘画作品最多的华裔画家，他的一些文学作品也被列入美国大学的文学教材。

木心的作品远奥精约，是"五四"精神传统充分"个人化"之后，在现代汉语的审美领域留下的意外结晶，却与当代中国写作的普遍套路毫无瓜葛。纵观木心的写作，可以看到他文学传承的一条完整线索，那是一份融合着中国狂士精神和西方人文主义传统的清单。以下的话，恐怕任何中国作家都不曾这样想、并这样表白过："欧罗巴是我的施洗约翰，美国是我的约旦河，而耶稣就在我的心中。"（木心：《鱼丽之宴》）陈丹青认为，木心乃是"将这一大传统、大文脉作为个人写作的文学资源和自我教养，在书写实践与书写脉络中始终与之相周旋，并试图回馈、应答"的，实为中肯之评。

我们可能需要在当今的汉语语境中，来面对木心秉承的西方人文主义传统——这是一种"人"的价值、尊严与完整性占据核心地位的传统，它对人类的智慧、自由和美感抱有无限的野心，主张超功利地探索宇宙和自我的种种奥秘。从古希腊的德尔斐神谕"认识你自己"，到文艺复兴时期蒙田的家族徽章"我知道什么？"，再到康德建议的启蒙运动口号"敢于知道——开始罢！"（引自贺拉斯的诗句），直至19世纪末尼采的"重估一切价值"，这一传统对人类心智和本能做了全方位的发现与解放，并不断增进着人类内在自我之成长。"智慧"，成为人类道德之基础。独立、自由的"成熟个人"通过自我引导摆脱了奴役和蒙昧状态。对整体性存在的时时发问、探索与应答构成人类浩大而精微的自我意识。此乃人文主义传统的伟大果实。中国现代作家曾以"立人"的使命自我期许，即是意欲横移并接续这一传统及其果实。鲁迅、周作人、沈从文诸人的文学实践已初露端倪，然而被救亡焦虑直至建国以后、"新时期"之前的集体功利主义文学所长期阻断。以自由价值为基础的"成熟个人"在中国大陆的文学、思想领域至此迟迟难以成型。那些爱智、爱美、爱人类、爱自由、为探寻人之无限可能而历险和成长的主人公，以及以此为叙事态度的作家，在此一文学秩序里未曾完整而舒展地生长。这是汉语文学在价值层面的先天缺陷。

"新时期"打破了国人的文化封闭，但中国文学如上所述的先天缺陷并未补足，自由价值远未充分内化为中国作家的自我意识，"成熟个人"依然待立，就开始了剥离西方现代派技巧及其破碎体验的"本土现代派"文学之旅。在文学传承的链条上，1980年代的中国新潮文学是以卡夫卡、乔伊斯、艾略特、马尔克斯等现代主义大师的作品为摹本的，然而本土作家显然并未意识到，这是由否定性哲学支撑的新传统。

"如果肯定的时期已过，他便是一个否定者。"尼采借查拉图斯特拉之口，惋惜地说起肯定者耶稣。但他一定知道，未曾经历充盈"肯定"的人，他的"否定"也是衰颓的。对中国新潮文学来说，命运便是如此。在这里，苏格拉底、莎士比亚、蒙田、康德、伏尔泰、孟德斯鸠们"肯定"人之价值与尊严的人文传统还未及扎根就被翻页了。

现代主义的"非理性、分裂化和经常绝望的世界观"[1]与中国式的世俗虚无主义结合,形成了中国当代新潮文学"洋得太土"(木心语)的基调与窘境。这种文学,其精神源头不能回答"存在"的根本问题,其精神质地不能承受来自外部世界的纷扰与撞击,其浮面的"现代性"注定其精神探索无法行远,其精神果实,便是1990年代至今日趋保守而又物质主义的文学实践。"五四以来,许多文学作品之所以不成熟,原因是作者的'人'没有成熟。"木心此言,一语中的。

在这样的汉语背景中审视木心的创作,可以发现他与中国当代主流作家的强烈差异:后者选择的写作素材多是集体性、物质性和地域性的,前者选择的写作素材则是个体性、精神性和世界性的;后者处理素材的态度多是社会化、客观化和参与性的,前者处理素材的态度则是高度诗性、主体性与超越性的。中国主流作家习惯于探究和叙述微观世态与个体私我,回避并遗忘了对宇宙、社会和人生做出根本性的思考与判断。("私我"和"自我"有何不同?——前者是大地上被禁锢的植物,它只与自己的物质存在有关;后者是"人",除了自己的物质存在,他/她的意识关乎世界之总体性。)木心与之相反。他着迷于赤裸面对世界和自我的根本问题,他从不回避对

---

1 [英]阿伦·布洛克著,《西方人文主义传统》,董乐山译,北京,三联书店1997年,第203页。

"你是苞欲放的哲学家"

整体存在和自我境遇作出独异的描述与判断，并且，他的观点纯然出自个体，与所谓民族、东／西方、社会、阶级等群体／地域概念无涉。这是他作为人文主义之子必有的观点——那种努力超越历史、国族和私我之局限的自觉的"世界人"观点："我挂念的是盐的咸味，哪里出产的盐，概不在怀。"[1]

人文主义者历来存在着人到底应"积极生活"还是"消极默观"的争议。表现在艺术观上，便是"为人生而艺术"和"为艺术而艺术"的争执。诗人艾略特在追悼诗人叶芝时说："他竟能在两者之间独持一项绝非折衷的正确观点。"这也是木心深以为然的观点[2]。这意思是：对于"人生"，保持辽阔而热诚的观照，但将此"观照"转化为"艺术"之时，则虔诚服从艺术自身的律令。

母语

汉语曾经是一种多么优美繁丽的语言！它无所不能至，无所不能形，只要你足够贪婪强壮，想要得到的美都能满足。此种美景直到20世纪上半期还在盛放——那时的白话文可以毫无窒碍地从古汉语和外国语那里获取支

---

[1] 木心：《鱼丽之宴》，台北，翰音文化事业股份有限公司，1999年。
[2] 木心：《素履之往》，台北，雄狮图书股份有限公司，1993年，第34页。

援，正在蓬勃壮大成既美且善的万能系统。

可是突然，一场翻天覆地的语言变局随政治变局而来——先前的语言方式，因其贵族阶级的血统而成为有罪的；综合了马列译著、工农口语和传统民间俗语的新白话，自此一统天下。此一语体，捣毁了那个正在成长的既美且善的万能系统，中国古典雅文化和西方文化的蓊郁之树被连根拔起，于是汉语沙漠的地面上，布满沙棘草似的"新白话"。它是如此贫乏干枯，以致无法以这种语言确切描述复杂的人心与世界。反向地看，由于语言对人之思维的塑造作用，此种新白话孕育下的中国写作，几乎无法表呈无穷微妙的生命感受。有限的字词——它们随着《新华字典》的逐年改版而愈加减少——正在使国人的思维与感受力向简单弱智的方向飞速"进化"。由此也可以解释，何以当下中国的荒诞现实层出不穷，却未能有一部穷形尽相、震撼人心的荒诞文学作品。有一种观点认为，这是由于现实生活的丰富性超过了作家的想象力，此系不具文学常识的无稽之谈。想象力的功能，不在于他／她能想象出稀奇古怪的事体，而在于他／她能在有限"世相"的空间里，表达出异常敏感的微妙体验。"微妙"是无边之海，滋养万物人心。没有它，人心将为木，为石，渐入麻木残暴之境而浑然不知。而微妙的心灵符码由复杂的字词组成，或者说，唯有把微妙的心灵诉诸言辞，心灵才能脱离晦暗不明、无以名之的潜在状态，而成为存在。

正是在这一意义上，木心繁复微妙的语言乃是对当代汉语文学的挽救式的贡献。木心作品的词汇量巨大，生僻字词极多，且频频用典，有论者称"读其书手边需备好一本字典"。但《新华字典》殊不宜。试以古代题材短篇小说《五更转曲》的几个生僻字为例：

> 黄昏时分，应元与明选驾马车，循西门，分送酒浆肴果，招呼道：
> "再唱一夜吧，五更转曲都会唱了，都来唱！"
> 顿时城上歌咢大作，金铁皆鸣，街坊闻知应元明选之意，于是全城百姓引吭放声，那些个素擅丝竹的，急切检出弦琴箫管，咿咿呜呜满街边行边奏，梵刹击鼓撞钟以为应和，声传三里，勒克德浑步出营帐，对着月光，叹道：
> "汉人之心如此！"

此处"歌咢大作"的"咢"，音"饿"，为徒手击鼓之意，现代汉语几已不用此字，也没有哪个常用字能表达"徒手击鼓"的古意，故"咢"虽难认，在此处却属不得不用。

> 那天，曙色迟迟不明，大雨滂沱，近午时，有赤光起土桥，直熛城西，墙垣俄陷，清军从火焰雨

眚中蜂拥进城……

此处"熛",音"标",有三义：1. 迸飞的火焰；2. 闪动；3. 疾速。在此上下文中，可将三义合并，理解为"迸飞的火焰疾速闪动"，此含义常用单字无法承载，若换成字串，则无法与下文"墙垣俄陷"音律对仗，亦失清简鹘落的神采，因此亦属不得不用的生僻字。生僻字若可与俗字互换而不失义理辞章之美，或可称作者卖弄。

此处"眚",音"省",有四义：1. 眼睛生翳，引申为日月蚀，灾异；2. 一种病名；3. 疾苦；4. 通"省"，减省。"雨眚"的"眚"当取第一义的比喻义，意为眼翳般的雨，既为凝练，与"火焰"一词对仗，又富有表现力——阴雨如眼翳般遮住了清军的视线，这意思只用"雨眚"二字即得以表达，多么经济。

贝勒眴左右，传卒横枪刺应元小腿，骨折，扑地血流如注。

此处"眴",音"顺",即"以目示意"，一个字表达瞬间的暗示动作，很传神。

晼晚，雨住了，担解应元至栖霞禅寺，锁于空堂柱上。

此处"晼",音"晚",指太阳将下山的光景,喻年老。不用此字,换作"晚上,雨住了",意思未变,但从本篇叙事的时代气质和人物风神所要求的来看,质木与直白会对作品形质造成双重的损伤。

至于中外典故和文言词汇在作品中的随手运用,更是不胜枚举。

木心作品冷僻字、文言词汇和用典的功能在于:1.行文简炼高贵,音调和谐精微,在字面的背后,发散大量本文之外的历史和审美信息,虽然简单字词可约略替代其意,但音调、韵律、容量、气质和确切度必大受影响。2.文学如欲超越,必得触探独异幽微之境,而这是非得用同样独异幽微的词语才能做到。木心寻返久经失落的古典词语,藉以拓展思维、感受和想象的边界,由此,他创造了一种真正成熟、华美、丰赡而高贵的现代汉语,它有"五四"遗风,但其"个人化"和"世界性"气质却又超越了"五四"。

木心的这种语言形态,需追溯他与文化传统的关系。木心是中国当代罕见的一位与中国古典传统和西方文化传统建立双向、平等、亲密和个人化关系的作家。因超脱于本土非此即彼、剑拔弩张的文化环境,他在中文书写里面对中国古典传统的姿态是自由的、个人化的,并无"五四"先贤和当下内地知识分子基于"国家进步"和"平民救赎"的"伟大功利目的",而对"旧文化"所抱有的意识形态紧张感。此种紧张感有其历史和道德的理由，但我们亦应超越历史，站在爱智爱美的自由个人之立场上，看到其相对和权宜的性质，从而捡回连同脏水一齐被倒掉的婴儿——母语传统中的美学精华和诗性精神。"中国曾经是个诗国，皇帝的诏令、臣子的奏章、喜庆贺词、哀丧挽联，都引用诗体，法官的判断、医师的处方、巫觋的神谕，无不出之以诗句，名妓个个是女诗人，武将酒酣兴起即席口占，驿站庙宇的白垩墙上题满了行役和游客的诗……中国的历史是和人文交织浸润的长卷大幅……我的童年少年是在中国古文化的沉淀物中苦苦折腾过来的，而能够用中国古文化给予我的双眼去看世界是快乐的，因为一只是辩士的眼，一只是情郎的眼——艺术到底是什么呢，艺术是光明磊落的隐私。"（木心：《鱼丽之宴》）

以色列哲学家马丁·布伯（Martin Buber）曾把人与世界的关系概括为两种——"我—它"关系和"我—你"关系，英国历史学家阿伦·布洛克（Alan Bullock）借此指出，现代人的疾病即在于把人与人、人与上帝间个人的、主体间的"我—你"关系，降格为一种非个人的主体与客体的"我—它"经验，从而导致"人"的孤独与荒芜。将这一观点在中国现当代文学的领域加以发挥，我们看到，当代作家文化根脉的失落，即是由于现代以来中国知识分子以非个人的、客体化的"我—它"视点对待母语和西方传统，从而失去了认知和体验作为**个体灵魂之化身**的文化传统的能力。木心则相反，他的全部写作，都是他与古今中西一切经验的"我—你"式相逢——他将畴昔文明和自我经验复活为一个个血肉之躯的"你"，从而展开无数个"我—你"之间精神还乡式的灵魂晤谈，从而使"我"因"你"而成为更丰赡的"我"，"你"因"我"而成为更"现在"的"你"。这也是木心写作的常用方法。比如《琼美卡随想录》中的《嗫语》《呆等》对古今艺术家的品评（"别再提柴可夫斯基了，他的死……使我们感到大家都是对不起他的。"），《素履之往》里许多段落对哲学艺术的探讨，一些散文（比如《遗狂篇》《爱默生家的恶客》等），一些古今对话的诗（《致霍拉旭》："霍拉旭啊／床笫间的事物／不只是哲学家所梦想得到的那一些"）……都是显在的例子。哈罗德·布鲁姆说："蒙田面对古人时并没有后来者的感觉"，而木心说："像对待人一样地对待书……"（《鱼丽之宴》）这种"我—你"关系的建立，不仅是一种写作的修辞学，更重要的，它乃是一种启示性的写作伦理学。

这种"我—你"关系，本质上是一种爱，一种想象力，一种对诗性世界的深切乡愁。这个诗性的世界，是以母亲、童年、故国山川、旧友仇敌、人类"从前的生活"、往古的圣哲罪犯之面目出现的，木心以全副的投入，与它们作"我—你"之相逢。这种相逢的深邃玄奥和纯然虚拟的性质,呈现孤独,亦萌发召唤;令人心碎,亦散发慰藉。那是一种母语的慰藉。那不单单是母语的慰藉。

忤逆

这是巧合吗?木心竟在博尔赫斯的背面:博氏皓首于"永恒",木心竭诚于"瞬息";博氏出离于情感,木心酣醉于爱欲;博氏的小说乃其随笔评论的变体,木心的小说则是其叙事散文的演绎;博氏根在西方,却遥借东方的神秘衣履,木心根在东方,却汲纳西方的强健精神……然二者俱显诗人本色,哲人头脑,兼擅散文、诗、小说、评论,尤擅短章,思维方式亦皆跳跃明灭、不事体系。只是,同样认为"没有上帝",虔诚的博尔赫斯终是"被迫承认",如同一个绝望的弃儿;顽劣的木心则甘之如饴,有如无悔的逆子。

但木心却是人文主义的虔诚子孙,他须臾未离对于"人"在宇宙中的位置,以及,"个人"之价值、使命与卓异可能性的形上思索——这是一种对整体性存在的思索,也正是中国当代主流作家的无意识之处。后者关注的是一种局部性存在,"宇宙"对于他们来说太大太远,"个人"对他们而言又太小太近了。可人类心灵恰恰是在观照这种大而远、小而近的深邃存在中获得充盈饱满的自我意识,并成其为人。

对于使"人"陷入丑陋无知的幽暗力量,木心怀抱警惕与否定。以成熟个人的智慧瑰美和幽暗力量作自觉的较量,是他的文学的精神支点,用他自己的词,这一支点叫作"忤逆"。

"生命的现象是非宇宙性的。生命是宇宙意志的忤逆……去其忤逆性,生命就不成其为生命。"(《大西洋赌城之夜》)这个"忤逆"序列,从作为存在之根本的宇宙和生命出发,在木心的文学里持续延伸——生命是宇宙的忤逆,智慧是生命的忤逆,怀疑是宗教的忤逆,信仰是功利的忤逆,记忆是贫乏的忤逆,创造是衰退的忤逆,痛苦是麻木的忤逆,爱是死的忤逆……忤逆是一种"反熵"现象,一种"存在"的雄心,一种充盈的自我意识,一种对于文明没落的忧患之思。木心以"智慧"成就其忤逆,"智慧至上观"统驭着木心的价值世界,以至于他认为:"真正的黄金时代不是宗教与哲学的复活节,那是人类智慧的圣诞节……地球再迟十万年冷却,也许就能过上这智慧的圣诞节的黄金时代……"(《大西洋赌城之夜》)智慧的重重忤逆构成木心作品变幻无尽的风光,而最终,则也体现为他对文体界范的忤逆。

正是这"忤逆"使木心解放了散文。他把它变成一种万能的文体,并将诗、小说和评论理所当然地融于其中。《哥伦比亚的倒影》和《遗狂篇》是这种探索的极端。《哥伦比亚的倒影》取意识流小说手法，全篇万余字，没有分段，没有句号，一"逗"到底。但这就是陈丹青称其为"伟大的散文"的理由吗？它真的"伟大"吗？是的，伟大，但其伟大不仅在于文体之奇，更在其精神探讨的包罗万象。此文通篇看来似乎意绪飘忽无迹可寻，但其实山重水复皆有章法——意念的流动皆依赖叙述者行为动机的驱使、空间视点的转换、意象的营造与联想、词语的重叠与岔路……繁缛的哲思诗思已把文体的外壳涨破，四处流溢飞散，翩飞之间，传达出灵魂的浩大声息。可以说，此篇散文几乎涵括了木心作品的所有主题——对生命感衰退的忧虑（"心灵是蜡做的"），对昨日世界的乡愁（"我绝不反对把从前的生活再过一遍"），对极权之憎恶（"太阳嫉妒思想"），对"不见而信"的信仰（"为了使世界从残暴污秽荒漠转为合理清净兴隆，请您献出一茎头发"），对庸众的怀疑（"赫胥黎向我举起一个手指，'记住，他们一无所知'……才明白我原先的设想全错了"）……最后，在孤独漫游者自我反讽的悲剧性的喜剧感中，所有声部汇成一个恢弘的主题：对完整之"在"的信仰，对功利而衰竭的历史潮流的忤逆。

"智慧至上"是西方文明的价值基石。"道德至上"是中国文明的价值基石，这一基石之在今日中国，演变为官方和民间知识分子的泛道德化意识形态，前者导致道德的崩解，后者使知识分子把一切中国问题归于"道德问题"，所有争论终以知识分子相互攻讦"道德堕落"而收场,这种"道德至上"并未增长我们对世界的认知和建设。面对道德和智慧之在中国的相悖,木心素来属于后者:"世俗的纯粹'道德'是无有的。智慧体现在伦理结构上,形成善的价值判断,才可能分名为道德。离智慧而存在的道德是虚妄的,如果定要承认它实有,且看它必在节骨眼上坏事败事,平时,以戕贼智慧为其功能。"(《素履之往》)

"智慧"在木心作品里演绎着纷纷剧情,《7克》是我所见最玄妙而透辟的散文之一。"释家、道家、基督家都明白智慧与生命的不平衡是世界苦难的由来。他们着重思考生命这一边……而今是否可以着眼观照智慧那一边呢。"木心用智慧与生命的"数字进位法"观照智慧这一边,关于生命的"1克"与智慧的"10克""3克""7克"之关系,弹拨得不可思议而妙趣横生——如此抽象而具体,又如此具体而抽象,凭这,他已达到他所心仪的智慧之境!他如何达到了这"7克"?这是一个令人着迷的谜!

《尖鞋》探讨了智慧与痛苦之关系,又是另一番不可思议:"我"在积水的地牢里,撕开旧衬衫为自己做鞋。这时,幽囚孤独的他竟在这时,想:现在外面的鞋子流行什么式样?他做成了尖型。几年后,他透过囚车的缝隙,看到大街上时髦男女的鞋子都是尖型。他得意了——十字架、金字塔尖、查理曼的皇冠,自己的尖鞋,

"是一回事中的四个细节"。与木心的这个"我"同质的主人公,在世界文学里我至少见过三个:奥威尔《1984》里的诗人,他为诗行能够押韵用了犯禁的"god"一词而锒铛入狱;尤瑟纳尔《苦炼》里的科学家泽农,他在死亡的过程中仍研究和记录自己死之感受;卡尔维诺《树上的男爵》里那位强盗贾恩·德依·布鲁基,他在绞架前仍惦念里查森小说《克拉丽莎》主人公的结局。这些人物的共同之点,是以智慧欲求超越生命痛苦而企及神性,智慧已内化为坚定的人格,致力于自身的丰富美好而无视绝境。此种气质的主人公在中国文学里,只有小说家王小波创造过。而木心是真实的存在,不是小说中人。

强弱

当下中国作家写小说时,多从社会、政治、历史和生存等集体性、物质性的层面展开叙事,木心则相反:他的小说始于个人而终于个人,皆从微观边缘处落笔,呈现人类微妙难言的心灵角落,体积纤小,声音轻细。你无法从所谓"主流现实状况"(无论中国的还是美国的)推知木心作品的状态,但如果你对当下"普遍性的存在感"有所体味,当能会心它们何以形成。《七日之粮》《五更转曲》是写中国古人的吧?可这些古人深醇多致的"信"与"义",却隐然反照出"当代生存"的薄情寡味。《SOS》

"你是含苞欲放的哲学家"

以沉船时刻医生助产孕妇的义举,捕捉人类死生之际的神性与徒劳;《静静下午茶》从一对英国夫妻纠缠了四十年的无谓隐私,透视人类无以名之的心灵尴尬;《芳芳NO.4》由一个女子气质面目的四次变化,勾画人性的翻覆无常;《西邻子》写法不新,但格外摇曳着"敏感""犹豫"和"无用"的魅力……

与力量型作家解剖现实生活主动脉的做法不同,木心善于潜入人类心灵的毛细血管之中,以微观指喻整体,于殊相隐含共相,其妙不在证明公理,而在揭示幽微,由是,精神之翼才可摆脱重力,不可见者方能可见——此种特征,浓缩在他的短篇小说《温莎墓园日记》里。它是我读过的最含蓄节制、最富奇思与哲思的爱情小说之一。但它不是爱情故事,而是"存在境遇"普遍爱情的观照——对于"人类20世纪之爱情"的观照。

如此抽象的命义,怎样完成?木心的才能就在于以感性的铺张,达至形上的境界:"哈代曾说'多记印象,少发主见'……现在我用的方法是'以印象表呈主见'。"(《鱼丽之宴》)诚然。如标题所示,此篇小说采用日记体(作为引文,也镶嵌着书信,其结构因此兼具了自语的封闭性与对话的开放性),隐蔽地并列伏下三条线索:

一是常到纽约一座无名墓园散步的"我"与远在瑞士的女友桑德拉平淡的情感关系;

二是借两人通信谈论华利丝·辛普森的首饰之去向

（她是20世纪"最后一对著名情侣"中的女主角，温莎公爵爱德华八世为她放弃了王位，他花去重金献给她的爱之礼物，在她故世之后却只能被零星拍卖，变回为商品），痛悼爱情的沦亡；

第三条线索设置之平常而奇异，令我惊讶木心冷僻超拔的想象力，犹如针尖上跳出的宇宙之舞：小说进行到三分之一时，"我"偶然在一墓碑上发现了一枚生丁硬币，于是散漫的叙述悄悄移到了焦点——这生丁从此被"我"和一个未曾谋面的陌生人轮流翻面，日复一日，由无意而有意，以致"我"逐渐感到这种默契"已与爱的誓约具有同一性"，如果中断这种交流，就是"背德的，等于罪孽"。为了在此守誓，"我"无限延宕了与女友相会的时间，直至一个冬雪之夜，"我"抱着"轮回告终的不祥之感"奔赴墓园探看生丁，终于和那个冥契者相遇。

如此千回百转的爱情独角戏，在我的阅读经验里是第一次遇到。

小说中的墓园明明是无名的，标题却冠以情圣温莎公爵之名，既在形上的层面隐喻着20世纪的爱情之死，又暗示了这座墓园乃是主人公深沉奇妙的爱情诞生地。"往过去看，一代比一代多情，往未来看，一代比一代无情。多情可以多到没际涯，无情则有限，无情而已。"（《琼美卡随想录·烂去》）《温莎墓园日记》同时给我们看到了两个世界：何谓"多情多到没际涯"，何谓"无情而已"。

由此，他把人与世界的"情"的关系，上升到了本体论的高度。佛家将世间生命呼为"有情"，以"情"为"如梦幻泡影，如露亦如电"的脆弱死门，吁请众生超越而达彼岸。可对木心而言，此如露如电之物即是彼岸，即是心灵的深度、广度与速度，即是瞬息万端、浩瀚无尽的自我意识。也正因此，"自我"在木心作品里既繁复柔弱，又不可褫夺，它于我们是如此陌生，竟似一种隔世的尊贵与傲慢。

有"情"即有痛苦。"极大的痛苦，痛苦到了无痕迹，中国的艺术是这样的。"在《散文一集·跋》里，木心借一个罗马女人之口说。其实，这就是他自己，以及他的艺术。于木心而言，对痛苦的敏觉和观照是自我意识的同义词，是存在的源头与深渊。"一个来自充盈和超充盈的、天生的、最高级的肯定公式，一种无保留的肯定，对痛苦本身的肯定，对生命一切疑问和陌生东西的肯定……这种最后的、最欢乐的、热情洋溢的生命肯定……"（尼采：《看哪，这人》）

然而"痛苦"的体积在木心作品里却被压至最小，最弱，最细，不动声色，难以觉察，甚至相反，它看着有点淡漠，有点喜剧，有点甜，直至它被我们当作甘美之物吞咽，慢慢地，那椎心大恸始告袭来。这种由"弱"渐"强"所构成的阅读张力，使木心作品难以被一次耗尽，相反，它潜在而深藏的磁场会召唤阅读与感受不断重返其中，一遍遍一层层体悟存在之味——爱，情欲，苦难，记忆，衰老，乡愁，文明的没落，生命的浓淡……

"我至今还是不羡慕任何出于麻木的平安。"（木心：《出猎》）此即木心对"丰富的痛苦"之认同。《同车人的啜泣》和《空房》是这种"麻木的平安者"遗忘和背叛"痛苦"的故事。《空房》尤巧，作者设置了一个谜面：为什么一对生死恋人的信被抛弃在空房中？"我"似乎穷尽排列了种种的逻辑可能性，每种可能性都不能回答这个问题，于是小说结尾是"答案的空缺"。然细心的读者会发现，答案其实就藏在"我"认为绝不可能的第三种可能性中——"要说梅先死，死前将良给她的信悉数退回，那么良该万分珍惜这些遗物，何致如此狼藉而不顾。"然而根据上下文，只能是"良"并未"万分珍惜这些遗物"，才致死者情书狼藉遍地的。但此时作者并不明说，而是悄悄分身为二：一是那个直至暮年仍不得解的痴心人"我"，一是暗暗把无味的答案递给我们、看透了人性浮薄并貌似无动于衷的作者本人。

《笔挺》《圆光》《童年随之而去》《草色》《爱默生家的恶客》等篇则探讨了种种痛苦的质地。《圆光》是我极爱的作品，因为它的四两拨千斤的智慧、一叶一菩提的精妙和全抛一片心的挚诚。文章截取了三种"圆光"，举重若轻地揭示出人世间三大苦境：基督和佛陀像头顶滑稽虚夸的圆光；弘一法师圆寂前对人吐露挂念"人间事，家中事"的真声时，在"我"心中焕发的灵犀之光；十年浩劫中，监牢的墙面被众囚犯的头颅天长日久磨出来的"佛光"。作者不议论，只叙述，间以"不明飞行物"之类不相干的轻松闲笔将苦涩弱化稀释，直至终篇，沉厚的痛楚才一齐释放出来。

最直接最强烈的痛苦与快乐，莫过于爱欲。木心是情诗圣手。我想强调他之于这个"世界"的"情人"身份。一个敏感多情、挑剔刁钻、捉摸不定的情人。正如他所自称，看这世界时，他用的"一只是情郎的眼，一只是辩士的眼"。我们目前能看到的木心情诗皆是他六十岁以后所作，其炽烈瑰美如天际盛放的焰火，证之于这样的年龄，真可称是"才华化作生命力"的奇迹。

"尤其静夜／我的情欲大／纷纷飘下／缀满树枝窗棂／唇涡，胸埠，股壑／平原远山，路和路／都覆盖着我的情欲／因为第二天／又纷纷飘下／更静，更大／我的情欲"。（《我纷纷的情欲》）繁复炽烈的主题，却外化为天真简短的音节和绵长飘洒的意象。

在木心诗歌中，分量最重的当属表达"昨日乡愁"和"文明反省"主题的作品。"上个世纪的人什么都故意／……／人是神秘一点才有滋味／世俗如我，暗里／明白得尚算早的／无奈事已阑珊／宝藏的门开着／可知宝已散尽"（《还值一个弥撒吗？》）"世界的记忆／臣妾般虺拥在／书桌四周／乱人心意的夜晚呵"（《夜晚的臣妾》）"童稚全真的假笑耆翁偶现的羞涩／南极落难的青年梦中的花生酱／宫廷政变老手寥寥数句的优雅便简／……／每有所遇，无不向我殷勤索证"(《索证者》)……木心的诗在表达文明忧思之时，并不使用抽象的句子和铿锵的音调，而是以可见可感的细节意象的参差罗列，借代或暗喻整体性的意念与判断；同时以轻盈飘逸的语调，传达沉重痛苦的叹息。此种强与弱、重与轻、抽象与具体、宏观与微观的辩证法，构造了木心诗歌精微而恢弘的品质。

"生命的剧情在于弱／弱出生命来才是强"。这是木心在《KEY WEST》里献给硬汉海明威的诗句，恐怕也是他自己生命和写作的美学。的确，只有把握了生命最细弱微妙的呼吸，文学才能显现其无量伟大与仁慈。

惊奇

木心的文学充满"惊奇"。这恐怕是他与当代中国主流文学的本质差异之一。后者的本质是什么呢？借用德国哲学家约瑟夫·皮珀（Josef Pieper）的说法，是文学的"无产阶级化"与"布尔乔亚化"。

"无产阶级化"何意？它指的是"将自己束缚于工作历程之中"，"也就是将自己束缚于'效益'的历程里，而且，由于此种束缚方式，工作人类的整体生命内涵因此而消耗殆尽。""无产阶级主义无异于是'卑从的艺术'领域

"你是含苞欲放的哲学家"

中狭隘的存在和活动方式——不论这种狭隘是出于缺乏自主性、工作至上动力的驱使或是精神上的贫乏。"[1]中国文学的"无产阶级化"始于1920年代末开始的左翼文学，历经延安时期、"十七年"、"文革"直至现在大部分的"底层写作"，是一种将平等主义的政治伦理混同于艺术评判标准的文学。

"布尔乔亚化"何意？它"指的是一个人以既坚固又紧密的姿态附着于他所生存的环境（由当下生活目标所决定的世界），他把这样一个行为当作一种终极价值看待，因而一切与经验有关的事物不再显得透明，同样，一个更宽广且更真实的本质世界似乎不再存在。总之，再也没有'惊奇'，再也无法感受'惊奇'，他的心灵变得平凡庸俗，甚至麻木不仁，他把一切事物看成'不言自明'……他无法摆脱日常生活的迫切需求"。当代文学的"布尔乔亚化"是上世纪90年代开始的事，以"身体写作""都市写作""另类写作"之名风靡文坛，其作品弥漫着"无法摆脱日常生活的迫切需求"的焦虑，也是此类作家私我的焦虑。

"无产阶级化"和"布尔乔亚化"有一种相同的性质，即灵魂的"懒惰"，它是一种"软弱的绝望"，是一个人"绝望地不想做他自己"。这样的灵魂，不领会何谓

---

[1] [德] 约瑟夫·皮珀：《闲暇：文化的基础》，刘森尧译，新星出版社2006年，以下所引皮珀语句皆自此书。

"惊奇"。惊奇是"一种怀抱希望的结构,而这正是哲学家和人之存在特有的本质。我们是天生的'旅行者',我们一直'在路上'风尘仆仆,却'尚未'抵达那里"。"在平凡和寻常的世界中去寻找不平凡和不寻常,亦即寻找惊奇,此即哲学之开端。"

木心的文学正是从这一角度获得了哲学的深意,并由此成为当代中国文学真正的"惊奇"。在他的作品中,世上的人、事、物,被解开了日常理性的粗壮枷锁,而被他置于婴孩和老者的双重目光之下,经由语言的中介,并连同他的语言本身,发散出寂静、晶莹、多面而豁然的光辉,如同雨后空谷里四处洒落的钻石。

在汉语文学中,再也没有比木心的俳句更善于和适于揭示世界之惊奇的了。这种借鉴于日本俳句的语体,是木心的一大发明,乃是一种高度"莫名"的单句——或仅是一个词组,或是一个句法完整的句子,或是不时断裂、没有标点的语句,中间的空格作为语词的休止符,时时激起意蕴的回响。在这种句子中,木心通过意象、意义、声音的或突兀、或对立、或跳跃、或超现实的组合,把汉语的诗性爆发力和意义涵容量推到了顶点(但愿不断有更高的顶点),也把"作者"主体视点的束缚与自由发挥到了极端,由此而引发一阵阵感知的骚动。

这是最典型的句子:"寂寞无过于呆看恺撒大帝在儿童公园骑木马"。句子如同层数繁多的精致套盒,"寂寞"

是最外一层,"呆看"在第二层,"恺撒大帝"在第三层,第四层,愕然奇观出现了——"恺撒大帝在儿童公园"!这是能够联结在一起的人物和地点吗?盒子继续打开到第五层,更大的震骇来了——"恺撒大帝在儿童公园骑木马"!这是这样的人物在这样的地点可以做的一件事吗?至此,一种唯有用这些意象这样组合才能表达的意绪,得以表达——"恺撒大帝"是"权力者""征服者""罪恶者""伟大者"的借代,"骑木马"作为儿童的戏耍,是世间最微末最天真最无辜最被动之事的借代,二者跨越时空的对立组合,意象清晰可见,但其苍茫寥落的况味,却不是"退休的布什在儿童公园骑木马"可堪比拟的。而如此寂寞的景象,还有人从旁"呆看",那人的寂寞自然更胜一筹,那是真的"无过于"了。

这样的句子是如此之多:

首度肌肤之亲是一篇恢弘的论文

生命树渐渐灰色 哲学次第绿了

颤巍巍的老态 从前我以为是装出来的

公园石栏上伏着两个男人 毫无作为地容光焕发

日日价勤于读报的厌世者呵

　　平民文化一平下去就再也起不来了

　　现代之前　思无邪　现代　思有邪　后现代　邪无思

　　论精致　命运最精致

　　无知之为无知　在其不知有知之所以有知

　　红裤绿衫的非洲少年倚在黄墙前露着白齿向我笑

　　紫丁香开在楼下　我在楼上　急于要写信似的

　　……

　　这样的句子有何意义呢？没有什么意义。它们不去担当什么，也不去依附什么，它们只是温柔盛开之灵魂的安谧的游戏罢了。"神性的智慧一直都带有某种游戏的性质，在寰宇中玩耍绕行不止。"（《圣经·箴言篇》）但是，不要轻视灵魂的安谧："在我们的灵魂静静开放的此时此刻，就在这短暂的片刻之中，我们掌握到了理解'整个世界及其最深邃之本质'的契机。"（皮珀）

"你是含苞欲放的哲学家"

木心作品，就其全部来说，即是一个时刻对凡常生活保持哲学之惊讶的人的故事。先哲有云："哲学是灰色的，生命之树常青。"但是对于怀抱存在之雄心的人而言，不能领会世界之总体性的生命，不配称其为"生命"；正如不能绽放生命之花朵的哲学，不配称其为"哲学"一样。那么，哲学和生命啊，你们可怎么办？那怀抱存在之雄心的人呀，你到底是什么？你是——你是……"你是含苞欲放的哲学家"。（木心俳句）

2006年7月28日写毕

2008年3月24日修改

㊄

最后的情人已远行
木心先生祭

听到木心先生辞世的消息,呆了片刻,轻轻对世界说:你最后的情人已经远行。你的物,你的色,你的生命,你的文明,你深情的往昔,你薄情的现在,你迷惘的未来,将不再被那双脉脉含情、敏感刁钻的眼睛时时凝望,也不再有他专注而佻达、热狂而柔静的声音与你对语。你将更加寂寞地运行,而他为你留下的爱意与方式,将成为世间的孑遗。

但也许我说错了。也许他留下的不是孑遗,而是种子。种子不死,因为爱是不死的。他曾有言:"艺术是一种爱的行为／爱'爱'的行为"。这爱因他的逝去而突然裸裎,如同一个无对象的遗嘱,长留在灵犀相通者心中。

但也许直到此时,我们也未真正意识到他留给我们的究竟是什么。"你爱文学　将来文学会爱你"。许多俳句他用第二人称，其实是孤寂之中写给自己的信。可被他言中了。只是他没有足够的耐心更长寿些，等待那不负其爱的爱前来叩门。

但我们能够知道，他对世界用情是如此之深，以致他毕生追求自我与世界的相等。他的诗，俳句，散文，小说，无不既是他与世界的对话，又是他与自我的对话，这对话如此浩瀚、内在、微妙而恢弘，如同我们自身深处早已遗失忽被寻返、若不相遇便将沉睡的永恒记忆。他创造的不只是美好的汉语，更是与人的自我——只要他／她醒着——息息相关的诗意生命。他不断书写对诗意存在的无尽乡愁，唤醒的却是我们自身对更好的自我、更广大的精神、更深沉的爱的思念。

正是这思念，促使诗意尚存的汉语心灵重新思考：如何建立艺术与生活之间的同一？诚如巴赫金所说："艺术和生活不单必须互相负责，还应该互相承担罪谴。诗人必须记着：生活的鄙俗平庸，是他的诗之罪过；日常生活之人则必须知道，艺术的徒劳无功，是由于他不愿意对生活认真和有所要求。"对木心先生而言，艺术与生活乃是同一件事，笔下的每个字都事关重大。他将自身生命虚化、升华、戏剧化，而无时无刻不生活在审美判断、修辞思维之中，无时无刻不在与词语和句子悠游嬉戏，又无时无刻不在用他的词语和句子表达对世界的整体判断。"不入象征主义非夫也，出不了象征主义亦不是脚色。"在他手中，诗、俳句、散文和小说莫不出于象征，每个意象都关联着他心中的"世界模型"。他是真正的诗哲，而非单单的美文创造者。美是他至高的准则，在此准则之下，深藏他自身对宇宙的终极解析。这位哲人惊警于文明与生命的退化，守护古典时代的遗产，捍卫"人"的神性形象——从他自我的生活与艺术开始，直至自身成为一件不可磨灭的作品。

现在，如要为木心先生绘制一幅肖像，我愿他横站在各种事物的交界处：现代与古典的交界处，西方与东方的交界处，诗与哲学的交界处，自我与世界的交界处，信仰与忤逆的交界处，微妙与恢弘的交界处，知与爱的交界处，热与冷的交界处……他的艺术与生活在这多重交界的跨越中蓊蓊郁郁，生生不息，却从不逾度，从不偏其一端，只因他恪守"美"之准则。在这轴心轰毁、碎片飘飞的年代，此一恪守使他的身影愈发孤独，竟像是一个错误。人们习惯性地以为在如此时代，文学艺术只能提供混乱的生命潮流之对应物，如有其他，则必是虚假，必是逃避。此种执念或可解释20世纪以来世界为何荒败若此，人却无法出世界于荒败。人们遗忘了纪德、瓦莱里、博尔赫斯、卡尔维诺、尤瑟纳尔们提供的可能性——即精神秩序的胜利，胜过世界的混乱。这种可能性延伸出一个以现代融通古典、以秩序观照混乱、以审美表达审丑、以神性透视人性的精神谱系。"世界乱，书桌不乱"。木心是此一谱系的精神后裔,并将以他穿透古今中西的诗与美学,开辟中国当代文学一个新的传统。

这到底是轻率的颂词,还是真实的预言?行文至此,忍不住想起加缪所作《卡利古拉》的一句台词:"我们历史上见。"

2011年12月28日

不驯的疆土

论莫言

二十多年的写作生涯后,小说家莫言仍是一个叛逆的少年。他的作品天马行空,变化无穷,似皆源自一个顽劣精灵对禁锢和衰竭的促狭与敌意。什么都难以阻止他自我更新的冲动,他斜睨悖谬的狂癫,他柔弱善感的诗意,他嬉戏禁忌的童真。这位本性多嘴好动、却因家庭出身而在早年饱受压抑的作家[1],终于在小说中安顿了他大逆不道的判断与梦想。那是一个和荒诞的真实模型相同,却与乏味的现实面目相反的世界。一个拒绝归化的"野"的世界。

---

[1] 见叶开:《莫言评传》,《当代作家评论》2006年第一期;莫言:《月光斩》之《恐惧与希望(代自序)》,北京十月文艺出版社2006年。

当我走进这世界的腹地，目睹西门闹、司马库、孙眉娘、"我爷爷"、"我奶奶"们生龙活虎的胡作非为之时，心中不由得涌起一只家猪对一只野猪的绝望的妒意。鲁迅先生说："真的猛士，敢于直面惨淡的人生，敢于正视淋漓的鲜血。"同理，一只有追求有理性的家猪，亦应敢于直面"家猪"的现实，忘掉绝望，按捺妒意，对这只野猪之"野"，做出细致的端详与分析。

"赭红色的孩子"

在莫言的短篇小说《拇指铐》（1998年）里，快要失去母亲的孩子阿义，提着从药铺哀求来的中药飞奔回家，却在途经墓园时突然被一对男女捉住，小巧的拇指铐把他铐在了一棵大树下。往来的人们对此或视若无睹，或无能为力，他们只顾低头耕田。一场冰雹从天而降，母亲的药零落于泥，人们则为老天毁了自己的麦子而痛哭。可是，从昏厥中醒来的孩子阿义，却听到了颂赞麦子的高亢歌声。"歌声就是月光，照亮了他的内心。"他勇气焕发，咬断手指，拇指铐脱落，大树不再能将他阻挠。他奔跑，却头重脚轻地栽倒了。这时，他看见一个小小的赭红色的孩子从体内钻出，挥舞双手，收拢散药。他撕一片月光，包裹了药，如同飞鸟展翅般回到母亲的身边。"他扑进母亲的怀抱，感觉到从未体验过的温暖与安全。"

这篇作品的前六分之五极尽黑暗，后六分之一则极尽挥洒月光之温柔，最后，无助的孩子在童话式叙述中冲破绝境，实现了心愿。当然，此结尾同时也可理解成：孩子与母亲双双死去，唯在死亡前的幻象中，他才感到温暖与安全——由此反证人间的冷酷。这一包含两个截然相反之意味的奇妙结尾，同时蕴蓄着作家激愤的谴责和深情的祝祷。这里，担当主人公境遇转折功能的元素是：

1)"冰雹"，它秉承上天的意旨，以毁灭麦子来惩戒不义的人们（此处与基耶斯洛夫斯基的电影《永无休止》异曲同工：影片中，拒绝施助的驾车人却在求助者的不远处突遭车祸，看似因果报应的情景安排，实则暗含了"人类乃一命运共同体"的神秘主题）；

2)"歌声"，它对麦子的热烈颂赞驱走了遍地的荒凉和内心的颓败（在一篇访谈中，莫言说："老是这样悲观，宿命，也不行……我们那里，有一个穷人，过年时家家都接财神，他却到大街上去喊叫：穷神啊穷神，到我家来吧，我们一起过大年！好玩的是，这个穷人的日子从此竟发达起来。这故事中包含着很多意思。我的小说里也有这种东西。"[1])；

3)"赭红色的孩子"，他让不能挽回、无法实现的事得以挽回和实现，以无条件的善意，出人于绝望之中（在

---

[1] 莫言：《十三步》之《写小说就是过大年（代序）》，沈阳，春风文艺出版社2003年，第8页。

《丰乳肥臀》《生死疲劳》等多部作品里，总有"红色的孩子"作为补偿和慰藉的形象出现——他们从不现身在阳光下，从来都蹦跳于月色里。关于莫言的"红色的孩子"的来源，作家阿城《闲话闲说》所讲可聊备参考："八六年夏天我和莫言在辽宁大连，他讲起有一次回家乡山东高密，晚上近到村子，村前有个芦苇荡，于是卷起裤腿涉水过去。不料人一搅动，水中立起无数小红孩儿，连说吵死了吵死了，莫言只好退回岸上，水里复归平静。但这水总是要过的，否则如何回家？家又就近在眼前，于是再蹚到水里，小红孩儿们则又从水中立起，连说吵死了吵死了。反复了几次之后，莫言只好在岸上蹲了一夜，天亮才涉水回家。这是我自小以来听到的最好的一个鬼故事，因此高兴了很久，好像将童年的恐怖洗净，重为天真。""天真"一词用得极好，亦可用以形容莫言小说驳杂之下的洁净精神）。

"赭红色的孩子"柔弱虚幻但无可摧毁，或可看作是莫言作品中"诗学正义"之化身——面对强权主宰、罪谬遍地的国，莫言的写作即是以这"孩子"的逻辑，在虚构世界里呈现、诅咒、嘲讽和颠倒"强权之意志"，将沦落于现实和历史之外的公平、诚实、温柔与自由，一一收拢和包裹在月光里。可以说，莫言的小说世界，即是一个

"诗学的正义,法律的正义与历史的正义"[1]相互龃龉的世界。以否定的形式揭示这龃龉的荒诞,撕破纯文学在生活与政治面前贫瘠苍白的轻,彰显人性之中难以实现却不可征服的善——此种精神欲求,乃是小说家莫言隐秘的写作伦理。

"天堂"里的声音

长篇小说《天堂蒜薹之歌》(1988年)构筑了一个由官僚垄断和警察枪杆所统治的地域模型——"天堂县"。数千农民用身家性命养育的蒜薹,因当权者的渎职,几日之间变成了臭气熏天的垃圾。乡民不堪欺弄,起而抗争,惨痛的故事由此上演。在第十章,怀孕的金菊陷入了绝境,腹中的胎儿却急于降生。这时,在金菊和胎儿之间展开了一场令人心碎的超现实对话,其诗性结构如同一首"生命向往与人间冷酷"纠结吞声的回旋曲:

> "让我出去!让我出去!你不放我出去,你算个什么娘?"
>
> …………
>
> "孩子,你看,那遍地的蒜薹,像一条条毒蛇,

---

[1] 王德威:《跨世纪风华:当代小说20家》之《千言万语,何若莫言》,台北,麦田出版2002年,第258页。

盘结在一起，它们吃肉，喝血，吸脑子。孩子，你敢出来吗？"

男孩的手脚盘结起来，眼睛里结了霜花。

…………

男孩又蠕动起来，他眯着眼睛说：

"娘，我还是想出去看看，我看到了一个圆圆的火球在转动着。"

"孩子，那是太阳。"

"我要看看太阳！"

"孩子，不能看，这是一团火，它把娘的皮肉都烤焦啦。"

"我看到遍野里都是鲜花，我还闻到了它们的香味！"

"孩子，那些花有毒，那香味就是毒气，娘就要被它们毒死了！"

"娘，我想出去，摸摸红马驹的头！"

她抬手打了枣红马驹一巴掌，马驹一愣，从窗户跳出去，嗒嗒地跑走了。

"孩子，没有红马驹，它是个影子！"

男孩闭死了眼，再也不动。[1]

---

[1] 莫言：《天堂蒜薹之歌》，海口，南海出版公司2005年，第134—135页。

"枣红马驹"（这个形象与胡安·鲁尔福《佩德罗·巴拉莫》里马驹的表现方法与功能相近，然已有它自身的生机）和"赭红色的孩子"一样，是一个虚幻的精灵、慰藉的形象，然而在这里，它消逝了。生命完结了。莫言在表现弱势者的苦痛绝境时，是一位毫不含糊的"超现实主义+人道主义诗人"。

莫言的诗意总在人物的言行中、在看似不经意的自然景物描绘中、在诗性的韵律中温柔绽放。然温柔之后必有残酷，绽放之后必有祸殃，此种张弛强弱的节奏安排，赋予叙事以魅人的张力。在小说第十四章，善良的顺民高羊和硬心肠的四叔驱着牲口赶夜路送蒜薹，作者写到月亮、树叶、蝈蝈，月光由幽暗而微明，由微明而在高羊感恩的心里激起希望：

> 月光其实还是能够照耀到这里的，难道那灌木叶片上闪烁的不是月光吗？蝈蝈翅膀上明亮如玻璃的碎片上难道不是月光在闪烁，清冷的蒜薹味里难道没掺进月光的温暖味道吗？低洼处有烟云，高凸处有清风，四叔唱道——不知是骂牛还是骂人：
>
> "你这个～～婊子养的～～狗杂种，提了裤子你就～～念圣经～～"[1]

---

[1] 莫言：《天堂蒜薹之歌》，第192页。

温柔的月光和暴虐的太阳是莫言作品中醒目的隐喻意象，暗示着两个对立的世界，两股相反的力量，两种相互背离的价值观（对月亮的颂赞一直延续到他的近作《生死疲劳》里）。一段温馨诙谐的"月光曲"刚刚唱罢，残酷的命运闻声而至——由醉鬼开着的乡长汽车"像座大山一样向他们压过来"，四叔死于轮下。

《天堂蒜薹之歌》构造了一个多声部的世界，每个人物都有自己的个性和声音：无奈的顺民高羊劝勉四叔认命想开、说服自己自我满足的声音；四叔对待女儿和邻人的凶狠冷漠的声音；大哥二哥贪婪而奴性的声音；高马和金菊炽烈而挺拔的声音；村干部高金角和杨助理员官官相护、为虎作伥、恫吓百姓的声音；瞎子张扣贯穿全书的不平则鸣的声音："说俺是反革命您血口喷人／俺张扣素来是守法公民；县政府广场上，损失惨重的百姓们愤怒声讨渎职官员的声音，居高临下的小官僚无视百姓、打着官腔的声音；法庭上，青年军官为百姓的无辜与公民的权利高声辩护的声音；审判长威胁恐吓、压制言论的声音："你……你要干什么？你是在煽动！书记员，记下他的话，一个字都不要漏！"……

在小说的末尾，《群众日报》以标准的"新华腔"，宣告权力操纵下的"法律正义"的胜利——渎职者只受到象征性的处罚，抗争失败、家破人亡的农民却变成了"打砸抢的少数违法分子"。

莫言曾说,《檀香刑》写的是声音。其实,上溯十多年前,他自谦为"和报告文学差不多"的《天堂蒜薹之歌》已开始写"声音"——生民之痛与怒,化作了瞎子张扣唱词的声音。只不过从形式感上,《天堂蒜薹之歌》的声音尚是"单弦",到了《檀香刑》,则壮阔为满堂大戏。

《天堂蒜薹之歌》发端于莫言看到的一则关于"蒜薹事件"的新闻报道,愤怒使他放下正在写作的家族小说,用三十五天写成了这部急就章。因此,"天堂"里的声音,散发着义愤之作必有的道义紧张感与现实对抗性,但是它摇曳多变的视角和人称、生机勃勃的人物与意象、残酷中的诗意、惨苦里的幽默,却造就了文学表达柔韧而必要的审美弯度,由此,它避免了作家的道义感僭越文学的本体界范,而成为"社会正义"被动单一的传声筒。

"《天堂蒜薹之歌》使我明白了,一个作者的创作,往往是身不由己的。在他向一个设定的目标前进时,常常会走到与设定的目标背道而驰的地方。这可以理解成职业性悲剧,也可以看成是宿命。当然有一些意志如铁的作家能够战胜感情的驱使,目不斜视地奔向既定目标,可惜我做不到。在艺术的道路上,我甘愿受各种诱惑,到许多暗藏杀机的斜路上探险。"[1]

---

1 莫言:《天堂蒜薹之歌》,《自序》。

人间的情怀与艺术的律令，二者之平衡是难的，但却是必须的。

"日月星辰，丰乳肥臀"

莫言是感官的天才，我必须向他元气淋漓、狂放不羁的想象力致敬。这是一种背离日常逻辑与僵化真理的想象力，它令心灵和感官酣醉起舞、交合繁殖，由此创生出一个个恣肆汪洋的叙事宇宙，亦由此解放那些受缚于"习惯性强制"的被动主体。此宇宙深具强烈而挑衅的肉身性——易见、易触、易嗅、易啖却又难以承受……将主体判断反讽性地形诸感官化和意象化的叙事，乃是莫言展开其个体神话、外化其想象力的重要方式。"天上有宝，日月星辰；人间有宝，丰乳肥臀。"[1]这种想象力的体量之巨大与感知之微敏、形象之怪诞与质感之真切，在中国当代作家中堪称独步。

充盈的视觉性（或曰易见性）乃作品质感的关键，莫言深谙此道，尤以历史题材和乡村题材的作品为佳。《丰乳肥臀》里有一段空间描写，堪称视觉性之典范：第二十三章，司马库的还乡团和众乡亲被独立纵队十七团关在司马家的风磨房里，曙色熹微中，以上官金童徐徐

---

1 莫言：《丰乳肥臀》，北京，中国工人出版社2003年，第450页。

移动的视点,用一千七百字,将大磨房里的情态从容描画:从司马亭开始,依次写到老鼠,司马家兵,斜眼花,独乳老金,身材似蛇的女人;由她过渡到了一条铜钱花纹的"柠檬色的大蛇",以老鼠的反常行为烘托这蛇的凶猛可怖:"老鼠们'喳喳'地数着铜钱,身体都缩小了一倍。一只老鼠,直立起来,举着两只前爪,仿佛捧着一本书的样子,挪动着后腿,猛地跳起来。是老鼠自己跳进了蛇的大张成钝角的嘴里。然后,蛇嘴闭住,半只老鼠在蛇嘴的外边,还滑稽地抖动着僵直的长尾"。交代了空间的凶险,又继续勾勒人——司马库、二姐、巴比特、六姐,最后的目光落到最先出场的人身上:"在那扇腐朽大门的背后,一个瘦人正在自寻短见。他的裤子褪到腚下,灰白的裤衩上沾满污泥。他试图把布腰带拴到门框上,但门框太高,他一耸一耸地往上蹿,蹿得软弱无力,不像样子。从那发达的后脑勺子上,我认出了他是谁。他是司马粮的大伯司马亭。终于他累了,把裤子提起,腰带束好,回过头,羞涩地对着众人笑笑,不避泥水坐下,呜呜咽咽地哭起来。"[1]视点落回司马亭,表明金童已将这个杂沓纷乱的空间扫视了一整圈,历历可见而又超乎现实,似乎已经碰到了读者的眼睫毛;而寥寥一百六十字即写透自杀不成的司马亭滑稽中的凄绝,莫言开阖自如的张力可见一斑。

---

[1] 莫言:《丰乳肥臀》,第159页。

卡尔维诺说得好："有一段时间，个人的视觉记忆是局限于他直接经验的遗产的，是局限于反映在文化之中的形象的固定范围之内的。赋予个体神话以某种形式的机会，来源于以出人意表的、意味深长的组合形式把这种回忆的片段结合为一的方法。"[1]莫言作品的奇崛，即在于他能"以出人意表的、意味深长的组合形式"，将所需的存在与不曾存在的视觉形象结合为一。

除了视觉性，触觉、味觉、嗅觉、听觉连同五脏六腑神经末梢，都是莫言的感官叙事抚慰或蹂躏的场地——花的臭气，大便的芬芳，人尿引子的高粱酒，炸得金黄的婴儿宴，遥远但却轰鸣的昆虫振翅，切近但却微弱的凶狠戾骂，冷冻的尸体五脏和脂肪，一揪就撕裂流脓的耳朵，扒皮抽筋的酷刑已是小儿科，还得看喉咙进肛门出欲死不能的檀香刑……扭曲，变形，夸张，亵渎，直至用酷刑叙述挑战神经极限，莫言感官叙事的刺激强度已超过西方虐恋经典《O的故事》。

如何理解这种逾越感官极限的酷刑叙事？是否确如一些论者所说，一切皆缘于作者的病态趣味与病态玩味？我以为否。如果说《红高粱家族》的扒皮之刑还是酷刑叙事的牛刀小试，那么1993年《酒国》里的"烹饪课"和婴儿宴、2001年《檀香刑》里的檀香刑，则表明莫言的酷刑

---

[1]［意］卡尔维诺：《未来千年文学备忘录》，杨德友译，沈阳，辽宁教育出版社1997年，第65页。

书写已获得民族省思意识的坚强支撑和独特的心理学感受力。莫言是鲁迅先生的精神追随者，鲁迅对国民奴性与吃人文明的尖锐批判，在他的写作中得到了自觉的延续，此种延续绝非盲目因袭——今日之中国，虽然物质进步日新月异，却依然是禁锢与蒙昧杀机四伏的残酷丛林。鲁迅曾经呐喊的"救救孩子！"，曾经冷嘲的"看客心态"，一无本质改观，只是换成另外的头脸罢了。在莫言的笔下，这些批判性判断一一演变为叙事动机，推动着作家的感官化叙述，由此所构造的形象世界、所伴生的神经折磨与古怪快感，不啻为批判对象的某种形态对应物与"后果示意图"。正是基于此种理念，《酒国》才得以隐喻权力腐败与"婴儿筵席"之关系，而《檀香刑》亦得以极端地揭示专制极权与"施刑／受刑／观刑"铁三角的因果链。

莫言曾经在一次聊天中谈起过《檀香刑》的创作动机：鲁迅先生写过受刑者（革命者）和观刑者（看客），只没有剖析过"施刑者"。施刑者究竟是何种心态？那个割开张志新喉管的人，是一种什么心态？那个往林昭嘴巴里塞上膨胀球以防止她呼喊的人，那个把子弹射向她的身体、还向她的母亲索取子弹费的人，是一种什么心态？"假设当时让我去干这件事，并且告诉我这一切都是出于组织的信任、革命的需要，从此革命大家庭将对我永远敞开怀抱，否则我将永远被打入另册，我会不会去干？十有八九会的。每个人心里都隐藏着一个赵甲。他的残忍，是出于奴性，也是出于恐惧。他是专制社会的必然产物。"（引自笔者与莫言的一次谈话。）《檀香刑》里的赵甲形象，因隐喻了国民性格中的"施刑者"成分而获得了普遍的深意，他创意卓绝、技艺高超、残忍可怖的施刑过程，亦由此化身为一场让人寝食难安的另类反讽。由于"酷刑"描述使用了戏曲化的"间离"方法，呈现施刑过程的同时也为阅读者创造了审视与反思的空间。

鲁迅先生在翻看了诸多记录残杀酷刑的中国野史后，叹道："有些事情，真也不像人世，要令人毛骨悚然，心里受伤，永不痊愈的。残酷的事实尽有，最好莫如不闻，这才可以保全性灵，也是'是以君子远庖厨也'的意思。"[1]莫言非君子，他偏偏以"令人毛骨悚然，心里受伤，永不痊愈"的残酷叙事，冒犯正人君子的"莫如不闻"和卑躬健忘，此系莫言之倔强与忠直。

感官叙事呈现出嬉戏禁忌的解放与狂欢，而银河泻地般的酣畅语言本身，也构成勇往直前的狂欢节奏，一如《酒国》里侦察员悍猛的行进："从电光照亮烈士墓碑那一刻，一股巨大的勇气突然灌注进他的身体，像病酒一样的嫉妒，像寡妇酒一样的邪恶软弱，像爱情酒一样的辗转反侧、牵肠挂肚，通通排出体外，变成酸臭的汗，腥臊的尿……他吃一口红辣椒，咬一口青葱，啃一口紫皮蒜，

---

[1] 鲁迅：《且介亭杂文·病后杂谈》，见《鲁迅全集》第六卷，北京，人民文学出版社2005年，第172页。

嚼一块老干姜,吞一瓶胡椒粉,犹如烈火烹油、鲜花簇锦,昂扬着精神,如一撮插在鸡尾酒中的公鸡毛,提着如同全兴大曲一样造型优美的'六九'式公安手枪,用葛拉帕渣(Grappa)那样的粗劣凶险的步态向前狂奔……这一系列动作像世界闻名的刀酒一样,酒体强劲有力,甘甜与酸爽共寓一味,落喉顺畅利落,宛若快刀斩乱麻。"[1]语流的跌宕、语速的峻急形成大开大阖、幽默斑斓的语言效果,此种能力与趣味实为当下国内作家所罕有。

莫言解放性的想象力创造出了许多不拘形迹的主人公:《红高粱》里的血性汉子余战鳌,《红耳朵》里的自我共产型地主王大千(他用故意赌输自己全部财富的方式,在巴山镇均了贫富),《神嫖》里的疯狂奉献型败家子季范先生(他雇来全县最好的五个裁缝不停地给自己做衣服,也不够他出去分给叫化子。他总是"光光鲜鲜出去,赤身裸体回来,寒冬腊月也不例外"。"在季范先生的时代里,高密城里穿着最漂亮的往往是叫化子。"),《野种》里的匪气连长余豆官(他夺了病号连长的兵权后,民夫连"由死气沉沉的中年人变成邪恶而有趣的男孩子",克服重重险阻抵达终点),还有《丰乳肥臀》里的滑稽英雄汉司马库(他既勇敢又好色,既霸道又好奇,既热心肠又好显摆,既热爱生命又好汉做事好汉当)……这些显现

---

[1] 莫言:《酒国》,海口,南海出版公司2000年,第259页。

出狂欢美学风范的主人公,源于作家对"个性和自由"的神会,以及对"强制与禁锢"的敌意。

从长篇小说《红高粱家族》《丰乳肥臀》《檀香刑》《生死疲劳》等可知,莫言的狂欢性想象力与时空辽阔、体量巨大的怪诞历史叙事暗相匹配。此处"历史"绝非事实性和公共性的时间概念,而是一个赋予怪诞的过去时想象以合理性和赦免权的空间。莫言的历史叙事有两个独特之点:1.由创伤记忆和对话意识支配的悖谬抗诉;2.怪诞、繁复、密集、不断膨胀和增殖的叙事空间。前者乃其精神推动力,后者乃其美学形态,二者融会为一。

怪诞叙事是一种化远为近、把相互排斥的元素组合在一起的艺术风格,它打破习惯观念,近似于逻辑学中的悖论。[1]在西方文学传统中,以拉伯雷的《巨人传》为怪诞叙事的集大成者,后来渐渐分化:一是从浪漫主义到现代主义的怪诞,因与感伤和绝望世界观紧紧相连而向纵深独语的方向发展;二是与讽谕、对话和幽默精神密切相关的怪诞,体现为怪诞现实主义(如布尔加科夫、贡布罗维奇的作品)、魔幻现实主义(如胡安·鲁尔福、马尔克斯的作品)、黑色幽默(如约瑟夫·海勒、库尔特·冯内古特的作品)等,多用以揭示外部世界之荒谬。在民间故事中长大的莫言与怪诞现实主义和魔幻现实主义有天性的

---

1 参见巴赫金:《拉伯雷研究》,河北教育出版社1998年出版,第38页。

亲近，同时，那种绝望气息的现代主义怪诞也与他有不绝如缕的联系。

以体量最为巨大的《丰乳肥臀》为例。这是一部与悖谬说谎的正史书写进行巧妙对话、驳诘、讽谕和抗诉的鸿篇巨制，一部以诗学正义追究历史正义的智勇之作。小说设计了庞大的人物谱系——母亲和她的八个女儿、一个儿子，以及各自的情债孽缘和不肖子孙，横跨了五十多年的历史时间，由此衍生出一个繁复巨大、枝蔓横生、质感细密的结构。二十五个主要人物，每个人都有他／她神奇而合理的个性、遭际与命运，最后，所有人都被历史洪流一一毁灭——只剩下那个丧失了阳刚血性的终生恋乳癖患者、世人的弃儿上官金童，苟活于世。作品宛如一幅荒野大地的四季长卷，从暮春的繁殖勃发（抗日战争时期，上官玉女、金童出生，大姐、二姐、三姐各有情事），到短夏的茂密葱茏（解放战争时期，司马库带来了高密东北乡短暂的欢乐），再到寒秋的萧瑟肃杀（从土改、"大跃进"到"文革"，四姐、七姐、八姐都悲惨地死去，连积极进步的五姐也自杀身亡），直至严冬的寒凉死寂（物质繁荣、精神荒芜的"新时期"，上官金童已完全不懂如何成为一个有尊严的人，母亲在对金童的彻底绝望中孤独死去，金童的侄辈亦纷纷因贪奢而死而刑）。这幅从春到冬的生命图景，镌刻着作家自身与整个民族挥之不去的创伤记忆，它的过程叙事生龙活虎，神采飞扬，它的终极意味却深沉苦痛，如临末世。

这部小说的每个人物都是漫画形象与饱满个性的统一体，此系怪诞叙事的重要特征。作家为何安排主人公们一一死去，世界唯余荒凉与颓败？为何安排上官金童终生恋乳，永远长不大？这位叙事人，与后来的《四十一炮》里成人身体、孩童心智的罗小通，《生死疲劳》里孩童身体、历经数次轮回的大头儿蓝千岁一样，都在"不成熟的童性"与"衰败的历史性"之间怪异不祥地游荡，都在小说的终局，成为一个荒凉凋败世界中的孤独诉说者。这是作家自觉的设计，还是无意识使然？无论如何，这狂欢之后的寂寥、怪诞之下的衰败，实可看作是对"遍被华林"的"悲凉之雾"神秘的"呼吸与感应"。

"我不是一头多愁善感的猪"

"说实话，我不是一头多愁善感的猪，我身上多的是狂欢气质，多的是抗争意识，而基本上没有那种哼哼唧唧的小资情调。"[1] 显然，过分的自我表白并未损害西门猪的可爱形象，相反，就像该书另一饶舌人物"莫言"自我辩护"极度夸张的语言是极度虚伪的社会的反映，而暴

---

[1] 莫言：《生死疲劳》，北京，作家出版社2006年，第246页。

力的语言是社会暴行的前驱"[1]一样,都有一种煞有介事的睿智诙谐。

诙谐修辞在《生死疲劳》中是如此重要,以致我愿意它优先于这部作品所有其他的要素。这部以反史诗的形式和意涵追求史诗体量的小说,把中国乡村五十年的世态历程,用民间"六道轮回"的故事模型予以架构(此书的"六道轮回"更像是对佛教"六道轮回"在字面上的无厘头戏仿:佛教所谓六道轮回,乃指天、人、阿修罗、畜生、饿鬼、地狱等六道众生,都是属迷之境界,不能脱离生死,这一世生在这一道,下一世又生在那一道,总是像车轮一样在六道里轮来转去,无法解脱,所以叫作六道轮回。《生死疲劳》的"六道轮回",是被枪毙的地主西门闹的灵魂在人界、畜界和地狱之间六次轮回往生),如果没有广场说书式的诙谐,整部作品恐怕会窒息于主旨的沉重。同时,诙谐亦不只具有修辞功能,它以"笑"解放了紧绷的脸庞与僵化的意志,而向着更辽阔的自由意识奔去。

作品中,诙谐修辞有时体现为滑稽抒情:比如西门驴见到前生妻子白杏儿时,情动于衷,想发人言而不能,"我只好用嘴去吻你,用蹄子去抚摸你,让我的眼泪滴到

---

[1] 莫言:《生死疲劳》,第261页。

你的脸上，驴的泪珠，颗颗胖大，犹如最大的雨滴"[1]。"驴子"形象在古今中外的文本里，禀有草根式的笨拙而自嘲、褴褛而智慧的品性，多愁善感的"泪珠"发于此种生灵，且以"胖大"形之，着实令人喷饭。

诙谐还来自叙述人物行动时，正常语序中异峰突起的一两句评书骈体叙事——比如说起蓝解放喂猪路上连跌两跤："一跤前扑，状如恶狗抢屎；一跤后仰，恰似乌龟晒肚。"[2]"突然的可笑"间离读者视点，改变叙事节奏，其不时闪现的说书人语态，勾起久远记忆，亦赋予作品以民间广场生机勃勃的粗粝气息。

更多时候，诙谐效果起因于叙述人的理性与历史之荒谬的反差。如西门驴在讲述1957年"大炼钢铁运动"时，戏拟《旧约·创世记》"有晚上，有早晨，这是头一日。……有晚上，有早晨，是第六日"句式，勾勒高密东北乡大炼钢铁的"大兵团作战"场景："在那条最宽的道路上，有牛车，有马车，有人力车，都载着一种名叫铁矿石的褐色石头；有驴驮子，有骡驮子，都驮着一种名叫铁矿石的褐色石头；有老头，有老太太，有儿童，都背着一种名叫铁矿石的褐色石头。"[3]以"创世记"的庄严音调、排比复沓的齐整句式、巨细靡遗的"认真"罗列，讽

---

[1] 莫言：《生死疲劳》，第74页。
[2] 莫言：《生死疲劳》，第251页。
[3] 莫言：《生死疲劳》，第70页。

喻全民投入的历史蠢行，寓荒诞意味于无声之中。

莫言还善于用信口开河不知所终的夸张语流激扬文气、冲决主干，让本来秩序井然的叙事蓦地陷入无政府状态。在第十七章，蓝解放对大头儿描述集市上游斗陈县长的浩大声势："大喇叭发出震天动地的声响，使一个年轻的农妇受惊流产，使一头猪受惊头撞土墙而昏厥，还使许多只正在草窝里产卵的母鸡惊飞起来，还使许多狗狂吠不止，累哑了喉咙。""'大叫驴'的嗓门，经过高音喇叭的放大，成了声音的灾难，一群正在高空中飞翔的大雁，像石头一样噼里啪啦地掉下来。大雁肉味清香，营养丰富，是难得的佳肴，在人民普遍营养不良的年代，天上掉下大雁，看似福从天降，实是祸事降临。集上的人疯了，拥拥挤挤，尖声嘶叫着，比一群饿疯了的狗还可怕……这场混乱，变成了混战，变成了武斗。事后统计，被踩死的人有十七名，被挤伤的不计其数。"[1]此种貌似逻辑谨严、实则荒诞不经的胡说八道，其"现实相似性"唤醒了人的历史记忆，其夸张怪诞引发的"笑"又将人从历史的悲哀窒息中解救出来，并得以用新鲜视角理性反观历史本身，大有拉伯雷描绘巨人族的风采。

到了第十八章，又出现了无赖杨七在风高雪猛的大街上叫卖劣质皮衣的场景，他巧舌如簧的推销辞占了满满一

---

[1] 莫言：《生死疲劳》，第133页。

页半，完全是"信口开河"的大炫技："听一听，看一看，摸一摸，穿一穿。一听如同铜锣声，二看如同绫罗缎，三看毛色赛黑漆，穿到身上冒大汗。这样的皮袄披上身，爬冰卧雪不觉寒！……我担保您在家里坐半个时辰，您家房顶上那厚厚的雪就化了，远看您家，房顶上热气腾腾，您家院子里，雪水淌成了小河，您家房檐上那些冰凌子，噼里啪啦就掉下来了……"[1]杨七虽是次要人物，他如何卖皮袄也无关全书大局，但如此沉酣于卖弄嘴皮子的段落，却使狂欢与快活本身即是目的。

杨七还要继续口沫横飞，红卫兵头目蓝金龙已带着"四大金刚"闪亮登场："我哥蓝金龙在前雄赳赳，'四大金刚'两旁护卫气昂昂，后边簇拥着一群红卫兵闹嚷嚷。我哥腰间多了一件兵器，从小学校体育教师那里征来的发令枪，镀镍的枪身银光闪闪，枪身的形状像个狗鸡巴。'四大金刚'也都扎着皮带，用生产大队里那头刚刚饿死的鲁西牛皮制成……那些喽啰们，都扛着红缨枪，枪头子都用砂轮打磨得锃亮，锋利无比，扎到树里，费很大的劲才能拔出来。我哥率领队伍，快速推进。大雪洁白，红缨艳丽，形成一幅美丽图画……"[2]兵器象征的"神圣"意味和兵器来路的可笑不堪，统一在虚夸的语气里，滑稽立现。

---

1 莫言：《生死疲劳》，第153页。
2 莫言：《生死疲劳》，第155页。

零星散落的亮点不时释放着莫言的诙谐才能。第三十一章，写到1976年为了配合高密县"大养其猪"运动，猫腔团长常天红创作猫腔《养猪记》："调动了他天马行空般的想象力，让猪上场说话，让猪分成两派，一派是主张猛吃猛拉为革命长膘积肥的，一派是暗藏的阶级敌猪，以沂蒙山来的公猪刁小三为首，以那些只吃不长肉的'碰头疯'们为帮凶。猪场里，不但人跟人展开斗争，猪跟猪也展开斗争，而猪跟猪的斗争是这出戏的主要矛盾，人成了猪的配角。"[1]常天红还为剧中主角猪小白编写了唱词："今夜星光灿烂，南风吹杏花香心潮澎湃难以安眠，小白我扶枝站遥望青天，似看到五洲四海红旗招展鲜花烂漫，毛主席号召全中国养猪事业大发展，一头猪就是一枚射向帝修反的炮弹我小白身为公猪重任在肩一定要养精蓄锐听从召唤把天下的母猪全配完……"[2]"人的逻辑"讽刺性地置换为"猪的逻辑"，不笑都难。正如弗莱所说："讽刺具有两种不可或缺的东西：一是机智或幽默，其基础是离奇的幻想，或对古怪荒唐的现象的感受；另一是具有攻击的对象。缺乏幽默地攻击，或单纯进行指斥，构成讽刺的一条界线……要对某件事进行攻击，作家与广大读者必须对其可理解性达成共识，即是说，大量讽刺作品

---

[1] 莫言：《生死疲劳》，第305—306页。

[2] 莫言：《生死疲劳》，第307页。

的内容是建立在一个民族的爱憎，对势利、偏见的不满上的，而个人的怄气是经不起时间考验的。"因此，"讽刺家通常都遵循一种很高的道德准则"[1]。

《生死疲劳》的一大幽默源泉，还在"莫言"身上：这个与作者同名的人物讨人嫌，爱显摆，多嘴多舌，奸懒馋滑，生性好奇，想入非非。顽童之时，就伙同一帮小屁孩骑着树杈、眯着眼睛、举着喇叭对蓝脸家打攻心战，编顺口溜，即便被蓝解放的弹弓"击落"在地，还要额头鼓着血包坚忍不拔地回到树上，继续喊话："蓝解放，小顽固，跟着你爹走斜路。胆敢行凶把我打，把你抓进公安局！"待他长成青年，到养猪场喂猪，又以热爱科学、独立思考的精神，想要通过延长食物在"碰头疯"肠胃里的停留时间，治好它们光吃饭不长肉的毛病：他先是要在猪的肛门上装一个阀门，后来则将草木灰搅拌在食物里，吃灰无效，又尝试着往饲料里添加水泥，"这一招虽然管用，但险些要了'碰头疯'们的性命。它们肚子痛得遍地打滚，最后拉出了一些像石头一样的粪便才算死里逃生"[2]。在西门猪眼里，"莫言从来就不是一个好农民，他身在农村，却思念城市；他出身卑贱，却渴望富贵；他相貌丑陋，却追求美女；他一知半解，却冒充博士。这样

---

[1] ［加拿大］诺思罗普·弗莱著、陈慧等译：《批评的解剖》，天津，百花文艺出版社2006年，第326页。
[2] 莫言：《生死疲劳》，第303页。

的人竟混成了作家,据说在北京城里天天吃饺子……"[1]光阴似箭,日月如梭,随着"莫言"境况渐好,他又进城向县城书店女售货员卖弄自己的语言才能,"他喜欢把成语说残,借以产生幽默效果,'两小无猜'他说成'两小无——','一见钟情'他说成'一见钟——','狗仗人势'他说成'狗仗人——'……"[2]。"莫言"的"生性好奇,想入非非",是莫言新近作品才出现的人物气质,似乎,一个正待成长的开放而天真的肯定性空间,将要冲破他否定性的精神底色,而在今后的写作中徐徐展开。

在这部作品中,"莫言"是作者和读者打闹开心的中介,每到故事沉重沉默处,"莫言"就被揪着耳朵来给看官解闷,调节气氛,控制节奏,他偶尔也溢出本文空间,和作者莫言的现实际遇谐谑地对话,以达成趣味性的"个人讽喻"。直到小说的最后一部,"莫言"才终于真正地不可或缺,担当起叙事人的角色。"莫言"进入文本的游戏,早在《酒国》中就已玩过,有另一番趣味幽默。这种写法,给过于坚实的结构打开一条轻松的缝隙,使游戏本身成为目的,着实可喜。

《生死疲劳》本是一部沉重的作品,叙述一群乡人五十年间的欲望浮沉——他们先是在"革命"政治时期

---

[1] 莫言:《生死疲劳》,第302页。
[2] 莫言:《生死疲劳》,第404页。

各显其态，后在"利益"政治时期各自终结，最后只剩下衰老疲惫的蓝解放和西门闹转世的大头儿蓝千岁，在西门屯孤零零地讲述各自的沧桑往事。这部作品的主题有一个二重奏结构——在宏大方面，讲述了政治对人之生存与心灵的摧残；在微观方面，则诉说了贪欲对每个"人"的无情吞噬。如此黑暗的批判性主题，因借用了西门闹转世投生的"畜生"视角，而有了诙谐、幽默、讽刺的外貌。"重"在智力的作用下转化为"轻"。

诙谐，幽默，讽刺，三者疆域不同，但有巨大交叉，即，都产生笑。根据柏格森的分析，人只有在毫不动情地冷静观照事物时，才会发笑；而人在极其细腻动情的投入状态中，是不会笑的。[1]此外，人在恐惧、仇恨、激愤的剑拔弩张中，也不会笑并讨厌笑，这时的人会在敌人的谬误中确认自身的真理，并将此"真理"与"谬误"一同绝对化，却未意识到，在无限的"最高存在"面前，世间一切谬误与真理的相对性与未完成性。笑，是理性的产物，是解放性的自由力量，是超然于自我和世界之外的智慧之果，它产生于"对扭曲的洞察力"（尼采语），它祛除恐惧对象的恐怖威力，而使之沦为毫不可怕的"滑稽怪物"（巴赫金语）。无论中国社会还是中国文学，长久以来都缺少这种智慧而无畏的笑容——鲁迅这样笑过，只

---

[1] [法]柏格森：《笑》，徐继曾译，北京十月文艺出版社2005年，第3页。

是悲愤的拥趸未能看懂；王小波这样笑过，可惜稚嫩的后生只学了皮毛。中国文学里多巧笑，媚笑，谄笑，苦笑，冷笑，油滑的笑，皮笑肉不笑……在这些难看的笑脸中，莫言带着诞生于民间深处的厚道诙谐，在一个沉闷窒息而又虚假狂欢的世界里，发出了他朴质无畏的笑声。

巴赫金曾指出"中世纪诙谐"的三个特征：包罗万象性；与自由不可分割的重要联系；与非官方真理的重要联系。[1]《生死疲劳》的诙谐分享了此种品性——它对中国当代生活林林总总的触探，它的从"底部"打量和评述世界的目光，它对政治荒谬与灵魂腐败所做的毫不妥协的对抗与冒犯，表现出作家强烈的自由意志和对"非官方真理"的自觉意识。虽然这诙谐尚未抵达自由精神的形上核心，但却开启了通往它的可能之门。

"那一亩六分、犹如黄金铸成的土地"

莫言的力量源于一种怪诞的对抗性。这种对抗性或隐含在无所羁束、不可摧折的自由叙事态度中，或寄托在一些倔犟不屈、放诞自主的主人公身上，《生死疲劳》里的蓝脸即是典型。

蓝脸的脸皮肤色是蓝的——"蓝"这种冷淡理性的颜

---

[1] 巴赫金：《拉伯雷研究》，石家庄，河北教育出版社1998年，第103页。

色，与那个时代沸腾癫狂的"红"恰成对立——蓝脸从形貌上，即被赋予了奇异的象征色彩。

显然，"全中国唯一坚持到底的单干户"蓝脸，是独立的个性人格与政治态度的化身，在全书庞杂的人物谱系中，惜乎他因自身的"正确性"而少有妙趣横生的表现——沉默，自尊，坚实，一直捍卫信仰般捍卫着"单干"的权利。但蓝脸单干的精神动机，却是全书的意志之核，作者一点点逐层剥开这个核：

初时，蓝脸面对要求入社的集体压力，倔驴似的进行着自由主义式的合法抗争："……命令是'入社自愿，退社自由'……我要用我的行动，检验一下……"[1]

光阴流转，一起单干的儿子蓝解放因无法忍受被孤立的境地，哭喊着问他："你一人单干下去，到底有什么意义？"蓝脸的回答已颇具朴素自由主义者的权利自觉："是没有什么意义了，我就是想图个清静，想自己做自己的主，不愿意被别人管着。"[2]这位单干户的生命意志是如此之韧，竟然叫嚣："想要我自己死，那是痴心妄想！我要好好活着，给全中国留下这个黑点！"[3]

在铁板一块的时代，蓝脸的单干最后已成为"个性主义"的行为艺术，只是这艺术要以身家性命为道具：

---

[1] 莫言：《生死疲劳》，第101页。

[2] 莫言：《生死疲劳》，第171页。

[3] 莫言：《生死疲劳》，第174页。

"我就是喜欢一个人单干。天下乌鸦都是黑的,为什么不能有只白的?我就是一只白乌鸦!"这个与人民公社潮流顽抗到底的人,连生活节奏都坚持与潮流相反,只在月色下劳作:"他把瓶中的酒对着月亮挥洒着,以我很少见到的激昂态度、悲壮而苍凉地喊叫着:'月亮,十几年来,都是你陪着我干活,你是老天爷送给我的灯笼。你照着我耕田锄地,照着我播种间苗,照着我收割脱粒……你不言不语,不怒不怨,我欠着你一大些感情。今夜,就让我祭你一壶酒,表表我的心,月亮,你辛苦了!'""在万众歌颂太阳的年代里,竟然有人与月亮建立了如此深厚的感情。"[1]在莫言作品中,"太阳"象征刚性、强制、灭杀个性的合法化世界,"月亮"则象征着母性、温柔、宽容异端的边缘世界,"月光与蓝"是《生死疲劳》的一个隐性主题。

到全书的最后,蓝脸和西门狗,以及西门—蓝氏家族和与这个家族亲近的所有死者,都葬在蓝脸一生独自耕耘的"那一亩六分、犹如黄金铸成的土地"[2]上。是什么珍贵的事物,使那土地"犹如黄金"?是何种决然的愿望,使那里成为共同的归宿?至此,蓝脸这个现当代中国小说里前所未见的形象,得以勾画完成。他是一个以永不屈服

---

1 莫言:《生死疲劳》,第287页。

2 莫言:《生死疲劳》,第512页。

地捍卫私产权来反对被设置的生活、捍卫"自我"之根基的倔强农民,他强韧的行动力与意志力,他的"独立本身即是目的"的尊严意识和个体自觉,彰显了中国文学从未赋予此一阶层的一种新型道德。

回望中国农民的文学形象史,可以看到"蒙昧者"形象(如鲁迅的作品),"被侮辱与被损害的"形象(如鲁迅、萧红的作品),"革命者"与"落后者"形象(如丁玲、赵树理、周立波的作品),"小农意识"形象(如高晓声作品),"改革者"形象(如贾平凹早期作品),"衰败者"形象(如贾平凹90年代以后作品)……这种形象的被动性与非个体性,乃是时代精神及其内在焦虑的对应物。莫言反其道而行之:他不图解"自由乃不可能"的时代焦虑,他偏让笔下人物一步步穿越遍地荆榛,在"不可能自由"的现实境遇中,创造和实践"自由之可能"。蓝脸形象,与王小波的《一只特立独行的猪》形成了精神的呼应——"我已经四十岁了,除了这只猪,还没见过谁敢于如此无视对生活的设置。相反,我倒见过很多想要设置别人生活的人,还有对被设置的生活安之若素的人。因为这个缘故,我一直怀念这只特立独行的猪"[1]。同样反对"被设置的生活"的蓝脸,可说是这只"特立独行的猪"投生为人的日常生活版。这是莫言以决绝之手抒写

---

1 王小波:《一只特立独行的猪》,见《王小波文集》第4卷,第160页。

的意志之歌。

此种决绝,来自莫言对历史荒谬的清醒判断与对抗。但是,"对抗"并未钙化作家心中温暖轻柔的爱意,亦未片面升华为咬钉嚼铁的"仇恨政治学",而是让"爱"与"和解"成为意义的最后栖息地。在第五十三章,亲者与仇者纷纷死去,蓝解放和庞春苗则有情人终成眷属:"我们搂抱在一起,像两条交尾的鱼在月光水里翻滚,我们流着感恩的泪水做着,身体漂浮起来,从窗户漂出去,漂到与月亮齐平的高度,身下是万家灯火和紫色的大地。"礼赞爱情的语言,而无一丝嘲讽。而当西门闹的"狗道轮回"结束,要求阎王把他投生为人时,阎王说了番意味深长的话,恐不只对上下文有意义:"这个世界上,怀有仇恨的人太多太多了……我们不愿意让怀有仇恨的灵魂,再转生为人,但总有那些怀有仇恨的灵魂漏网。"[1] 由此,小说试图由社会—历史性的问诘投入,朦胧走向宗教性的精神超越。

前文说过,《生死疲劳》是一部以反史诗的形式和意涵追求史诗体量的小说——时间跨度五十年,空间贯通阴阳界,故事线索纵横交叉,人物关系繁复庞杂,它对历史现实的独特叙述,对人与土地之关系的深沉观照,极富史诗的奇思与想象。但由此我也感到些微遗憾:"史"字

---

[1] 莫言:《生死疲劳》,第512页。

伤害了这部小说。从建立新中国到2005年的历史脉络，国人心中都有一套公共的剧情——"土改"、合作化、人民公社、大跃进、"文革"、改革开放到如今；在批判性知识分子的观念里，也有对此一剧情的共同价值判断，它们构成民间历史叙述的观念核心。《生死疲劳》的叙事安排和价值判断与这一观念核心靠得太近，以致人物行为和故事进程不时给人过于"必然"之感，文学想象的自由、意外与惊奇因此而受损。同为他的史诗性作品，《丰乳肥臀》却无此问题。台湾小说家张大春曾言：小说是另类知识。意即小说乃一摆脱了公共言说的重力而向精神外太空飞去的轻逸之物。《丰乳肥臀》虽然也按公共历史时间安排叙事，但它是心灵和感官的作品，人物和故事因此拥有足够的原始力量，与核心观念的吸附力相抗。显然，《生死疲劳》是一部由"头脑"写就的小说，它对历史现实的审视思考更为明晰自觉，更具公共性，然而恰恰是它的明晰自觉与公共性，伤害了小说应有的混沌和复调形态。艺术从困惑、悖论、各自有理、互不相让的精神疑难中获得生机；而固化的结论和立场，哪怕它们再正经正确正义，都有使艺术陷入单面与贫乏的危险。

那么，小说应当与历史现实和思想观念无关吗？小说家不应有自己的思想和价值判断吗？我以为否。也许，作家须得在拥有思想并忘记思想之后，再去写作。他／她不必亦步亦趋地追随历史和思想的脚步，但他／她必得深味人类前世今生的"存在感"。虚构唯有建基于这精微浩瀚的"存在感"之上，才能达致自由而热诚的境地；小说写作，亦才能最终成为一种游戏而严肃的形上生活。

不得不承认，评说莫言是难的。这位创造力卓著的作家，以汪洋之作表达着他对无限世界的尖锐意识，对复杂形式的本能狂热，对现实悖谬的冷峻洞察，对民间袤野的忠直之爱。莫言的小说世界，乃是自由意志所垦殖的不驯的疆土。这片疆土遍布着荒谬与不幸、大笑和哭泣，亦遍布着无数可能，无数岔路。"在全部可能汇聚而成的十字路口，荒谬和不幸在它们本身之外指出了另一种法则，并使我们产生赋予它生命力的、难以抑制的要求。"[1]而这，也许是直面荒谬的写作所能提供的最后、最美的救赎。

2006年9月30日写毕

---

1 ［法］罗杰·加洛蒂：《论无边的现实主义·论卡夫卡》，吴岳添译，天津，百花文艺出版社1998年，第174页。

海明威的中国姊妹
论王小妮的短篇小说

1

《1966年》。这个书名会让你想起什么呢？标语，口号，语录歌，红海洋，天安门上挥舞帽子的领袖，金水桥边激动得昏厥的红卫兵，各种血肉横飞的武斗，各种山呼海啸的批判，各种不忍卒睹的伤，各种酷烈惨痛的死……一场灾难，一个噩梦。当然，也可能想成这样的：标语，口号，语录歌，红海洋，天安门上挥舞帽子的领袖，金水桥边激动得昏厥的红卫兵，各种高手如云的武斗，各种公正过瘾的批判，各种英勇无憾的伤，各种罪有应得的死……

关于1966年的文学和历史叙述，以上两种版本堪称主流。后者初被视为笑谈，现已不容小觑，因它进口于欧美"新马"，又有本土学者精心润色，在青年学子中行情看涨。鉴于当今中国的大学讲坛倡导积极和谐的学术观点，"灾难噩梦说"显然不合大势，那么"伟大实验说"将最终胜出，便几乎无疑了。

但，"作家总是在发明新的方法，来质问我们对公共空间的分享"（雅克·朗西埃）。在上述两条粗壮的话语轨道之外，诗人王小妮的短篇小说集《1966年》（初稿于1999年，修改于2013年）不动声色地出了轨。这部作品，语言不冷不热，感情不远不近，眼光不高不低，人物不好不坏，叙事态度疏离淡漠，叙事过程低开低走，一切宛如故事的发生地——中国北方的那座城市，安静，飘雪，天地茫茫，隐匿了致命的线索。

但每篇小说却在细节、氛围、人物心理和行为的刻画中，泄露了那个时代最重要的线索——彼时，普通个体的生命状态如何？

恰恰是普通个体而非极端个体的生命状态，成为历史真相最有力的证词，也成为当下之人体察未经之事的隐秘通道——在"非常"历史中，"正常"人如何生活？如何以可理解的心理逻辑行事？这样的行事将导致何种结果或遭遇？由此结果或遭遇，折射出怎样的历史境况与人性光谱？此种折射，会形成何种诗学效果？……引发这些问题的写作，是一种"叙事还原"的写作，它悄无声息地为当下之人铺就一条重返历史之路。同时，它也不仅仅是"叙事还原"的写作——它还显示文学的雄心。它所铺就的也不仅仅是一条重返历史之路——它还通往未来。

2

小说集由发生在1966年的"11段短故事"（作者语）构成。段者，没头没尾是也，亦正是这些短篇的形态：主人公思绪不定，行为合理，故事细节精准，气氛传神，却总在无结果处戛然而止——人物面临着选择，或处于未知状态，看得让人惦念，心里豁开了口子，流血，疼，期待抚慰，但作者走开了。这就是诗人写小说的后果。可回头看去，那字句分明是恬淡柔和的。

十一个短篇，主人公都没有名字，只以身份呼之——比如"父亲""母亲""女孩""老太太""戴眼镜的人""不戴眼镜的人""男孩""戴棉帽子的人"……此可暗示他们的故事绝非特殊，而是普通又普遍的。这些普通人，从事各种行当，背负各种历史，在这个人人自危之年的某个临界点，他们的生活发生了身不由己的改变——这改变不是轰轰烈烈的生死抉择，而是灰色地带的沉浮明灭，人性的斑斓底色由此彰显：

一个因受过伪满日式教育而不被信任、自身难保的医生，在工作组调查他当年老师是否特务时，陷入回忆，决定为他辩护（《钻出白菜窖的人》）。

供销社两个阶层不同的卖货姑娘对革命形势浑然无觉，进城看电影不成，反被铰了辫子，回家时，地位高的姑娘之父已成革命群众的斗争对象（《两个姑娘进城看电影》）。

在1966年新土豆进城的时节，一个院子里的三户人家收割了各自不同的命运——做过国民党军队的"更倌"逃匿了踪迹；做过妓女的"老太太"埋掉了记载她历史的首饰，她的丈夫"收废品老头"因为当过阔少而无言地失踪，"老太太"因此而被批斗了半年；叔叔做过伪官吏的"男教师"先是夹着尾巴做人，后来当了战斗队头目（《新土豆进城了》）。

一个高干家庭的小男孩，父母被抓走，他最爱的哥哥越境而去，无助的他每天到火车站等哥哥，偷东西；"戴帽子的人"以组织的名义默默给他钱，照顾他，告诉他要当个好人；他用这钱买了彩色的粉笔，在屋外墙上画了一幅巨画：一个神气的火车头，上面坐着他骄傲的哥哥（《火车头》）。

一个水暖工，他的爸爸是耀武扬威的革命头目，他自己也有随心所欲的暴力倾向，他想做个爷爷描述过的精致棋盘；棋盘千方百计也没做成，却有人上门要逮捕他的爷爷和爸爸——经调查，他的痴呆爷爷就是他们一直搜寻的"汉奸"刘课长(《棋盘》)。

……

小说笔调极简，硬朗，隐藏之物多于可见之物，王小妮无疑是海明威的中国姊妹。二人更大的相似还在于：他们都是诗人。诗的思维使王小妮的短篇脱离了小说致密的物质性，而成为触点密布、意味漫溢的海绵体。它们取消交代性的历史景深，放弃完整的故事轮廓，开门见山地特写，直截了当地感觉，片段化地转换视点，进行时地叙述局部——这些局部是货真价实的1966年出品，出自作者对彼时"气味、声响、色彩，和不同人的心理"(前言)的记忆。在此记忆之上，作者还原、提炼、再造、组接，谱成峻冷、自然而又怪诞的"1966年"组曲。

3

或可把这些故事的写法归结为一个词——"反陌生化"。何意？"陌生化"是将日常经验反常而怪异地呈现，以此反思存在之平庸；王小妮《1966年》的任务和方法与此相反。她要做的是：将打上了"怪异反常"标签的"文革"经验还原为切近平常的个人经验，以之转喻个体内在心灵和众生外部历史的双重世界，由此打破历史、政治和神话化的文学叙述竖起的感觉隔栅。这种面对"反常"历史时波澜不惊的"日常"神情,即是"反陌生化",实是对刻板的"'文革'怪异叙述"的"陌生化"反拨。

举个例子。首篇《普希金在锅炉里》这样开头:

> 有这么一家人都坐在双人大床上。一个男人,一个女人,四个孩子。两个大人的脸上不好看,陈年老土豆的气色。就在这一天以前,孩子们爬上父母亲的这张大钢丝床,总忍不住要互相推撞跺脚蹦跳。今天,他们都老实极了,圆黑的眼睛望望父亲再望望母亲。

这一场景与我们的当下经验没有距离感,并非特别的、只有1966年才有的。而那些1966年特有的事物,则是换算成我们的日常经验来呈现的,比如"大字报"她不直呼大字报,而是这样写:"很多整张整张的大纸,黄黄绿绿地糊满了玻璃窗,一层压一层。纸上写满了字,带着墨汁的臭味,有时候来几个看热闹的,把纸上的内容大声读一段。这一家人的餐厅变成了谁都不想停留,又躲避不掉的地方。"叙事人站在历史空间的外部,用普适性的语言、情感和思维,去讲述那桩似乎"正在进行"的既往之事。

小说从"自力更生烧锅炉"的家庭动员会开篇,慢慢向炉中物"普希金"靠拢。拆解开来,可以发现它倒着讲了这样一个故事：一个青年，因教师家庭出身不能考大学，只好当锅炉工。他爱文学，嗜读俄语名著，在本子上抄写了普希金的一首"色情"汉译诗——在1966年的冬天，这一切足以置他于死地。"罪证"必须烧掉。但他住在阶级警惕性特高的铁路工人大杂楼里，没有卫生间和厨房，不敢举火。于是他来到曾经服务过的一对高知夫妻家，给他们义务烧锅炉。他把装着"罪证"的书包藏在这家的储藏间，准备陆续烧掉。家里情窦初开的十二岁女孩出于对青年朦胧的依恋和好奇，偷看他的本子，读到那些诗句，万分惊恐——除了童话，大人的书她只看过《红岩》，因此认定那些字句是可怕的。她报告了父母。父母惊恐万状——他们的知识分子身份已够罪过了，"他这是想害死我们？"连夜把普希金们扔进锅炉里烧掉。第二天，他们赶走了年轻的锅炉工。这青年欢快地回家了——多么好，那些"罪证"不经他手就化为了灰烬。

整篇小说以全知视角叙述，依着时间的流动，视点先后落在"父亲""女孩"和"年轻的锅炉工"身上。视点的每次聚焦，都呈显一个小世界——父亲恐惧和"原罪"的世界，女孩纯情和遐想的世界，青年锅炉工幻灭和无奈的世界。这种呈显貌似袒露无遗，实则有所隐藏，谜底直到小说将近结束——"年轻的锅炉工"轻盈欢快地跳上公共汽车时——才揭晓。啊，那个急于埋葬精神宝藏的年轻人，他欢愉的解脱多么令人悲伤！那个对他有着隐秘依恋的小女孩，纯真和蒙昧如此浑然一体！她如履薄冰的父母，从此将生活在坚硬的石头里，因为一切柔软和善良，都会给他们带来祸殃……一个个小世界的叠加，最后拼贴成一个大残酷：在1966年北方的冬天，忧郁真挚的普希金竟成一群羔羊的噩梦；当羔羊们成功粉碎了噩梦的威胁，他们身上最温润的珍宝亦随之粉碎了：女孩成为萌芽状态的告密者，她的父母出演见死不救的角色，锅炉工沦为"嫁祸于人"的险恶之徒，只是未遂罢了——幸亏普希金被及时扔进了锅炉里。这不是一出家破人亡的惨剧，而是在家破人亡的恐惧中，心灵之死的悲剧。一曲关于历史悖谬与人性软弱之间相互消长的悲歌，就这样在悬念和趣味性中展开，在诗意和审视中收束。冰冷的颜面下，潜藏着作家沉厚的哀怜与深情。

4

这种激活生命同情的"反陌生化"手法，其深意值得玩味再三。由于遗忘教育的多年遮蔽，"文革"往事已渐渐失真，在青年人眼中愈来愈像一则抹黑的谣言，一个可疑的传说。这种经验感的断裂比理念的鸿沟更可怕。因它从直觉和情感的层面拔除了历史意识，拔除了后来者对既往之事移情和体验的可能，因此，也势必切断"绝不让惨痛历史重演"的路径。《1966年》以当下之人的感知方式还原彼时的生命经验,即在弥合经验感的断裂,其对抗遗忘的审美与道德力量是润物无声,难以抵挡的。

  我们需要探究这力量的来源。它不只来自作家对社会—历史—人性的批判意识和叙事技艺,更来自她的爱与自由的意志,她的生命与道德的自觉,她的内与外、热与冷、善与恶、姱与丑的辩证法,更重要的是,来自她的诗之光耀。在王小妮的故事中,诗之光芒照耀孩子,也照耀大人;照耀良知本能无法磨灭的人,也照耀为历史浊流增添泥沙的人;照耀面目全非的教堂,也照耀喊喊喳喳的杂院;照耀自杀和失踪,也照耀依恋与诺言……一切对空间、氛围、人物角色的设计和勾画,皆源自作家对世界整体的诗性认知和隐喻。因此方寸之间,生命之奔流无休无尽。它有着坚硬的柔软,也有如雪下的火焰。

2013年11月3日

附

人心的风球挂起来了

看王小妮的《很大风》，我的心理经过了如下历程：1. 怀疑作家的诚意——它写得实在像一部电影脚本，一个场景一段，场景频繁转换。按照昆德拉的说法，小说应当写得没法改编成电影，那才是地道的小说；而它却是怎么像电影怎么写，完全不在意小说文体应有的独立性。2. 然而又被它的细部吸引住，叙事语言的质感所体现出来的精微的洞察力、它的诗思维的跳跃性，令人叫绝，是影像不能传达的。3. 从第三节兔子人开始，我被它攫住，因为一方面，小说的结构开始展开，秘密开始泄露；另一方面，人心的乱象开始逐步显现它的整体，我迟钝地意识到，这篇小说很大。4. 读到终了，我感到大欢喜和大悲恸——欢喜于看到了一篇直指人心的小说，悲恸于王小妮绘就的当今之世人心真相的荒凉破败，真如一场巨大台风，在短暂的平静窒息之后，毁灭之神登陆，最终物毁人亡。小说里说到"风球"——一种预告台风的事物,我觉得,《很大风》就是一个关于世道人心的风球,它高高飘起,貌似平静,而内心焦灼暗藏。

小说的人物关系是一个三角,三个角分别是:广告设计师阿进,有闲阶级、专职太太小兰,在豪门酒店门口扮"兔子人"的农民工老刘和小张。阿进这个角因为空间的同一性,总是和一个从未露面却总被人想起和谈论、已经"堕楼"而死的"黄先生"重叠在一起,小兰、老刘和小张与阿进发生关联,起初是因为这个"姓黄的人"。在这些人物关系之外,大家都受着一个巨大无常的力量的拨弄——一场台风。这是个运动三角,第一推动力是:阿进想从一个东北大客户那里接到有生以来最大的一笔订单,为了给自己的微型公司装门面,租了一间大写字间,只租两天。由此展开阿进的世界,于是扯出两条线:一条是他在和瘦子屋主去写字间的路上,被老刘和小张拦住,一个问要不要雇工,另一个问他是不是姓黄,把阿进当成了那个堕楼者,这是老刘和小张第一次露面;一条是阿进来到写字间后,接到小兰电话,小兰把他当作那个偶然结识的"黄先生",问他要不要和她一起看台风,小兰从此也露面了。接着小说分别展开了小兰和老刘小张的世界。三个世界齐头并进,对于每两方发生碰撞的时刻,都从每个当事人的视角重新叙述一遍,这是我们熟知的"罗生门"手法。文学不像音乐,可以在同一时间里以不同旋律表现不同的主题，否则我们就会同时看见不同的空间里阿进、小兰、老刘小张的生活。现在，这段同一时间里的不同生活，只能随着文字的叙述次第展现。

三种生活可以说代表了三个社会层面：小兰是中产太太，阿进是个一门心思要赚大钱的"个体工商业者"，老刘小张处在社会最底层。不够有钱的阿进和极其没钱的老刘小张都为同一件事紧张：钱。没钱程度越高，焦灼奔忙的程度越高——在大台风天，小张还要穿上他的兔子袍，站在豪门酒店门口蹦蹦跳跳招揽生意，直至霓虹灯架被台风吹倒砸死了他，那个从堕楼的黄先生身上捡来的手机还紧紧贴着他的身体，真真是"人为财死"。小兰是中产阶级专职太太，似已从没钱的烦恼里解脱出来，但是无所事事心无所系，所以她要做一件有情调的事：到海边看台风登陆。然而天气路况使她有心无力，终是没看成，还差点撞了小张，只好心惊肉跳地逃回了家。小兰的形象富有中国中产阶级的特征：具有有限的主体意识，只关心与自己有关的事，自命不凡但是脆弱无力。

小说用极简风格叙述，全知视角，零度语气，很残酷——对谁也不爱，也不恨，也不同情，却有点鄙夷："老刘一点也不在意兔子人小张，骂他臭他也不在意。他把眼前的事情过滤得干干净净。世界上只有他和钱。老刘到这城市里挣钱，钱寄回家乡去。他关心那些悬赏布告，寻人启事，有时候还捡报纸看。眼前的所有人，全城上千万的人，只要不是从口袋里给老刘数钱，对于他就是没有意义的。"鉴于这样的句子很多，表明小说没能"零度"到底，也表明鄙夷是失控的结果，源于一个抱有既定价值信念的旁观者的情难自已。但它划开小说的一个裂口，关怀和意义之流由此溢出，由此，作者泄露了她要勾勒怎样的人心，怎样的世界——一座即将因物欲横流、金钱异化、道德沦丧、灵魂失所而走向毁灭的"所多玛城"。她不用地动山摇的方式描绘她看到的世界，相反，她轻描淡写地从微观入手。于是悲凉之雾，遍被危城，然呼吸而领会之者，独"黄先生"而已。

"黄先生"在小说里没有正面出现过，他只作为种种痕迹，出现在偶然相遇的人们的谈论和回忆中，由此我们知道：他是个生意人，本想请小张做他的"活动广告人"；他平常忙得看不见天空，但是喜欢看台风登陆，他还约了偶然在音像店碰上的小兰和他一起看台风；然而小兰约他时他已跳楼死了，谁也不知道为什么；他凌空跳下时带着一个颇为高级的手机，落地后被眼疾手快的小张捡走了；老刘踊跃地替警察把他的尸体背上车，以为能拿到点赏钱，却分毫没有；黄先生曾租过的房子，现在又租给阿进装门面了。小说写黄先生堕楼一幕时，叙述语气是平静超然漫不经心的，然而其揭示灵魂的荒凉麻木，却达到了残酷冷峻、触目惊心的效果：

天很快热了，那个人跳楼当时是下午，有人还在困倦中迷糊。一件看起来并不很大的东西直落下来，酒楼的师傅保安后来都回忆说，当时都听见那人身上手机还唱歌，铃声带和弦的。他们说，可惜了那手机，不知道唱歌声是摔出来的，还是有人正好给这个跳楼的人打电话。他们都叹气说：人落在地上，手机却没见到。小张捡手机的动作没人注意，当时他们都在喊：试试那人喘气不？

没有人对一个生命的毁灭表示发自灵魂的哀恸与关切，人们关心的是他身上唯一还有利用价值的东西——手机。这个细节，是对生存至上主义的激烈反讽，非心藏大爱又心狠手辣者不能写出。

小说就这样从容不迫地编织着：毫厘不爽的细节，暗藏包袱的情节，看似多余无意实则百发百中的闲笔，看似松散断续实则精致严谨的结构……总之，看似一个作家懵懂才情的偶然产物，实是她的清醒判断力与文学才华相伴而生的必然结果。由是，我们看到了一个世界的漂浮乱象：它无根，破碎，垃圾化，没价值，没来由也没去处；它里面的每个人都孤独，疏离，紧张，殚精竭虑地想钱（"谁不是赚钱揾食呢，先生？"），相互挤压（"有时候看见骑摩托车抢包的。看见汽车抢道互相擦碰的。看一团人追着公交车门推搡拉扯。"），相互都是陌生人，相互的关系都偶然而不真实("瘦子说：也许他姓黄，也许不姓，也许是用的假身份证，谁知道！现在有什么是真的，我不是想故意瞒你，他又不是在我的屋出事。")。这是个历史与价值的生命之流被忽然斩断的世界，它似乎年轻，似乎在重新开始，但其实已是一座即将倾圮荒蛮破败的危城。它没有聚合力，没有方向感，没有善恶是非，没有灵魂抚慰，没有爱，没有敬畏与禁忌。对于生活其中的人，它是一个永远冰冷陌生的他者，一个随时暗含杀机的异乡。每个挣扎其间的人，都是惶惶不可终日的异乡人，无限的世界在他们心里的投射，从未如此单一，贫乏：只是钱，只是物，只是活命。人，这万物的灵长，已和一切没有灵魂和情感的生物无异。单一贫乏得如同死亡。

因此可以说，《很大风》所表现的核心，是关于一个价值真空的世界里，人的灵魂失怙、心无所皈导致的存在危机。那么，究竟是什么力量斩断了历史、价值和信仰之根？它们为什么被斩断？这根系被斩断之后，导致了怎样的后果？人的精神状况，将因此发生怎样的异变？让我们追踪问题的根源，想想价值之根为何被斩断——那只是因为，真实而永恒的价值一旦深入人心，必会发生个人尊严的普遍觉醒与社会公义的普遍共识，它必顽强生长，必因心无所惧的价值持守而构成对那宰制性力量最有效的颠覆与瓦解。也正因此，那宰制性力量在摧毁旧价值的同时，更阻挡任何被重新认识到的永恒高贵的价值的重建，它宁可空心，宁可对全民物质行贿，宁可让灵魂腐烂荒芜，也要阻挡这价值的生长，阻挡良知的苏醒与回归。

这是我看到的真实。《很大风》以它独特的方式，又让我重新感知。在小说里，王小妮怀抱深刻的价值关切，但绝不采取道德主义姿态。她运动、呈现、反讽，绝不静止、评判、控诉。她直接呈现"是什么"，潜在地追问"为什么"，但从不回答"怎么办"，从而显现出其真实独特的文学立场——既忧思深广，又柔弱无力，不充当道德家和政治家，但是把这一切尽收眼底。由此，一个作家在喧嚣纷乱的世界中，才能最终保持她痛苦而无限的活力。

（中篇小说《很大风》，王小妮著，

发表于《当代作家评论》2004年第6期。）

2004年11月

科学的激情与诗歌的耐心

论止庵的《受命》

1

止庵的长篇小说《受命》写了一个当代的复仇故事。无论从文本的力量还是文体的艺术来看，它都是汉语写作的意外之喜——作者完成了一个几乎不可能的任务。但正如"受命"二字所暗示的，止庵写出这部作品，亦未尝不是出于对悬置已久的历史呼召的顺服，并终于不辱使命。

小说的开端，平淡里藏着奇崛：1984年的一天，文学青年、口腔科医生陆冰锋从记忆力正在衰退的母亲那里得知，父亲在浩劫年代自杀，乃是因被今日高官、昔日同事祝国英逼得走投无路。他从夹着父亲遗书、划有指甲印的《史记·伍子胥列传》字句上，接收到父亲的遗命：复仇。自此，冰锋的人生停止了向前的脚步，而立定心志往后看——他生命的意义，悬在为父复仇之上；与此同时，他酝酿着一部以伍子胥——历史上的替父报仇者——为主人公的诗剧……

此开端预示了作品看似对立却并行不悖的两个特征：1. 严肃文学的语言、主题、笔法和细节；2. 类型小说的叙事招数和推动力——尤以冰锋发现父亲在《史记》字句上留下指甲印一段，最见端倪。这个决定了主人公生命方向的情节／细节既戏剧化得扎眼，又紧贴人物的绝望处境，平实得几乎不露痕迹。之后，过于巧合的人物关系又成为叙事的支点——冰锋的生活中出现了令他情愫渐生的女主人公叶生，她恰好是复仇对象的女儿，若非靠着她，他绝无机会接近祝国英。作者对此巧合的处理方式一如其前：都是将"扎眼的戏剧性"处理得平实而几乎不露痕迹；同时，还让它发生方向相反的作用力——这巧合既为主人公的复仇提供了条件，同时也成为他致命的道德阻力、一再延宕的缘由。

我们知道，巧合在类型文学中既是情节的助推器，又是一个游戏；而在严肃文学中，它在推动情节的同时，可能会成为一个寓言，或者用止庵的话说，成为"命运"

的一种喻示。这是《受命》在文体上的独特之处——意义的渐深渐远与悬念的渐近渐强的融合。意义和悬念绝非各行其是或强行扭结的无机之物，而是相互助力、彼此养育的有机之体，这使得小说的进展犹如一个灵命的生长——有立足之地，有骨骼，有血肉（遍布着敏感的神经末梢和毛细血管），有呼吸，有灵魂，直至个性成熟。

2

《受命》显示出纳博科夫式的"科学的激情和诗歌的耐心"（思量一下，纳氏为何不说"科学的耐心和诗歌的激情"），这是汉语小说极其稀缺的品质。"科学的激情"，可见于作品对1984—1986年北京人文地理和文化生活的考古式复现——主人公走过的街巷，坐过的公交，吃过的饭馆，去过的书店，看过的电影、戏剧、展览，穿戴的衣着……都是那个年代确曾存在的（为了人物的这些舞台布景和道具，作者使出考据功夫，查阅《北京日报》《北京晚报》《精品购物指南》上所有相关讯息，以及当时的各种北京地图集，还透过微博向网友求证某一地点在当时坐落着什么店面）；人物闻过的花香、赏过的花树，其开谢枯荣的真实景况也与作品中的四季流转不差分毫（作者招认，他为此写了一年的北京植物日记）；至于对主人公职业行为的精确叙述，更令从医者无话可说（显然，作者把自己口腔科医生的经验储备大量移用在了冰锋身上）……这种对物质细节的精密查究，若无"科学的激情"，绝难做到。

何必如此呢？这就涉及纳博科夫说到的另一点——"诗歌的耐心"。出于风俗史兴趣而来的考据癖是一回事，出于某种一丝不苟的诗学旨趣，一定要让笔下人物生活在实存而非臆想的空间里，是另一回事。这后者，就是"诗歌的耐心"。当作品人物的性情、目光和经历，一点点渗透进其历史性几乎完全真实、如今却已杳不可寻的社会—历史—物质空间时，那平凡、消逝、朽坏的昨日世界，在诗之光耀中成为独一、永恒和不朽。这就是挽歌，就是"诗史"。由此，人物与环境，犹如水草与水，一起成为可信而诗性的生命体。

"诗歌的耐心"还醒目地表现于作品的丰盛细节和复调叙事中。丰盛的细节，不止建造小说的质感，而且更稳健地加强叙事的推动力。

作品如回旋曲一般，多次写到冰锋来到父亲自杀的那个半地下室——"他觉得这里是距离父亲最近的地方"。冰锋将两份报纸放在原来父亲摆床的位置，躺下来，看到"从高处的窗户里射进一团光，照到脚前不远的地上，而他在黑暗中看到的，就是父亲看到的世界最后的光"。冰锋竭力使自己成为亡灵的管道，让父亲的目光从自己的

216

眼中射出，让父亲的绝望从自己的心里漫过——以此将"复仇"二字，刻进命里。其实作者写作此书，将"与己无关"、未曾亲历的历史苦痛化作息息相关、感同身受的肉身经验，亦未尝不是运用此种心理机制。对某种作家而言，所谓创作，就是凭着深广而悲悯的移情能力，让自己成为古往今来无名无声的亡灵们的管道，为他们遭受的不义施行"象征的复仇"。鲁迅的写作是如此，止庵的《受命》亦是如此。

回到细节。焊死冰锋复仇决心的，是自杀的父亲最后留给他的形象细节："他枕的荞麦皮枕头被咬了个口子，洒了一床一地，脸上也沾了好些。桌上有个窝头，都放馊了。据街道主任说：你爸爸一脸荞麦皮，那模样真逗人。单位的人见到母亲和冰锋，同样边笑边说，既然服毒，何必绝食呢？忍不住饿，不能吃充饥的，用这根本不能消化的荞麦皮填补肚子，还把自己弄得像个怪物。"

最残酷的悲剧，莫过于悲惨得失去了悲剧的资格，而变为滑稽。街道主任的"一脸荞麦皮""那模样真逗人"，单位人的"边笑边说""像个怪物"，如同永不消逝的皮鞭，抽在冰锋的心上。如此不动声色的笔触，显示小说家笔力的毒辣。冰锋的复仇之念，不仅来自父子间血缘之义的连结，更来自这永难磨灭的细节记忆带给他的耻辱感。在他日后愈发宏大的观念辩证中，"复仇"虽然愈来愈跟"正义"的普遍价值发生关联，但这段细节所彰显的那个独一的生命所遭受的独一的不公、毁灭与羞辱，则是他拒绝背叛、复仇到底的绝对理由，也是令读者与冰锋共情的最有说服力的基础。

至于复调，则是止庵小说写作的一个新进展。他三十多年前的出色作品《喜剧作家》立体地呈现了每个痛苦人物的意识流，唯有两个凡庸人物的内心被取消了显现的资格——假如他做到了后者，便是真正做到了复调。三十多年后，他在《受命》里做到了。

作品主体虽是紧贴主人公冰锋——一个敏感多思的医生——视角的第三人称叙事，但《尾声》则以铁锋——一个感受力与价值观与他的哥哥冰锋截然相反的人——的第一人称叙事来完成。而在冰锋视角的叙事中，芸芸、铁锋等"物质人"（为表述方便，姑妄称之）未被降格，冰锋本人、叶生、Apple、杨明等"精神人"亦未被高举，贺叔叔这样的道德相对主义者说话合情合理，祝国英这个逼死他父亲的人，出场时也是个懂得养花经的沉稳老干部……所有角色都被平等、自洽、不受褒贬地显现和叙述——各自的声音彼此独立，彼此抗衡，互不淹没，互难说服，这就是复调的精神，也是"诗歌的耐心"之一种。由此，作者立场貌似消隐，或者说，作者在修辞上有意采取了超越于人间各方的"天道无亲"的立场，让人物自己说话，作为呈堂证供。

《受命》伪装成毛茸茸的"日常生活"的样子，成功掩盖了主人公冰锋的异质性——在作品所触及的历史时空里，这样的人物并不存在（就像王小波《黄金时代》里的王二在"文革"期间并不存在一样。诚然，虚构人物都是不存在的，但此处的"不存在"，是指冰锋和王二的人格形态在彼时并不存在），他纯粹是作者观念的肉身化，因"作者的人格，或在更深意义上作者的生活向人物内部的渗透"（T. S. 艾略特语），而获得了可触可感的生命。由此，"陆冰锋"成为《受命》贡献给中国现代以来小说人物长廊的一个独特角色。

这个角色的独特处在于：就意义而论，他成为"记忆还是遗忘""向后看还是向前看""要历史正义还是要现世安稳"这一旷日持久而又暗流汹涌的道德激辩的直接承载者，此种内涵的人物是当代汉语小说此前所未有的；就叙事而论，冰锋精神生活的内容与过程成为小说的有机部分，且成为叙事的可见动力，且此过程—动力是以质朴白描的传统形式而非更繁复西化的"现代"手法来呈现，这在当代汉语小说中是罕见的（当代汉语小说更多见的是关于日常生活的"动作片"与"大事记"，无论人物身份是市井中人还是知识分子，其精神生活的内容与过程往往付诸阙如）；就美学而论，一个既烙有中国传统"死士"印记又受到西方自由思想浸淫、既渴望行动又思想过剩的1980年代"复仇者",其超越现实而又有根有基的形象与色彩,是独一的、惟中国才有的,这效果部分得自小说的语言——一种滤去了翻译腔、新华腔和方言土语的纯正汉语,带有自然的古意,却并不模仿民国,似乎只来自人物本身的行事和思维方式。

冰锋是宴之敖者气质的眉间尺,以伍子胥自命的哈姆雷特——这是作者赋予人物的独特个性,某种程度上,或是作者人格的分身与变形。冰锋个性初显,是在母亲告诉他,父亲自杀乃是由于祝国英的逼迫时——他没有作出惊诧、愤怒、退缩、软弱等可以预期的正常反应,而是:"他想起过去那些年,自己无论上大学,还是工作,都是乏味不足道的人生,此刻才突然有点光亮了。"这种在"生命不能承受之轻"中突然得到"负重特权"时如愿以偿的反应,在如今趋利避害、严禁"贩卖焦虑"的识趣之士看来,真是病得不轻。作品就是这样,一点点累积冰锋那平静的不平常。

勾勒描画冰锋形象的手段还有许多:以他的视角展开的第三人称叙述,其冷静疏离的语调所隐含的这个人物敏感微妙的观察方式、情感悸动、心理过程和锐利嗅觉;他对伍子胥故事的解读参照、构思创作和自我投射(作者作为读书家和作家的思维方式,内化在冰锋的思考过程中);他对复仇对象、复仇意义、复仇时机的再三考量;

他对叶生既克制又依恋、既沉溺又警醒、既难以挥别又不得不别的温柔与残酷；他对芸芸的俯就、体恤、审视与漠然……凡此此种机关算尽的形象建构，使冰锋这个脱胎于作者观念的"理念人"，成为有血有肉、可触可感的独一的"活人"。

4

《受命》透过一个复仇故事，叩击每个人都或多或少思考过的一个无解之问：对于未被追究的历史罪责，人们究竟应该遮蔽、遗忘、"放下包袱向前看"，还是记忆、追究、向后看清楚再向前看？当历史正义并未正确地抵达，则无论个体的追究，还是集体的遗忘，其人性与道德的后果分别会是怎样？

主人公冰锋就是一个思考这问题，且欲以个人的复仇行为唤醒人们一起思考这问题的人。冰锋的声音之外，同时交织着其他不同的声音，他与他们相互拮抗，彼此问难：

一个是老干部"贺叔叔"的声音。在他身体还好的时候，他是道德相对主义者，对追责的立场是消极的。一生的惨痛经历使他认为：不存在所谓正义，一切都是已经和潜在的恶，因此没有施害者与受害者之分，只有"来得及害"和"没来得及害"之别——冰锋父亲属于后者，祝国英属于前者，若假以时日，冰父未必不会成为祝国英。谁也不比谁高尚，谁也不比谁无辜和冤屈，因此不必追责，更不必复仇。

（冰锋的回应之音：我们应该只看事实，拒绝假设。历史不能总是这么不了了之。重要的不是发生过什么事，而是这些事不能白白发生了。历史不能总是一笔糊涂账，个人也必须承担相应的责任。）

一个是祝国英的声音。他在收到冰锋的复仇匿名信后声称，他这一辈子，无论做什么，首先考虑的都不是自己的利益，他问心无愧，没有什么要忏悔和被宽恕的。

（冰锋内心的回应之音：真正的凶手是他那些想法。必须向他宣布罪行，然后做出判决，并予以执行——这将具有一种警世作用，就像伍子胥对楚平王的复仇一样。如果他寿终正寝，或者无所察觉地被杀死了，那些想法将毫发无损地更换一个载体继续活下去。）

一个是铁锋和芸芸的声音，他们是遮蔽、遗忘、"放下包袱向前看"的代表。芸芸对冰锋说："上一辈的事管他干吗？还是忙咱们自己后半辈子吧。"关于父亲的自杀与冤仇，铁锋对哥哥说："这件事我不太清楚，也不想多打听。"

（冰锋回以沉默。）

一个是他所怜惜的叶生的声音："我想做世上第一个乐观的人，最后一个善良的人。""那个年代的人，都是从集体的而不是个人的立场出发去考虑问题，去付诸行动

222

的……所以他们即使犯过什么错，说到底也是可以被原谅的吧。"

（冰锋的声音："你真的是很乐观，说得跟人类的历史和现实拥有一种自愈能力似的。"）

似乎冰锋的每一个回应之音都充满了道德的雄辩。果真如此吗？

5

除了司马迁的《伍子胥列传》、鲁迅的《铸剑》和莎士比亚的《哈姆雷特》，《受命》还明显地隐含着一个故事型——莎士比亚的《罗密欧与朱丽叶》。冰锋和女主人公叶生之间，有着罗密欧与朱丽叶式的情感关系，不同处在于：1. 罗密欧与朱丽叶先相爱，后知道彼此为仇家后代；冰锋明知叶生为仇家之女，却仍情难自已地陷入不愿承认的爱恋。2. 罗朱无视两家冤仇，执意追求爱情；冰锋为了给父亲复仇，舍弃了这不愿正视的爱："即使她再可爱，对他再好，也不能因此而放过她爸爸。" 3. 罗朱这对恋人的毁灭，带来仇家的和解；冰锋的仇人寿终正寝，既粉碎了冰锋复仇的人生目标而使他的生命垮塌，更终结了两人的情爱。

两个故事最根本的不同，在于前提：罗密欧和朱丽叶两个家族的仇怨，是自由主体之间的仇怨，二者的和解，亦是各自出于自由意志的和解；冰锋之父和叶生之父的仇怨，则是一个不自由之人借助权力，剥夺另一个不自由之人而结下的仇怨，受害者公平追责的自由被剥夺，施害者拒不忏悔，那么双方出于自由意志的和解便不可能，于是祸及后代，爱情化作灰烬。

因此，这个复仇故事，这个以个人之力追寻历史正义的故事，其实是一个死人"剥夺"活人的故事，或者说，是活人追寻死人的正义，放弃自己的生活，也毁掉别人生活的故事。纯洁真挚的叶生是这场"正义复仇"的不正义的牺牲品。无论冰锋复仇成功与否，叶生都已被他所毁，这就是冰锋的不义。（就像伍子胥对楚平王复仇不成，杀虐强暴他的后妃和臣属的亲眷。站在这些女人的立场上，此举就是伍子胥的不义——却被冰锋视为合理，其中即已隐伏现实悲剧的线索。）这不义会比祝国英对他父亲犯下的罪孽更轻吗？这不义会因为它出于"正义的动机"，只是毁伤了一个女孩的心而不是命，就自行消解了吗？冰锋"正义复仇"的bug在于，他以自己为超然的审判者，似乎所有的不义都被他尽收眼底，却忘记了唯一的盲点——他自己，一个同样会伤害、会不义的毫不例外的"罪人"（绝对的意义上）。他以为没有在肉体上占有叶生，就是对"不能带着负罪感去了结一件有关罪责的事情"的完美践行了。这是唯物论者冰锋（作品第一部第二章特别提到，冰锋是个唯物论者）的道德盲点。

因此《老子》第七十四章有言："常有司杀者杀。夫代司杀者杀，是谓代大匠斫。夫代大匠斫者，希有不伤其手矣。"所谓"司杀者"，就是天道。在人间，"天道"对罪责的审判与追究，须以国家机器代行，以公正公开的方式发生。若此公义不彰，个体之人欲以复仇代行天道，就是"代大匠斫"——代替木匠砍木头，没有不伤手的。叶生，就是被冰锋斫伤之"手"。冰锋自己的人生何尝不是。

因此《罗马书》有言："亲爱的弟兄，不要自己伸冤，宁可让步，听凭主怒；因为经上记着：主说：'伸冤在我，我必报应。'"这是一神论者"勿以恶抗恶，勿为恶所胜"，拒绝个体复仇、以爱化解恨的神学基础——有末日审判，有公义的终极，因此作为受造物的"个人"，没有为自己的正义而审判他人的权柄，也没有为自己伸冤而杀人的权力。

但冰锋是唯物论者。他只有今生，此身，他为父亲寻求的正义，只有在此生实现才算数。若为了与仇人之女的爱情，放弃为父亲的复仇，则父亲的正义谁来寻求？他的良心如何安放？

这就是作品最深刻之处：它揭示了唯物论主人公所身陷的道德悖论——无论他复仇与否，都是错，都是罪。这悖论指向了人类罪责不明、公义不彰、违背天道所造成的人性灾难；它使所有人都成为负罪背德之人——无论追责和记忆者（冰锋派），还是遮蔽与遗忘者（铁锋芸芸派）。后者的罪孽在于道德的失敏，良心的亏缺。在尾声,铁锋的叙述传来了新时代既得利益者那兴致勃勃、人情练达、善恶不明、是非不分的声音,它交代了所有人的结局——旧事已过,新人崛起,灯红酒绿之中,普遍的"灵死"已然来临。

作品用整本书酝酿冰锋的复仇,但是当他终于采取行动时,那行动的高潮却被彻底略过。只在尾声借铁锋之口,隐约交代冰锋和叶生的现状,让读者在惊心动魄的空白中,去想象那过去的高潮及其崩解。这就像我们看一部赛车向深渊加速的影片,最后的加速之后,却没给看临渊一跃,只给我们看到阳光下一地的残骸。读者难免有临空失脚之感,但那想象空间的多义性,却更迷人。

《受命》里,文学评论家杨明写信给冰锋,高屋建瓴地谈道:"中国当代文学……第一次浪潮主要是意识形态上的反拨,那些作品已经结束了使命,与此同时,自己的生命也结束了。第二次浪潮则需要作家创作出那种既直达人类灵魂的幽微之处,又直达历史与现实的幽微之处,真正拥有强大而持久生命力的作品。"

止庵不大可能意识不到,他自己就写出了这样的作品。至于是不是存在"中国当代文学的第二次浪潮",也许并不重要。

2021年5月11日写毕

附

《喜剧作家》是止庵的"《坟》"

以前读止庵的书,觉得他属于运笔枯涩的老熟型作家:寓意图于故实之中,不渲染,不铺排,尽量不用形容词,甚至是,假如能用引文,绝不自己开口说话。他的《周作人传》几乎是周作人自述和别人的旁证,作者不得不出场时,也只露一小脸,说一两句,声音很轻,但砸在心上,很疼。他推崇或强调的作家,从周作人到废名到谷林,都属于"冰泉冷涩弦凝绝"一路,深谙"此时无声胜有声"之道,与中国当代文学的主流风尚格格不入。这也使我有点疑心:对"枯涩"的标举,是否隐藏着标举者自己天性和才能上的类型与限度。

读他别的文章,又觉得似不止此。他用力最著的张爱玲,心景一派萧瑟,才华却繁花着锦,止庵论起她来,洋洋洒洒又箭中靶心。中西方的整座文学万神殿,他几乎跟每位大神都相交不浅,而他对他们的言述,又并非出于学者之心，更像是来自一位创作同行的体察。这也使我好奇：这位"专业读者"究竟曾有怎样的创作经历，才能如此长驱直入大师们的肺腑；又有怎样的心性，使他并不对言述对象自矜自雄——就像许多博学之士所做的那样。我曾在偶然的场合，亲见他如初学写作的少年，向自己早年钦佩的作家羞涩地表达敬意，全不顾旁观者"您也是个人物，何至于此"的愕然。自尊而有敬畏，这是真的文学人付与文学的深情。也因此，我对这位学者—作家自身的创作才能，更加好奇。

读完止庵新出的小说集《喜剧作家》，这好奇有了着落。此书收入他精挑细选地写于1985至1987年间的三个短篇《世间的盐》《墨西哥城之夜》《姐儿俩》、一个中篇《喜剧作家》和一部未完成小说《走向》。除了未完成的《走向》，其余皆曾发表，只是作者当时署名"方晴"。从时间顺序看，这些小说的叙事气质和语言经历了明显的变化：从心潮翻涌的感伤诗意，到不动声色的冷眼旁观。写于1987年的《姐儿俩》，是"方晴"和"止庵"之间的连接点，已经露出枯涩促狭、笔法纯熟的"止庵"的端倪。也就是说，1987年，写小说的王进文开始找到了自己，但他突然不写了，而是把笔墨转向了别人——去平视地读解那些遥远而硕大的灵魂。

在读了多年"大师写的"之后，用阅人无数的眼光重审"自己写的"，且将它们筛选和出版，这本身即是批评家止庵的一种批评行为——既指向1985年前后的中国当代文学史，也指向他自己。我们知道，1985年是个原子弹爆炸式的文学史年份——各种文学流派在这一年诞生，众多日后赫赫有名的作家在这一年的前后发表了最重要的成名作或代表作："寻根文学"生长着莫言的《红高粱》、王安忆的《小鲍庄》、韩少功的《爸爸爸》、阿城的《棋王》、李锐的"厚土"系列、史铁生的《命若琴弦》，"先锋文学"闪耀着刘索拉的《你别无选择》、徐星的《无主题变奏》，以及马原、洪峰、余华、苏童、格非、孙甘露等先锋作家目不暇接的文体实验。那是文学的"极端年代"："文革"结束刚刚十年，极端的精神废墟、历史创伤和生命经验，呼唤极端的文学语法——这些作品乃是应时而生。作家们急切地"拿来"西方现代主义，开掘传统血脉，虚无、颓败、反情感、反意义的绝望世界观和世纪末情绪成为主导性的真理，审丑、不及物、反情节乃是叙事美学的最强音。它们拓展了汉语文学的感受力和表现力，但是，也摒斥了别样的文学可能性——那种对更精微内在、更有意义和生机的精神生活的探寻。正如彼得·汉德克评论达达主义时所说："在那一刻，呐喊或嘶叫很重要，但仅仅是那一刻。"当社会生活回归常轨，文化艺术走向纵深时，文学的那种戏剧化的极端性便沉潜下来，要么进入博物馆，要么化作更精致微妙的精神纹理，进入下一轮的艺术循环。

这也是我们今天才得以好好阅读止庵这些小说的缘

由。它们在发表的当时寂寂无闻,否则也不会在今日引起惊讶。它们是这样一些作品:社会—历史维度浅淡,人物汹涌的内在世界被置于中心地位——他们像是跟作者共处已久,只是他们的只言片语偶然被作者传到读者的耳朵里罢了。每篇小说都讲述了"几乎无事"的剧痛与破灭。人物的外部动作极微,精神纹理极细,故事性极弱,而情感的浩渺和觉知的磅礴,又与那动作之微和纹理之细形成强烈的反差。几乎每篇小说里都有一个精神上敏感丰盈而行动上无能为力的文人气质的男主人公,他或者失败于或者受煎熬于一个(或一群)擅长世俗生活、肉体生命力旺盛的行动者。此一情结,与契诃夫戏剧对优柔无能的"多余人"的同情、对精神外皮过厚的"强者"的奚落,颇为同调。止庵小说的主人公痛苦和"失败"的源头,看起来不在外部世界的现实性障碍,而在于他敏感柔脆的内心美景随时坍塌于他者的坚硬粗粝或曰"美学的格格不入"。整部书,一言以蔽之,可以说是敏感的完美主义者的失败奥德赛。在无时不在的风刀霜剑和心之凋零中,作家凸显了"诗与敏感"作为"使人更像人"之物,在日常生活中的悲观境遇和精神生活中的神圣价值。此一主题的叙事,不但在1980年代的中国文学中是陌生的,即便走到今日,依然是稀有而重要的。

说到"奥德赛",便不能不想到乔伊斯。理查德·艾尔曼指出,这位《尤利西斯》的作者"在作品中所作的最基本而又最有决定意义的裁决,是判定平凡的价值……乔伊斯是第一个作家,使一名无足轻重的城市居民表现出了崇高的意义"。"他那些出人意料的融合手法,也实现在美与其对立面之间……在乔伊斯看来,二者并存是自然而然的。"但在1980年代的止庵看来,美与丑、高贵与庸俗是水火不容的。他出色的作品《喜剧作家》立体地呈现了每个痛苦人物的意识流,唯有两个凡庸人物的内心被取消了显现的资格——假如他做到了后者,便是真正做到了复调。诚然,好作家是各自文化境遇的营养师。面对肉体/精神二分的西方传统,乔伊斯选择了融合。面对重实利轻精神的中国传统,止庵选择了站在精神的一边。但成熟的写作者终将走向理解一切。这一使命,想必作家会在未来的作品中完成。

1926年,鲁迅忽然发现了几乎被他忘掉的写于二十年前的四篇文言文,于是他把它们连同其他一些早年文章,编成影响深远的文集《坟》,算是给自己"前世"的写作生涯一个纪念。也许每个作家都有一本自己的《坟》,藏着早年才华与思想的萌芽,区别只在于敢不敢拿来示人、还有没有生命力罢了。《喜剧作家》是止庵的"《坟》",它还有如许蓊郁的生命,可欣慰的不只是止庵,还有对汉语文学寄予梦想的所有作者和读者。

2017年2月

保存与牺牲
论林白

> 创造具有十分强烈的个性特征,但同时它又是对个性的遗忘。创造总是以牺牲为前提。创造总是自我克服,超越自己的个性存在的封闭界限。创造者常常忘记拯救,他所想的是超人的价值。创造完全不是自私的。出于自私的心理无法创造任何东西,不能专注灵感,不能想象出最好的世界。
>
> ——尼古拉·别尔嘉耶夫

童性

在孩子的眼中，"人"的地位和宇宙间的其他事物并无分别。支配它们的，乃是同一种她竭力理解、但无法理解的力量。人间事还不能成为她注意的焦点。相反，那种琐碎日常的面目让她厌烦，远不如大自然里的风雨草虫更神奇有趣。能够进入她的视野的，只有那些最不同寻常、匪夷所思的人和事，而它们也只是她的"大自然"的一部分而已。"天地不仁，以万物为刍狗"，其实小孩也是如此。因为小孩和天地自然是同质的——她的世界是一个万物相连、浑然不分彼此的世界，一个没有感情、利害、善恶，只有好奇、精灵和梦想的世界，一个生命郁勃、永不终结的游戏世界。在这个世界里，生命本身得到了放任、肯定和解放。如果让她来叙述它的话，她一定急着把眼里最重要的事情告诉你，而她所取的"重要原则"和成年人全然不同——那些在后者看来至关重要的事情，被她视而不见；后者感到无关紧要的细节，在她那里却是顶顶要紧的，关乎她整个世界的意义。她的表情专注、痴迷而懵懂，讲述的语调时缓时急，叙说的顺序东鳞西爪，你听得似懂非懂，却不能不从她描述的意象、气味和声音中，隐隐看到发生在社会—历史空间中的成年人的悲剧。但是，此悲剧却被平静地包裹在这孩子杂草丛生、万物相连的宇宙里，参与着它生生不息的循环。社会—历史悲剧不是这个宇宙的终点。

不错,我说的是林白早期的一些作品。以上印象,得自她那些发表于1980年代末、1990年代初的中短篇小说《裸窗》(1989年,后更名为《北流往事》)、《晚安,舅舅》(1991年)、《大声哭泣》(1990年)、《日午》(1991年)、《船外》(1991年)和一本名叫《青苔》的朴素的书(写于1990至1992年,前面所列篇目中的一部分也被收进此书里)。在这些作品中,叙述者"我"遥望她童年的故乡——那个名叫北流的广西边城,城里的沙街,街上那些角色边缘、命运坎坷、行状怪诞、死因不明的男女。它们是林白写作之初最迫切的谜团和最煎熬的痛苦,她自我底色的一部分,一直呼唤着她的超度。但她直到成年也无力做到——既无能解谜,也无法遗忘,她只有"记下"。徘徊在懵懂孩童和成熟女子之间的叙述视角,赋予她的追记遥望以"宇宙自然"和"社会—历史"的双重维度。后者隐蔽在前者之下。孩子般非理性、非社会化的感知和逻辑方式,使钙化的历史罪孽变得混沌磅礴,充满令人不安的印象主义色彩。

因此,从写作伊始,林白的世界即向外开敞,散发着难以归化的童性气息。它是万物杂处、阳光照耀、雨量滂沛、风雷交作的旷野,而非纯一、幽闭、神秘、自恋的房间。这旷野亦有其神秘之处,但它拒绝被传奇式地讲述,只期待被本真地呈现。

非正统的诗性想象力

在这片旷野中，闪烁着某种空气和水一样难以捕捉的东西，恰恰是它，赋予林白的作品以一种召唤性的结构，一种开启灵性的能量。这种东西是什么？它该如何被认知和描述？思虑再三，我暂且将它命名为"非正统的诗性想象力"。概念的麻烦出现了。既有"非正统"，那么何谓"正统"？我不准备掉进概念的陷阱，只愿诉诸当代人某种心领神会的经验——即那种建构和巩固国家、阶级、族群、性别、家庭、身份等一切现存功利秩序的组织制度、社会习俗、精神文化及其价值观。"正统"不是一种固态的存在，而是一个随时代社会的变迁而自我调整以求稳定的大秩序。由此观之，则"非正统"即是与这种功利、稳定的价值系统意趣疏离的精神存在，它的气质是阴性的，态度是弹性的，它与正统秩序的精神统治保持距离，但也未叛逆到"反正统"的程度。而"反正统"的价值指向是明晰的，其对正统秩序的叛逆是公开和彻底的，其气质是阳性的，态度是刚性的。"正统""非正统"与"反正统"的价值观进入文学领域最重要的表现，便是作用于想象力——因为作家在作品中构造的世界，即是他／她对此在世界之态度和愿望的显形。

文学艺术作品并非天然秉有"反正统"和"非正统"的性格，它依文学艺术家的天性、经历、处境、审美趣味、道德信仰等状况而定。那种或多或少意在辅助功利秩序、"有益世道人心"的文艺，才是从古至今、从东到西的主流，且永远受到正统社会的大力提倡。反正统和非正统的诗学则是个体生命与正统社会和正统文艺相对峙或相游离的产物，它是反对功利秩序对个体生命之压抑的诗学，拒绝"死之说教"（尼采语）的诗学，张扬个体生命之完整和自由的诗学。

反正统的诗学想象力在当代中国作家那里往往呈现为狂欢、反讽和思辨的类型，如王小波、莫言、过士行等作家作品所显示的；而非正统的诗学想象力在有的作家那里，则体现为远离正统秩序的酒神式的狂欢、抒情与诗性的编织，林白的想象力类型即属此种。

强力意志与自我保存

反正统和非正统诗学的发生，与其说是出于特定作家的政治和道德本能，不如说是出自其艺术的"强力意志"——这是艺术作为社会压抑力量之反叛者的形而上起源，当然，这起源终会将作家引向某种政治和道德的选择。正如尼采和海德格尔曾经道破的："强力意志"的本质是创造，是"有意识地遭受存在之进攻"，是故意对抗大于己身之物以求生命能量的提升和转变，是反对生命的自我保存和固守——因为简单固守便意味着衰竭。所以，创造的本质必然包含着对一切压抑生命的朽败能量的摧毁和否定，包含着在正统秩序看来某种行为和意识的不端与挑衅，包含着强劲的"不之性质"（海德格尔语）。

在文学创造中，这种"不之性质"体现在作家对其置身的社会、历史、文化和精神生活的审视、想象与再造。在这一视域中阅读林白的作品，我能感到她的艺术的"强力意志"与她个人的"自我保存"倾向之间潜在的斗争。每当前者高扬奋发之时，她的作品便饱满酣醉；每当后者占据上风之时，她的作品便流于浅表。从中我们能看到一位中国自然诗人创造之路的升腾与下降。

诗小说

说林白是"中国自然诗人"，并非意指她的作品与"源远流长的中国自然诗歌传统"之间存有某种传承和对应的严谨关系。相反，她的写作是无视知识的。此处的"自然"，系指她所虔诚师从的，乃是天性而非经典——自我的天性，万物的天性。她从它们的密码中汲取灵性的源泉、书写的素材乃至作品的形式，不为意义世界的规范和文学史的督促，去驯化自己的写作。"生命"被她置放在凝视与想象的中心位置，而近乎她的宗教。它的每一细节、呼吸、感念、悸动，每一饱满而痛楚的瞬间，无不受到她热狂的礼赞。她的作品是血液之歌，生命的欢乐颂，有时,是酒神的附体。在初民式的郑重和喜悦里,她呼喊生命过往中的每一颗微粒——在语言的魔法中,它们旋转而微醺,意欲化作一颗颗独一无二的巨大星辰。

由此,林白以小说实现诗的功能。或者毋宁说,林白的小说即是漫溢的诗篇。它们的力的运动不是纵深、曲折和节制的,而是平面、飞散且铺张的。它们的进行不似通常小说那样,带给读者客观的过程,世故的发现,纤毫毕现的事实,以及最终的谜底。相反,林白的小说毫无事件性的悬念,其开始便是历程的终结,"为存在命名"是其叙事的唯一动力。它们的展开完全依赖叙述人回忆的声调与节奏,情愫的流转与爆发,意象的联想与跳跃,痛感的震颤与平息……叙述人"我"的"内在体验"是作品永恒的主角,客体性的人、事、物,在"我"的凝望感怀中转换为无数"我—你"关系的相逢与对话,一切外物皆被染上"我"之色彩。言说主体的绝对在场,心灵图景的白热化、音乐化、气体化,乃是诗的本质,也是林白小说的本质。

关于诗,有许多有趣的说法。诗人哲学家乔治·桑塔亚纳(George Santayana)指出,诗与宗教同一,当诗歌干预生活时即为宗教,而当宗教仅自生活孳生出时便是诗歌。加斯东·巴什拉(Gaston Bachelard)则以为,诗是"安尼玛"(拉丁文Anima音译,阴性词,即心灵)的结晶,是梦幻的显形,而梦幻使人产生对宇宙的信心。女作家格特鲁德·斯坦因（Gertrude Stein）则说：诗歌是名词，散文是动词——当然，这里的散文包括小说。苏珊·桑塔格对此句进而发挥道：诗的特殊天赋是命名，散文则显示运动、过程、时间——过去，现在和未来……

但是，在梦幻显形的宁静核心，常隐藏着酷烈的醉意，它是让生命破碎、汹涌和重聚的能量，唯有经历过此种能量轮回的诗篇，才是蕴含生命之强力的。在林白的诗性小说中，一些作品或作品的局部即隐含着这种力。

概括起来，林白小说大致涉及三种内容：一、故乡往事，一些作品由此引申出对"文革"时代的独特观照，如中篇小说《北流往事》《回廊之椅》、系列小说集《青苔》、长篇小说《致一九七五》等；二、"自我"的成长，由此扩展为一种共通的女性身心经验与创伤的探讨，这是被评论界阐释最多且给她带来巨大声誉的部分，如中篇小说《我要你为人所知》《子弹穿过苹果》《瓶中之水》《致命的飞翔》，长篇小说《一个人的战争》《守望空心岁月》《说吧，房间》《玻璃虫》等；三、社会底层的生存与灵魂境遇，如短篇小说《去往银角》《红艳见闻录》《狐狸十三段》，长篇小说《万物花开》《妇女闲聊录》等。在这些小说中，林白创造了一种感官化的主观叙事。

感官化的主观叙事

以"自我"和"爱欲"为主题的主观叙事，是法国女作家玛格丽特·杜拉斯的拿手戏。而叙事的感官化，中国当代作家莫言则是一个极端的例子。在这两个方面，林白与他们有表面的相似之处——她和杜拉斯一样，用多部作品解释自我，喜以"我"的视点为圆心进行叙述，喜欢碎片地结构作品，拒绝明晰而坚固的故事形态和思维形态；她和莫言一样，一切叙说皆诉诸视觉、嗅觉、味觉、听觉、触觉……且这种感官叙述是夸张变形的，是以意识范畴之外的经验来反射作家的"意识"本身。

不同之处在于：杜拉斯的自我探究乃是纵深向内的，一直掘进到主人公的无意识区域；她的目标是以文字还原深层欲望的骚动结构，恢复"爱欲"的真实面目；那些触及文化、社会、政治、历史层面的内容，被有意稀释到最低浓度，而作为若干音色被织入作品的"无意识交响曲"里；其作品的形式本质是音乐，是震颤而快意的"醉"。林白的自我探究则是飞翔而向外的，她的语言激流是为了逃离重力世界的刻板包围，为了赋予她的记忆和想象以饱满的视像与灵觉，简言之，为了给生命的存在造像；她拒绝把"个体"作为文化、社会、政治、历史等整体秩序的附件来叙述，也无意让"个体"与宏大的整体秩序相隔离，而是以"宇宙万物一体"的浑然态度，让整体秩序的碎片进入个体存在的光谱中,将其作为个体主人公生命痛楚的来源和美学形象的衬景来处理,"整体"的碎片与"个体"的遭际相互映射,互为焦点;其作品的形式本质是绘画,是醉意漩涡旁波动而宁静的梦幻。

林白的感官叙事与莫言的不同在于:莫言的感官渲染出自审丑的美学,它以唤起读者的震骇、厌恶和尖锐的不适感,来释放作家对历史之恶的恶意,其狂欢、怪诞和夸张的修辞乃是其社会——历史批判的子弹。林白的感官叙事则出自审美的诗性,它以既源于又大于真实之物的强度和美感,来呈现其意象、气味、声音和触觉;以唤起读者的沉醉、开启和飞腾之感,来释放她对宇宙和存在的颂赞;其狂欢、唯美和夸张的修辞乃是其反历史化的诗学想象的果实。她的自然的、感官的诉说最后汇聚于心灵的入口,而非如一些晚生代作家那样,仅仅将身体曲解为一个"单纯的自然物体"。"我们身体性地存在。这样一种存在的本质包含着作为自我感受的感情。……感情是我们此在的一种基本方式,凭借这种方式而且依照这种方式,我们总是已经脱离我们自己,进入这样那样地与我们相关涉或者不与我们相关涉的存在者整体之中了。"[1]

这也是林白作品的有趣之处:在她极其"个人化"的书写中,我们却经常窥见"存在者整体"。

---

1 [德]海德格尔:《尼采》,孙周兴译,商务印书馆2003年,第108—109页。

肉体的真理

一个典型疑问是：何以写出极端"自我"的《一个人的战争》的林白，还能写出与她完全"无关"的《万物花开》和《妇女闲聊录》？当人们祝贺这位"幽闭的女作家"终于脱胎换骨道德高尚告别了"自我的牢笼"走到广阔天地去大有作为的时候，该女作家又返回到"自我"之中，端出一部长篇散文体小说《致一九七五》来，何故？

其实，在她第一部真正成熟的作品《北流往事》中，我们即可看到，她的"魂灵上是有这么多的"（借自鲁迅：《铸剑》）。也许，这魂灵在后来还减少了一些负累。我不敢说这是一件好事。《北流往事》看得出《阿Q正传》式的启蒙态度及其文体影响，甚至可以说，这是林白所有作品中最具精神超越性的一部，尽管它的形式是混沌而感官化的；小说的结构也完整有力，显现出作家的得胜的意志，而尚未出现后来随顺自然的碎片化倾向。《北流往事》之后，这种精神的强光并未得到作家的自觉淬炼和文坛的热忱鼓励——叙述的身体性被保持下来，而那种对整体世界俯瞰和不满的尖锐态度，则被后来的"局部性专注"所代替。

现在读来，《北流往事》依然保持着形式和内涵的强大生机。它以一个名叫瓦片的北流男孩在"文革"期间某个下午的所见所感和意识流动为结构线索，织进了若干色彩斑驳的人物：蔷薇的父亲，下放到沙街农业局的城市知识分子，某日突然自杀；蔷薇，美丽的小女孩，瓦片的暗恋对象；郑婆，瓦片的外婆，祖传秘方的迷信者和制造者，沙街的主流居民；老青，郑婆的邻居，当年的名妓，现在是被主流居民歧视嘲讽的对象，暗恋蔷薇之父；王建设，六指儿，沙街上的"诗人"，革命形势的跟风者和沙街的"革命先驱"；渔家女，曾与王建设偷情而被瓦片看见，将瓦片推到水里使其变哑；沙街上闻风而动的各色男女……除此之外，还有一个奇异的象征形象——躺在芭蕉树干里、从背带河上游漂来的美丽男婴的尸体。在男婴尸体出现之前，则写到了郑婆看见背带河上游飞来大片大片黑压压的虫子。"这是沙街一次划时代的事件，多年以后，当人们提起蔷薇父亲自杀、上游漂下一个婴儿的尸体以及刮了一场龙卷风等等不幸的大事都是发生在这一年，人们说起这一年的时候，总是说发虫的那一年。"

　　小说行笔至此，已从逻辑怪诞的日常生活场景自然转向超现实的象征情境——在作品的结构中央（第七节，全篇共十三节），安排了小城居民焚烧婴儿尸体的一幕：一颗橘红大星悬于夜空，人们在背带河河滩边搭起高高的木架，砍倒柚加利树，铺上树叶，婴儿尸体被置放其上。人们点燃火柴，扔在婴儿的肚脐上，"一股异香从柚加利树叶的气味和烤猪蹄的焦香中脱颖而出,像雾一样弥漫沙街"。不同的人们对异香的反应是不同的,小说的这一叙述被赋予了深长的隐喻意味:河滩上的焚婴者闻不到香味;沙街上闻到异香的熟睡的人们说不出这是什么气味——或说是玫瑰花瓣香,或说是发饼发酵的气味,"玫瑰和发饼实在相差太远,毫无共同之处,于是互相都有点不以为然"。之后的身体叙述,隐喻了人们发乎天良的怜惜之情和麻木自保的逃避心态:"这天夜里凡是闻到异香的人都不同程度地感到了心口疼,像蚂蚁在咬,大多数人只疼了一夜就好了,少数人则疼了三五天。疼痛很轻微,而且是间歇性的,因此并不碍事,大家该干什么还干什么。""只有老青心口疼得最厉害,时间也最长。"叙述人对这位饱受奚落的前名妓持隐晦的赞赏态度,以诙谐的笔调赋予她最敏感的神经和最准确的品味。(在林白的其他作品中,也能看到她对妓女、姨太太、女流氓等"不端女性"的友好叙述,执着于她们的体貌气度之美,这是她的"非正统的诗性想象力"使然。)

在这具完全没有抗争能力的美丽婴尸面前,人们还是对自己的暴行本能地感到了不安:"烧火焚尸的人们同时听到了一声骨头断裂的声音,明亮尖厉,让人觉得身上忽地一灼,马上又凉了下来,全身起满鸡皮疙瘩。于是觉得事情似乎应该结束了,沙滩上的沙都湿漉漉的了,大家纷纷走散,剩下没有烧尽的树杈零零星星地亮着。"但良心的不安很快被遗忘和掩盖所代替："第二天天还没亮郑婆就到河滩去，看到河滩上干净平整，连那根硕大的芭蕉树独木舟也看不到了。"

这个美丽的婴尸出现得突兀，消失得缓慢，是这部含混的小说的意义核心，象征着历史浩劫中高贵、洁净、美丽、天真的人性之死。人们狂热的焚尸场景，以及不同人等对尸体异香的不同态度，则隐喻了浩劫的参与者、帮凶者和旁观者混沌蒙昧的精神面貌。实际上，林白在用诗歌的方法构造她的小说——一切形象既是象征意象，又是日常实体，皆遵循隐喻的逻辑自主运行，完全不顾忌"客观生活"对小说家的逻辑规范。在小说的其余部分，叙述者从孩子瓦片的视角，把沙街正统居民的日常生活描述得神经兮兮、歪歪扭扭、鬼鬼祟祟、难以理喻——在王建设们鹦鹉学舌式的革命口号声中，始终飘荡着郑婆的蚯蚓内脏和隔夜茶水的气味；自杀焚尸的惨剧，在俚俗而叵测的氛围中波澜不惊地进行，并被无聊和健忘所吞没……此种人物塑造和氛围烘托，乃是对人的下降、盲从和无灵魂状态的肉身化隐喻。正是这种"人的无灵魂"状态，成为《北流往事》的叙述焦点，也是作家林白对"文革"悲剧和"国民性"的尝试性解释。

美丽婴尸的被焚，可以在《青苔》里的短篇小说《若玉老师》那里找到"本事"。小学音乐老师邵若玉，时常成为女孩"我"好奇仰慕的窥视对象——因为她美。但也正因为她洁净如婴、不同流俗的美和坦荡自然的恋爱，她成为1966年北流街头的革命群众批斗的"破鞋"。这对"我"是毁灭性的打击："我无依无靠地站在街上，孤独得要命，邵老师已经变成了一只破鞋，我觉得我无处可去。"这只美丽脆弱的"破鞋"听到肮脏的人群在喊"脱她的衣服"，而向往着死："死亡就像一张巨大柔软、洁净舒适的漂亮床单，在她面前舞蹈着，这张死亡的床单一边舞蹈着一边散发出香气，这香气奋力穿越又黏又厚的汗臭悄悄地进入了她的鼻孔、她的心脏……她看到人群对她的即将得救一无所知……她不为人所觉察地天真地笑了一下。"在满月的晚上，天真的若玉老师投水自尽，尸骨无存，只有一只白色的塑料凉鞋留在沙滩上，"显得孤独、突兀、不安"。

《青苔》一书共十一章，以"文革"自杀者为主人公的短篇小说占了四章。其余的三章中，《日午》写了美丽的女舞蹈演员姚琼在风言风语的舆论中莫名所以的自尽，《花与影》则是关于女同学冼小英的精神恋情被同学告发、被老师"帮教"后死于"生产事故"的故事，《防疫站》则讲述了一个孩子眼中的"科学狂人"迹近疯癫的实验及其孤独畸零的死。这些故事中，主人公并不处于绝对的焦点；作家以"散点叙事"的方式伸出无数触角，杂沓无章地穿插着主人公怪诞飘忽的形象、"我"的懵懂切肤的体验以及故乡人散发出的幽暗混沌的物质性氛围，主人公最后的死因往往是一个无法明言的黑洞。如欲穿越这黑洞，阅读者必须带上自己的理解：这些自杀者实是死于律令式的物质性存在对微弱的精神性存在的敌意，死于以"革命的多数"面目出现的集体习俗对独异个体的窒息。而此一主题，却是通过作家的感官化书写透露的——所有人物都被抽掉了"必需"的深度意识活动，而单纯呈现为视觉、触觉、味觉、嗅觉、听觉和幻觉的形象。这些带有大地的病态狂欢气息的肉体化形象，使主人公的毁灭在闪现刹那的悲剧性之后，立刻消融在生生不息的宇宙自然之中，参与到顽强无情的生命循环里。这种灰调的感官叙事避免了米兰·昆德拉所一再嘲讽的"刻奇"（Kitsch）之可能，而偏至地彰显着生命真理的肉身一面。

私我

一个悖论出现了：当林白以感官化的主观叙事来讲述"他人"和"世界"，"我"只是这世界的一部分和见证者时，这叙事方法因其揭示出生命真理的肉身一面而熠熠生辉；但是，当它的聚光灯对准作家的想象性自我，当这个"自我"既是叙述者、又是叙述的终极时，那种华美诗性之下"私我"的有限性，却令人遗憾地暴露出来。有趣的是，恰恰是后种作品为她在中国文坛赢得了巨大的声誉——随着长篇小说《一个人的战争》等作品的发表，她被视为"开身体写作之先河"的"中国女性主义代表作家""女性经验最重要的书写者",而成为文坛重镇。但我不认为此类作品是林白对其前期写作的超越。相反,在她的"私人化写作"风格确立和成熟之际,却经历了精神视境的下降与窄化。

"私人化写作"的说法源自日本的"私小说",这种文学样式在日本鼎盛于1912—1926年。日本作家石川啄木在《时代窒息的现状》中分析了它的社会成因:大正年间的日本军国主义政权对外侵略扩张,对内压制民主,人民几无言论自由。特别是1910年"大逆事件"和自由民权运动失败之后,一些有正义感的作家陷入彷徨、迷惘之中——他们无法批判和暴露现实社会之弊,只能把视线从广阔的社会空间拉回到个人狭窄的生活圈子里,甚至潜到个人的内心世界深处,创作出一批描写暗淡无光的现实和小人物之不幸与苦闷的作品。[1]

1990年代盛行于中国文坛的以女性身心经验为题材的"私人化写作""身体写作"、以琐屑凡庸的日常生活为题材的"新写实""新状态""新都市"等叙事潮流,其社会—历史成因与日本的私小说有极大的相似,文学权力机制渗透性地决定着一个时代的文学气候。因此,这一时期的中国文学主潮绝然斩断了其与社会—历史—精神

---

[1] 据宫琳:《浅析日本私小说的成因及其特点》,《时代文学》2008年第2期。

的真实对话，或专门探讨封闭状态下的"孤独个人"百无聊赖的"私性"存在，或以"伪对话"方式造作出符合国家意志的集体叙事，"纯文学"由此而成为"精神无害"的代名词。

针对后一种创作潮流，林白如此阐释她的写作："个人化写作建立在个人体验与个人记忆的基础上，通过个人化的写作，将包括被集体叙事视为禁忌的个人性经历从受到压抑的记忆中释放出来，我看到它们来回飞翔，它们的身影在民族、国家、政治的集体话语中显得边缘而陌生，正是这种陌生确立了它的独特性。作为一名女性写作者，在主流叙事的覆盖下还有男性叙事的覆盖（这二者有时候是重叠的），这二重的覆盖轻易就能淹没个人。我所竭力对抗的，就是这种覆盖和淹没。"（《记忆与个人化写作》）这段话表明，林白更愿意将自己的写作姿态定义为抗争而非隐逸，更强调"个人化写作"而非"私人化写作"。

"个人"与"私人"有何区别？正如法国社会理论家戈德曼所言："我曾稍稍改动过一下帕斯卡的话：'个人必须超越到个人之上'，意思是：人只有在把自己想象或感觉成为一个不断发展的整体中的一部分，并把自己置于一个历史的或超个人的高度时，他才能成为真正的人。"由此可见，"个人"是一种向无限世界开放和给予的存在。"私人"则相反，他／她绝不超越于个人之上，他／她缩在自身生存的内部，以私我的情感、原欲和利害为其全部世界，社会、历史和精神性被封闭在个体生存之外。因此，"个人化写作"和"私人化写作"也是不同的：前者将个体自我的强力意志投入到对整体性世界的精神观照之中，寻求精神表达和艺术形式的全面突破；后者遵循"私我中心"的原则，寻求与"私我呈现"相称的个性化形式，热衷于有限生命的自我保存和固守。

在林白书写"女性经验"的作品中，中篇小说《我要你为人所知》（1990）、《子弹穿过苹果》（1990）、《回廊之椅》（1993）和长篇小说《守望空心岁月》（1995）的局部，继续秉持着早期"个人化写作"的超越精神。虽从女性视角出发，但更注重将私我经验压缩、变形、转喻和升华，在创造性的形式里，探讨性别矛盾、性与政治以及个人与时代精神气候的关系等普遍性主题。其中，《我要你为人所知》真正是一首痛彻肺腑的母性的哀歌。此处"你"是叙述人"我"的不复存在的胎儿。一个未能成为母亲的女人在实现她绝望的权力，无告的救赎。在这篇双声部结构的小说中，作家意味深长地赋予胎儿以女性的身份，唯有如此，她才能向她倾诉，她才听得懂她。这是"我"经历了来自男性的彻骨伤害后做出的选择。于是，"我"向"你"讲述了自己的母系家族——旧时代的新女性、会撑船会接生热心助人的外婆，很少在家、永远在乡间奔波接生的医生母亲，自幼孤独长大、焚身于爱情却不被恋人允许生下孩子的"我"。这是一个男性缺席、自私或逃责的残缺世界，但诗性的叙述创造了一个梦想的结构，它把男人和女人"从要求权利的世界中解放出来"（巴什拉语），从现世人生的是非争执中解脱出来，生命的创痛被置于来自尘世而超越尘世的诗性观照之下，心灵的灼热与开敞令人动容。

随着中篇小说《瓶中之水》（1993）、《飘散》（1993）、《致命的飞翔》（1995），长篇小说《一个人的战争》（1994）、《说吧，房间》（1997）、《玻璃虫》（2000）的陆续发表，林白对"私我经验"的使用不再节制，一种自觉的女性意识主导下的"私人化写作"色彩愈益浓厚。作品更加松弛、随意、"好看"，不再孜孜于对经验材料的提炼、转喻和升华，而止于表层的嫁接、变形和挪用；也不追求将经验转换为"超我"的意义结构、做出形式的剪裁与整合，而是模仿生活本身的碎片结构，止于去叙述过程性的私我经验本身。可以说，彼时的林白在向文坛绽放她独异的才华之时，却未能独异于彼时文坛流行的价值论上的相对主义——不存在超乎自我之上的意义源泉，每个人都是"造物主"，人的任何经验都具有同等的叙述价值；世界的形象是破碎的，写作唯一的目的即是对此破碎形象的模仿。诚然，林白与此种价值虚无论有所不同——她膜拜美，有独特的美学观念，审美价值是她判断自身和世界的唯一尺度。她的"私我叙事"致力于将"我"的生命岁月呈现为具有美学理由的存在——基于这一信念,她才能真实而风格化地诉说"我"贫困的童年、早萌的性欲、混沌的青春、失败的恋情、粗糙的品味、边民的底色……但这种"美"的意识还仅仅是现象性的,局限于生存的个别方面,尚未抵达形而上学的范畴。

文学不是哲学,文学所表现的就是现象世界和生存的个别方面,为什么还需要它的"美"抵达"形而上学"的范畴?这是因为,文学乃是借助现象来隐喻本体、借助有限去抵达无限的创造行为,如果作家不能意识到形而上的世界图景,如果她所创造的"个别的美"不能从存在的最高质、从生存的最高成就中汲取源泉,那么她的美便是飘散的、暂时性的,不能激动人的深层体验。"关于美可以说,它是斗争的间歇,仿佛是参与神的世界。但美是在黑暗的和被剧烈斗争所笼罩的世界里获得揭示和创造的。在人们的心灵里,美可能被吸引到对立原则的冲突之中。"[1]林白曾经说过,她的美学是"强劲",这与别氏所揭示的"对立原则"多么接近。然而遗憾的是,彼时她对强劲之美的领悟,尚是一种造型意义上的理解,一种偶像崇拜式的狂喜,一种美学风格的表象,那时候,她不愿想到:唯有让自我破碎、消融,参与到真实剧烈的精神斗争之中,才能创造这种强劲。因她太敏感柔弱而习于自我

---

[1] 别尔嘉耶夫:《神与人的生存辩证法》,张百春译,上海人民出版社2007年,第397页。

保护，且太珍惜己身之"有"。关于"有"的叙述，若没有浩瀚的精神宇宙作衬景，会愈发显出"有"的贫乏与有限。因此，在我看来，对私我经验的无距离叙述，实际上降低了林白叙事的精神水平面。

内外

把林白的短篇小说《长久以来记忆中的一个人》（1994年）、《大声哭泣》（1990年），与长篇小说《妇女闲聊录》（2005年）对读，是一种有趣的体验——内倾与外倾、主观与客观，在同一位作家身上的反差会如此之大。前者直入心灵最深处的黑暗、不安、凛冽和孤绝，并将之幻化为神秘可畏的精灵，它成为自我本真的一个镜像，混合着羞耻、弃绝和自我肯定的意志。后者则客观到了完全放弃作者身份的地步，呈现了一个辽阔驳杂的"外面的世界"。长篇小说《万物花开》和短篇小说《去往银角》《红艳见闻录》《狐狸十三段》则处于两者之间——叙事方式依然是第一人称的主观狂想，但那主人公已全然不是和作家本人几无距离的"我"，而是完完全全的底层人物——脑子里长了五个瘤子的十四岁乡村少年，下岗女工，妓女，京漂。

《妇女闲聊录》是林白"由内向外"的极端之作，是一个作家的良知对现实的惊愕。此时，"作者"消失，化为无形，任由敏于痛苦和好奇的心灵触角，去触摸、发问、记录、取舍、加工和组合。正是这些决定了作品的内容和面貌。林白自称这是一次"纸上的装置艺术"，虽然与它的内在严肃性相比，这命名听起来轻飘飘的，但就其形式的本质而言，确是如此——正如蔡国强的"草船借箭"借用古船残料和巨大箭镞的组合，来隐喻开放的中国与西方力量之间的微妙关系一般，林白以一个湖北农妇对故乡生活巨细靡遗的陈述的断片组接，向我们转喻了一个疯狂溃乱的乡土中国。其间的意义，如果仅就"文学""艺术""手法""故事"来讨论的话，未免失之冷血。我不倾向于把《妇女闲聊录》视作纯粹的"文学作品"——它的文学创造性和艺术性虽有，却是单一和重复的——而倾向于将其视为21世纪初叶的新"国风"，一如两千多年前的中国文人，采民间歌诗以知民瘼、以入《诗经·国风》一般。它对读者的要求是"认知"——由文本而及于社会真相，而非"审美"——由文本而及于心灵的形式。这是林白唯一一部吁请我们关心她"说什么"甚于"怎么说"的书。她所说的一切，是可怕的，而非"有趣"的；她的内在态度，是哀恸焦灼的，而非"眉飞色舞"的——"木珍"的叙述越眉飞色舞，轻描淡写，则其所呈现的社会真相越荒凉麻木，病入膏肓，此种文本修辞术，乃是作者唯一的狡计，遮掩着她唯一的心事。

那心事是多么沉重！在《万物花开》的后记里，林白曾经写道：

> 二皮叔和大头做好了高跷和翅膀，他们在王榨的上空飞起来了，当然这不是真的。但如果他们不飞，抓着了就会被罚款，私自杀一头猪要罚六千元，若给乡里的食品站杀却要交一百八十元钱，这里面包括地税、定点宰杀费、工商管理费、个体管理费、服务设施费、动物免疫费、消毒费、防疫费、卫生费，国税二十四元还要另外自己交，这一切让人难以置信，但却是真的。我反复求证，这些数字就是真的……
>
> 我没有别的办法。
>
> 一个人怎么能不长出一双翅膀呢？人活在大地上，多少都是要长出翅膀的吧……
>
> 愿万物都有翅膀。

感同身受的苦痛，无能为力的哀悯。正是这苦痛与哀悯促使她超越一己的痛痒，去写王榨。如果民不聊生而不得不生，"民"会是什么样子？他们的精神存在状况如何？——这才是《万物花开》和《妇女闲聊录》的重点所在。后者是前者的前传和"本事"。《闲聊录》不再乘坐少年大头的脑瘤里生出的翅膀，不再驰骋林白式的越欢快便越悲伤的想象力,不再铺陈乡村少年饥渴而斑斓的性幻想,不再虚构私自杀猪的村人们狂欢游击队般对"公家人"的成功逃避……这次的叙述人是木珍,一个在王榨村长大、到北京作保姆的农妇。她虎虎生风,坚韧不拔,对待自己讲述的事实,采取满不在乎、谈笑自如的态度。每讲完一件事,她便表示她要"笑死"。于是,在她的笑声中,我们能看到这个村的妇女们一天到晚打麻将、不做饭、不管孩子的情景,因为孩子饿了是能自己走五里地到外婆家吃饭的;看到孩子带饭上学,中午却要去抢饭盒、不抢就活该饿肚子的情景,因为维持秩序、保障公平这种事,学校是不管的;看到村人们把偷情、性乱、作二奶当作家常便饭的情景,因为几乎家家都有这样的人,没什么稀奇的;看到人们不再种粮、养鸡,渴了就去邻村偷西瓜的情景,因为种了、养了也是要被偷的;看到乡书记的父亲死了,村人们半夜把老头的棺材挖出、尸体扔掉的情景,因为这书记为了强制执行火葬,就是这样命人挖出老百姓的尸体当场烧掉的……

这位湖北农妇毫无价值判断和痛苦感的讲述,却让我们看到一幅难以言喻的痛苦图景:广袤的乡村已沦为道德崩解、交相欺害的榛莽丛林,手无寸铁的人们若不能如野草,如毒菇,不能心如铁石,醉里偷生,便不能存活。是的,这些被欺凌和被侮辱的,已和损毁他们的力量一同腐朽、烂去,难分彼此。这是此时此地所发生的最可怕的事。如不从根本处扼止溃烂，终有一日，整具躯体将无药可医。这是中国的卡珊德拉的警告。但特洛伊城仍在鼾睡。人们蒙了双眼、捂着双耳，不肯听见。也有耳力较好者，称赞这披头散发的女人嗓音悦耳，旋律别致，至于她喊了些什么，则不愿深究——因为在目前的特洛伊，咱们尚属衣食无忧、前程大好的一族呢。

《妇女闲聊录》就是这样，将最令人悚然心惊的现实及其深因，揭示于云淡风轻的闲言碎语之中。可以说，它是一位挚诚作家的道德越界，一场不可重复的"重复"之旅。唯有一颗文学的心灵，才能做到这件事。但是它带给文学的教益，却是超出文学以外的那些。

自然的，太自然的

经历了心灵的炼狱之后，贫瘠、流离而不安的生命，终于与煎熬着她的生活和解。《致一九七五》（2007年）即是一本表达"生命之和解"的书。林白既往小说中许多人、物、场景的原型，团聚于此，以"生活本身"的面目出现：我们能辨认出《青苔·一路红绸》中的宋丽星（本书中的罗明艳），《青苔·防疫站》中的立京、立平和山羊（本书中的张英树、张英敏和山羊），《青苔·日午》中的姚琼（本书中的姚琼），《菠萝地》里和湛江人发生肌肤之亲的女孩（本书人物安凤美可看作她的"后传"），

《船外》里哑女孩提着道具灯混进工会礼堂的场景（本书中由"我"和"姚琼"再现了这一幕）……小说乃是一种"无中生有的创造"，但是《致一九七五》看起来却不像创造物，而是一个"本来就在那里"的自然界，被生长于斯的土著所描述。全书三十四万字，完全的散文结构。上半部"时光"偏以空间位置为线索；下半部"在六感那边"则是生活的分类学。那些只能被"标准小说"用作边角余料的素材，在此成了整部作品的主体。全书没有情节推动力，没有牵一发而动全身的人物关系，甚至没有林白以往小说里那些本已不按常理出牌的、最基本的"小说元素"——紧张纠结的心理动能。

当小说的最后部分煞有介事地排出一个"总人物表"，将叙述人李飘扬提及过的所有女友、同学、老师、街坊、文工团员、医院杂役、插友、老乡、通信男友等137人珍珠般罗列其上时，我感到了作家守护自己生命的根部、颠覆一切价值等级制的强烈愿望。这些"微不足道"的人，连同那"微不足道"的沙街、学校、暗恋、友情、灯光球场、文艺会演、露天电影、炒柚子皮、腌酸萝卜、插队、农事、鸡、猪、菜……皆被她流连咏叹，洒上神话的光辉，组成自足的宇宙，其价值态度与曹雪芹面对其笔下的宝黛之恋无异。看得出，这部小说意欲建立的，乃是一个万物皆贵、万物皆美的平等之国，透过它，作家意欲实现个人记忆对虚无与消亡的反抗：

再次回到故乡南流那年，我已经四十六岁了。

南流早已面目全非。我走在新的街道上，穿过陌生的街巷，走在陌生的人群里。而过去的南流，早已湮灭在时间的深处。

……………

一切陌生茫然……一个过去的故乡高悬在回故乡的路上。

随着故乡的陌生和消失，生命的记忆已无处安放——这是不容抗拒的外部世界对个体存在的残酷否定。《致一九七五》以记忆之海完成了对这一否定的反抗，并以此肯定生命本身。这一行动不借助任何哲学、故事和叠床架屋的编织手段，而只凭直觉、追忆和直观的想象力；不掺杂任何塑料、钢筋、水泥，只凭血肉之躯的温暖与柔软。在百感交集的诗之回望中，卑小残缺的往昔意欲摆脱自然和历史的重力，向着丰饶、永恒和唯一性飞去。

《致一九七五》并未实现如其书名所暗示的一种可能性——对"革命时代"的批判与反思。相反，它更倾向于让记忆非社会化和非历史化，寻求个体生命在革命时代日常生活中的"存在之惊讶"——"即从孩子眼中看去的原初的存在，即全部不可认识者的总和"。（巴什拉语）这种"惊讶"是透明的，轻盈的，自由的，梦想的，是存在于一切世代且永远不会被自然和历史的车轮碾碎的那种精神气体。它弥漫在孙向明老师非同寻常的"梅花党"故事里,颤动在他的少女学生们暗恋的心房上,徜徉于懒人安凤美神奇的公鸡、武功和男友的头顶,漂浮在芭蕾舞鞋、腐殖酸氨、作为实验品的山羊和作为补品的胎盘上……

《致一九七五》就是这样,在回忆之流中"还原"和"再造"一幅幅生命的碎片,并将召唤性的内在体验融会其中,因此,它们能够从日常物质性的封闭中解放出来,也从社会—历史性的公共想象中超越出来,而以"自然""自在"的灵性面目出现。在这里,我们能够看到叙述者"我"与她所追忆、狂想、讲述和渲染的事物之间,情谊深重的"我—你"关系——无论"我"所书/抒写的是人,还是物,是时间,还是空间,是往事,还是梦想,它们全部被人格化,而一一成为叙述人"我"的直接对话者"你",于是,"我"与外部世界之间的主—客体关系发生了改变,而成为主体与主体之间的凝视与倾谈,表现为"我"对"你"的思念与召唤。这是《致一九七五》最基本的创作方法,也是它作为小说作品最为独特之处。同时,我们还可看到,这种"我—你"对话最大化地缩短了每个叙事单元中角色之间的关系距离,从而使那些在常态小说中势必发展成一个个完整故事的角色关系,得以最俭省、直接和并不完整的叙述,甚至常常是,叙事刚刚萌芽而尚未发展,就在对某种独特场景或主观心绪的点染中戛然而止。

这样的例子在书中比比皆是——比如"我"和"我"的女同学们暗恋物理老师孙向明的故事,美人雷红、雷朵、安凤美的故事,怪人陈真金、赖二的故事,"我"和通信男友韩北方的故事,生产队长念叨着"人都是要吃盐的"暗示知青们不要狠批庆禄的故事……等等,都是可以大编特编的好故事。之所以并未展开,是因为林白的叙事依赖"材料"对她内在热情的真实唤起,她所能言说的也只是这种"真实的内在热情",而非纯智性的客体化想象力,因此对那些公认的具有"社会重要性"的材料,公认的可以发展为好故事的材料,她往往由于它们不能触及她的皮肤和感情而相当淡漠。但恰恰是林白的断片、直接、拒绝完整和发展的叙事,能相对完整地表达出她感知与创造的原初性,原始的热力与激情。何故?此正应和了别尔嘉耶夫关于创造的入木三分的论断:"发展和展开是创造的死敌,是创造的冷淡和源泉的枯竭。任何创造热情的最高点完全都不是其作品的展开。创造热情的最高峰是最初的创造的萌发,是创造的萌芽,而不是创造的完结,是创造的青春和童贞,是创造的原初性……创造的发展、完善、展开、完结,都已是创造的恶化、冷淡、下降和衰老……发展、展开、完善的本质在于,它们掩盖人的观念和感觉的原初性、直觉的原初性,封闭了这些原初性,用次要的情感和社会积淀窒息了这些原初性,并且使得这些原初性的复归不可能。"[1]

这一创造的悖论与悲剧也在这部作品本身得到了验证。与汁液饱满的上部相比,《致一九七五》的下部呈现出明显的冷淡和衰竭。追忆和感怀的能量在上半部已经耗尽,新的精神动能却未在下半部产生。花样迭出的叙事方式看起来兴致勃勃,却总有强颜欢笑、为完成而完成之感,更像是省力的、就事论事的自然记录。叙述人看起来全然陶醉于现象的特殊性之中,而迷失了"现象"和"本体"之间连通的道路。

显然,这部作品的命意和结构受到了普鲁斯特《追忆似水年华》的影响。但是,后者洋洋七卷而无枯竭之感,前者却走到一半即告空乏。原因为何?伍尔夫曾如此评价普鲁斯特:在他的这部小说中,"每一条道路都毫无保留、毫无偏见地敞开着……普鲁斯特的心灵,带着诗人的同情和科学家的超然姿态,向它有能力感觉到的一切事情敞开着大门"。[2]这是创造的最根本的秘密——心灵的开放程度决定了感受力和精神性的密度与广度。

何谓精神?"精神是自由,而不是自然。""相对于自然界和历史世界而言,精神是革命的,它是从另外一个

---

1 [俄]尼古拉·别尔嘉耶夫:《论人的使命》,张百春译,上海人民出版社2007年,第146页。
2 [英]弗吉尼亚·伍尔夫:《论小说与小说家》,瞿世镜译,上海译文出版社2000年,第272页。

世界向这个此世的突破，它能够打破此世的强迫性的秩序……精神不但是自由，而且还是意义。""获得精神性是对世界和社会环境的统治的摆脱，仿佛是本体向现象的突破。"[1]精神之光谱的丰富程度是无穷尽的，它的源泉来自上帝——或者说，来自超越一切个性和自然的终极存在。精神性的艺术家分享了这一源泉的丰富性，因此他所观照和叙述的世界，是一个有着无数精神光谱的世界。作家精神—意义的源泉愈饱满丰富，则作品呈显的"现象"森林愈元气淋漓，无法穷尽。所以，一部文学作品的胜利，说到底是"精神的胜利"。

因此可以说，《致一九七五》后半部的衰弱迹象，正缘于作家心灵未能向精神宇宙无条件地开放。看得出，创作者停滞于精神的自然与初始状态，满足于自我之"有"，并陶醉于对底层事物的价值激情——那是林白自我肯定的意志与道德立场的微妙混合。她赋予纯朴、粗粝和简陋的生命根部以强烈、唯美而奢华的气质，她全力拥抱它，将其作为唯一、全部、最高的世界来描述，作为存在的意义源泉和价值尺度来描述，这种隐蔽的民粹倾向是林白的自觉，也是我与她的分歧之处。把有限、不完善但却生死与共的"此在"作为感激和礼赞的对象，是文学的自由，但是把它当作意义的源泉，当作至高的善，则必会导致作

---

1 [俄]尼古拉·别尔嘉耶夫：《论人的使命》，张百春译，第389—390页。

品的贫乏，以及道德能量和创造能量的弱化。能够成为意义源泉和价值尺度的，既不是底层的存在，亦不是贵族的存在——尘世间的一切存在都不能成为意义源泉和价值尺度，只有精神，只有超越此在的无限的"存在本身"，才能担当这一使命。

阿波利奈尔评价画家卢梭说："他绝不让任何事，尤其是基本的事，听凭自然。"纵观林白所有的作品，可以说她的遗憾恰恰在于太听凭自然——听凭身体、感官和物质世界的自然牵引，听凭能力的自然状态，听凭内心的灵火时燃时灭于宇宙虚空之中，而很少呼唤精神之强力增高那火焰。精神的自我丰富、自我挑战的要求在沉睡。精神对于尘世之有限性的不满和不安在沉睡。这是因为她太顾惜自己，太紧紧抓住己身之"有"，因此一些叙事会下降为财富清点式的回望和对于痛痒利害的焦虑。

这位自然的精灵，天赋的作家，她的才华和纯朴已让她摆脱了弥漫于当代中国作家的市侩主义，但是她尚未达到她的生命与创造的最高可能。诚然，这一精神的攀升之旅是充满困苦的，但必得如此。因为，我们不得不服从这样一个悖论式的真理："牺牲自己就是对自己的忠实。"（别尔嘉耶夫语）

2009年3月8日夜完稿

不冒险的旅程
论王安忆的写作困境

> 只有当形象活生生地驳斥既定秩序时，艺术才能说出自己的语言。
>
> ——马尔库塞《单向度的人》

在庞大的中国当代作家群中，王安忆被认为是卓然独立、成就非凡的一位——高产，视野广阔，富有深度，艺术自变力强，尤其是汉语的美学功能在她的作品中被愈益发挥得夺人心魄。本文尊重王安忆的创作成就，但更侧重于从她的文本缺憾中揭示她的写作困境，以图探讨中国当代文学所面临的一个关键问题。

在王安忆的作品中，有两个因素从未改变：一是时代政治被有意淡化成单纯的叙事背景，二是人物的私人化的生存世界占据着小说的绝对空间。无论是王安忆的长篇小说，还是她重要的中短篇小说，这两个因素一直醒目地存在着。虽然各个时期的小说主人公各具身份和背景，但是，他们的不同仅止于人物的"生态学"，其真实的涵义仅止于作者自身对人物的理性规定。而这种人物规定性，虽然不是马尔库塞所批判的那种极度商业化社会中的"单向度的人"，却是另一种历史情境下的"单向度的人"——一种历史在其中处于匿名状态的不自由的人。

看得出，王安忆在主流意识形态和商业文化的重重包围下一直做着可贵的突围努力而逐渐走向经典化，但我却认为她成了一个"逃避者"。为什么会是如此？

被毁坏的相对性空间

在一篇对谈录中，王安忆雄辩地说："是谁规定了小说只能这样写而不能那样写？难道不是先有这样那样的小说然后才有了我们关于小说的观念吗？谁能说小说不能用议论的文字写，用抽象叙述的语言写？……其实，小说之所谓怎么写，标准只有一个，就是'好'。"并且说，

"我不怕在小说中尝试真正见思想的议论"[1]。

的确如此。小说无定法。伟大的小说一定是在"不得不如此"的形式结构中表达它对存在的勘探,形式的"反常"乃是表达的驱迫使然。《包法利夫人》的"纯粹客观"手法基于福楼拜"任何写照是讽刺,历史是控诉"的认识,那是进入存在真实的痛苦中心时的静默无言;《战争与和平》在叙事场景之外却常见论文式的有关历史、宗教与道德的议论,这是因为托尔斯泰把小说本身当作承受他这一切思考的载体,而不是一部单纯的"艺术"作品(当它被当作小说看待时,这些冗长的思考恰恰被作家们认为是最不足取的地方,并且他们认为,真正的现代作家不会这样写作);米兰·昆德拉则永远是在人物行动的"定格"时刻响起他充满疑问的狡黠声音:在某种境况中,此人是怎样存在的?他相信,"世界是人的一部分,它是他的维度,随着世界的变化,存在也变化"[2]。(而不是:虽然世界变化,可存在是永远不变的。)……但是,在这"无定法"之上,却一直存在着一个隐含的"法"——小说应有的相对性空间。

所谓"小说的相对性空间",是这样的一种东西:思想的不确定性、疑问性或潜隐性;作品的情节逻辑与精

---

1 王安忆、郜元宝:《我们的时代和我们的小说》,《萌芽》1994年第7期。

2 米兰·昆德拉:《小说的艺术》,孟湄译,三联书店1992年6月第一版。

神隐喻的二元化；叙述的张力和空白，等等。

小说中的"思想"究竟是怎样的形态？它应当像哲学一样，给人们对世界的疑问一个绝对的确定的答案吗？小说的本质是否和哲学一样，是对世界的结论式认识，其区别只在于小说家将其认知形象化？

如果我们求助于艺术的演变史，会发现答案是否定的。"深思在进入小说以后，改变了自己的本质，在小说之外，人们处在肯定的领域……然而在小说的领地，人们并不做肯定，这是游戏与假想的领地。"[1]而王安忆小说在艺术上最明显的缺陷，我认为就在于小说应有的相对性空间被毁坏。她的大部分小说几乎都是她的世界观的阐释：有的是以客观故事的面目出现，如《叔叔的故事》之前的作品，那是她在抽象了人类关系得出理性概括之后，对这些结论做出的形象性印证与演绎；《叔叔的故事》之后，王安忆跃入"思想文体"的写作，《纪实和虚构》《伤心太平洋》是这种写作的代表之作。这些作品或是生动地展现生活场景与人物形象，或是亮出睿智精彩的思想议论，使人们获得阅读快感。但是，它们却没能让我们的灵魂发出战栗和冲撞，让记忆在此驻足，永不磨灭。它们似乎只是牵引着我们的心智在文本中走完一段生命历程，得到对于"生活"和"世故"的纯经验式了解，完成一次

---

[1] 米兰·昆德拉：《小说的艺术》。

推理。为什么王安忆的作品取得的是如此平静而超脱、绵密而隔膜的艺术效果？我以为，这是由于她的作品总是呈现为一个个闭合的空间，它们常常只发散出单一的意义，而这意义则是以一种特殊的（而非普遍存在的）、确定无疑的、不再发展的姿态存在着。

以长篇小说《米尼》和中篇小说《我爱比尔》为例。它们之间有惊人的相似性（或可谓重复性）：题材上，都是关于一个女孩如何走上"犯罪道路"的，甚至连她们犯罪的原因——"爱情"——都是一样的；手法上，都采用白描性的叙述语言，都把叙事动机归于事件的"偶然性"，因而也构成了米尼和阿三的"命运形式"的相似性。一位作家总是写作"相似的作品"，至少表明她的思维已陷入一个固定的模式，而这个思维模式便成了作家所面临的自我困境。

《米尼》讲述了一个一生都被各种偶然性所决定的黑色人物的故事：米尼是插队知青，相貌平常而聪敏幽默，在回沪探亲的船上被机智英俊的上海知青阿康吸引，二人交好。阿康上街行窃，被判刑五年。米尼出于对阿康的思念和对他的体验的好奇，也开始行窃，从未失手。她为阿康生下一子。但阿康出狱后，诈骗挥霍，放浪形骸，米尼在绝望之下和阿康及其周围男女开始群居生涯，并带着长大的流氓儿子到南方合伙卖淫。阿康被捕，在米尼即将赴港与父母团聚时供出了她。

这部小说反映出王安忆的这样一个信念：人的灵魂、行动与经历是可以被日常理性完全理解并解释的，人的日常理性可以穷尽一切，言说一切。它还和王安忆的其他作品一样显示出她所坚信的一种不可逾越的美学规范：文学表现方式及其对象必须体现为可以被精致、细腻、敏感和唯美的灵魂所接受的与己同类的存在。这两种东西是王安忆的写作意志。不言而喻，在这样的意志下，她奉献出了大量的符合规范的优美作品，但这也使她止步于一大片神秘、幽深、黑暗而粗野的人性荒原。她在保持作品和自己作为"人"的纯洁个性的同时，牺牲了许多为这片荒原命名的机会。因此我们看到的盗窃和卖淫犯米尼就像一个女知识分子。她所有的罪恶都是出于外界因素的偶然作用与她自身在凄凉伤感境况中了悟式突变的合力。一切进行得平静自然。即便米尼陷入最肮脏的卖淫中时，我们的阅读也一样冷静隔膜——我们目睹着一个女孩"走向深渊"的"合理化"过程，它太"合理"了，与我们在"生活"中自动接受的日常情理毫无二致，以至于看起来像是一个侦破性的事实还原，紧贴着日常生活的逻辑地面——在情节设计和精神世界两个方面。《米尼》让人看到了一个好故事，却没能使人获得一种划破"日常理性"的震惊，而正是这种震惊，才闪耀出普遍性、共通性的真实的光亮。它可以穿过叙事掩盖下的板结的理性成规、闭合而单一的意义空间和特殊的偶然事件，直抵人的灵魂深处。可以说，从小说的思想形态角度看，《米尼》以其固态的理性观念和审美观念覆盖了小说思想应有的疑问性、假定性与潜隐性。此处的"思想"，既指小说直接呈现的思想内涵，又指小说用以显现其内涵的艺术方式和作者的写作意志。

再看看《米尼》的逻辑推理特征。对于小说尤其是长篇小说来说，逻辑推理是它的物质框架，承载着小说的各种元素。王安忆自1988年开始进入职业化的写作探索，并主要致力于小说的逻辑推动力研究。她的主要观点是：西方小说之所以多伟大的鸿篇巨制，乃因为西方小说家发展了坚固、严密而庞大的逻辑推动力，它与严密宏伟的思想互为表里。一个故事的发展是由环环相扣的情节动机推进的。中国人了悟式的思维传统，恰恰缺少这种坚固而严密的逻辑推理能力，因此中国现代长篇小说总不成功。现在她意欲着手弥补这一源远流长的缺陷。

《米尼》及其之后的中长篇小说在情节推理上确实有很大的进步，在《纪实和虚构》与《长恨歌》中，王安忆的逻辑推理才能攀上了一个高峰。其成功之处在于：故事发展的连贯性、不可预料性、不可逾越性；故事元素组合的浑然一体；故事发展动机的有机性、自然性、不可替代性。这也是一部优秀长篇小说的必要条件。

但是，也许这个看法是不无道理的：在一部"大"的小说中，作为逻辑推理的情节与作品整体的精神隐喻世界应是二元分立而又互相连结的,周密有趣的情节逻辑本身不能成为伟大作品的全部。那么它与隐喻的精神世界之间的连结点是什么？是文本的暗示性元素——它具备成为故事的具体角色（或环节）和发散多重隐喻性涵义的双重功能。关于这一点，在塞万提斯的堂吉诃德身上，在《红楼梦》的几十个形象鲜明的人物身上，在无数杰作的主人公身上，我们都已耳熟能详。王安忆小说中缺少的正是这样的双重功能性元素——人物的经历只构成情节上的因果链，并不具有精神隐喻意义。作者太专注于她的情节逻辑了，致使她那严密的逻辑推动力除了担当小说的物质功能（情节）以外，无力担当小说的精神功能，从而使小说的精神世界趋于贫乏，硬化了小说应有的不断变幻的精神空间。

小说的相对性空间还包含一个至关重要的因素——叙述的张力和空白。因限于篇幅，这里无法给一种抽象的小说修辞手段下定义做阐释，而只能诉诸其美学效果：即与小说意义相对应的小说结构的立体性与多重性，必要的意味隐含性与不可言说性，由于语句或段落的意义断裂造成的意义空间扩展，等等。

王安忆对小说叙事方法做过多年研究与实践，其结果是：她自1988年以后的所有小说都运用一种标准的白话文，不再戏剧性地摹仿方言土语；时常采用主观视点，作为叙述者的"我"时时出入于文本的议论与叙事之间，以表达作者自己的思考，或者采用全知视点（如《米尼》《流水三十章》《长恨歌》《富萍》《上种红菱下种藕》等），完全运用"叙述"的方法展现场景与对话，并使之情调化；叙述语言绵密浓稠，叙述节奏急促地向前追赶，由于她对自己的理解力和思想储备充满自信，她的小说充满汪洋恣肆的议论。这是王安忆小说基本的修辞特征。

但是，通读过王安忆的小说之后，阅读者会有一种漫长而纤细的疲惫之感。无论我们眼前晃动的是张达玲，还是米尼，抑或风华绝代的王琦瑶，或者是木讷笨拙而又敏感坚定的富萍，也无论我们领略的是香港的情与爱，还是荒山之恋小城之恋，抑或"叔叔"的那些似是而非的恋情，或是新加坡人那些暧昧难明的情愫，我们都无法摆脱无处不在的"作者意志"，我们总听到相似的声音附着在这些理应不同的角色和场景上。我们在观望这些纷纭杂处的红尘景象时，常常试图让我们自身的主体性、我们自己的智力和情感驰骋其上，可是它们在出发的途中就被作者的选择、判断和权威迎面挡了回来。当然，这种感觉还可以做进一步的区分。在《长恨歌》之前，王安忆文本较多地显现为：一以贯之的"叙述"方法，无时无处不在的"作者意志"、过于密集的叙述语言及其形成的过于急促的叙述节奏，拒斥了接受者对应有的文本空白所做的想象性填充，割断了阅读者和文本之间的对话关系。在《富萍》《上种红菱下种藕》阶段，王安忆较多地借鉴了中国传统笔记小说和文人画的表现方法，修辞上恬淡、留白和收敛得多，但在关键的地方，她则会当仁不让地嵌入强有力的价值暗示，让人领会她的回归传统人伦道德与东方生存价值观的意图。

于是，王安忆的这种缺少空白的叙事使读者成了隔岸观火者——观看她鸟瞰的图景和概括的思想。一部作品如果不是"呈现"，而是"指引"，那么它就容易导致一种独断的"单向性"。对阅读者来说，一次话语接受的过程就变成一次"语言强制"的过程，也是一次意义消耗的过程。消耗的结果，就是小说应有的通往开放和未知之途的"相对性空间"的丧失。

消解焦虑的乌托邦

王安忆小说"相对性空间"的被毁坏，既缘于她的形而上阐释冲动与模糊的乌托邦情结，又缘于她对日常生活逻辑着魔般的迷恋与遵循。这里拟先分析前者。

以《小鲍庄》为起点，王安忆的写作走的是一条精神超越与世俗沉入的双轨道路。热衷于世俗生活表象的复制和摹仿，使她写出诸如《好姆妈、谢伯伯、小妹阿姨和妮妮》《逐鹿中街》《妙妙》《歌星日本来》《香港的情与爱》《文革轶事》《米尼》《长恨歌》《忧伤的年代》《青年突击队》《新加坡人》《富萍》《上种红菱下种藕》……这是一条世俗生活史的线索；执着于精神超越的理想化追求，又让她写出《神圣祭坛》《乌托邦诗篇》《叔叔的故事》《伤心太平洋》《纪实和虚构》……这是一条寻求精神归宿的道路。

《小鲍庄》和其他优秀的"寻根文学"一样，是一个关于我们民族即将失名的预言。这里要略占篇幅，说说"寻根文学"。"寻根文学"的初衷，是要"理一理民族文化的根"，寻找本民族肌体深处尚未被"儒家文化"侵蚀的"野性而自然的"生命力和创造力，企望在这个起点上重新铸造民族的灵魂。这是一次负载着现实功业和精神超越的双重期待但注定无果而终的运动，因为作家们所乞灵的是一块虚妄的"人类理性的处女地"——超乎寻常的野蛮与自然之力在人身上的显灵。它是一种被中国人无限憧憬地名之曰"血性"和"仙风道骨"的东西，它的反抗秩序的美学外表被罩上种种富于魔力的光环：力的舞蹈，无羁无绊，征服一切，行侠仗义，自由自为，出神入化……归纳起来，便是山林精神、道家风骨和人伦温情，它们是寻根的作家们所追索的"根"，是我们这个古老民族的边缘文化传统。寻根派作家们似乎没有意识到：山林精神的"血性"蛮力与其说是勇气的结果，毋宁说是对"强力征服"的潜意识信奉；与其说是个性意识的高扬，毋宁说是理性缺席的混沌不分。至于棋王王一生式的"道家风骨"，与其说是因雄守雌以柔克刚，不如说是对压抑而无奈的生命做了美学与哲学的美化；与其说是悠游天地得大自在，不如说是作家成功地规避了个体生命必须直面的外部与内心的真实困境与冲突。而"人伦温情"，如果它不是从个人对世界、他人和自我的深刻了解中产生，如果它仅仅产生于某种血缘与地缘的自然联结，如果它竟成为人们在陷入原子化的孤立境地时唯一的救命稻草，那么它又折射出多么可悲叹的一种现实境遇而非一种可赞美的"文化特异性"呢？

因此，"寻根"所寻到的无声结论是：在我们的民族传统中无法找到理性、独立与自由的主体性力量，我们不曾存在过这样一条可资汲取力量的、源远流长支撑人心的"根"。作家们虽然塑造了一个个富有美学魅力的人物形象——健壮如"我爷爷""我奶奶"，飘逸如棋王王一生，龙行虎步如土匪陈三脚，仁义动人如少年捞渣……但是这些孑世遗民绝无能力繁衍子孙，他们仅仅是一些美丽的文化标本而已。作家们找到的这些最为灿烂的形象失去了后代，那么活在世上的是些什么样的人呢？

让我们看看王安忆的回答。在《小鲍庄》里，她塑造了一个天然的善性化身——少年捞渣。在他的坟墓之上，他的亲人们享受他牺牲生命带来的甜蜜果实。捞渣的自然美德在一年一度"文明礼貌月"的宣传中被扭曲成说教的榜样。村人们在日益物质化的生活中日渐遗忘了那个善良孩子的真面目。在这部作品中，王安忆追索的是我们民族的道德存在原型。纯真自然重义轻利的道德范式遗失了，道德虚伪和物质欲望却疯长起来。这是《小鲍庄》所揭示的发人深省的精神景观。

令人遗憾的是，如此清醒无畏的精神光亮，在王安忆后来的作品里竟杳不可寻。有时，她沉浸在世俗生活的表象之中，以摆脱她在向精神腹地掘进时焦灼不安的虚无之感。而在她津津乐道于张长李短市民琐事的同时，她的超越渴求又驱使她寻找永恒精神的归宿之地。这种精神超越冲动，使她写下诸如《神圣祭坛》《乌托邦诗篇》《叔叔的故事》《伤心太平洋》《纪实和虚构》等作品，出示了一个否定既定秩序的艺术向度。

正如马尔库塞在其著作《单向度的人》中所指出的，艺术的使命在于达到"艺术的异化"："马克思的异化概念表明了在资本主义社会中人同自身、同自己劳动的关系。与马克思的概念相对照，艺术的异化是对异化了的存在的自觉超越。"[1] 这种艺术的异化一直"维持和保存着矛盾——即对分化的世界、失败的可能性、未实现的希望和背叛的前提的痛苦意识。它们是一种理性的认识力量，揭示着在现实中被压抑和排斥的人与自然的向度。它们的真理性在于唤起的幻想中，在于坚持创造一个留心并废除恐怖——由认识来支配——的世界。这就是杰作之谜；

---

1 [美] 马尔库塞：《单向度的人》，重庆出版社1993年，第51页。

它是坚持到底的悲剧，即悲剧的结束——它的不可能的解决办法。要使人的爱和恨活跃起来，就要使那种意味着失败、顺从和死亡的东西活跃起来"[1]。

在王安忆的精神超越的作品中，我们找到了那种接近于"艺术的异化"的东西——心灵乌托邦的构筑与栖居。她在小说集《乌托邦诗篇》前言中说过："当我领略了许多可喜与不可喜的现实，抵达中年之际，却以这样的题目来作生存与思想的引渡，是不是有些虚伪？我不知道。我知道的只是，当我们在地上行走的时候，能够援引我们，在黑夜来临时照耀我们的，只有精神的光芒。"这种光芒在《乌托邦诗篇》中是一个朦胧的信仰与人性的温情良知的混合体，它象征了王安忆的全部精神理想和存在的意义，倾注进她发自肺腑的诗意祈祷和存在自省："我只知道，我只知道，在一个人的心里，应当怀有一个对世界的愿望，是对世界的愿望……我心里充满了古典式的激情，我毫不觉得这是落伍，毫不为这难为情，我晓得这世界无论变到哪里去，人心总是古典的。"

在王安忆的精神超越之路上，浓重的焦虑之感始终包围着她。《乌托邦诗篇》是个诗意的例外，它直接出示了一种理想情境，尽管这理想如此模糊而漂移。在其他作品中，王安忆将超越的欲望直接诉诸令人不满的现实本身。

---

1 [美] 马尔库塞：《单向度的人》，第51页。

相对于完美而永恒的理想真实而言，现实永远是不真实的、片面的、腐朽的存在。王安忆难耐现实的围困带给她的焦灼，以致她无暇塑造她的理想幻象，直接诉诸对现实的残缺性的认识来化解她的焦灼。

在《神圣祭坛》中，她借女教师战卡佳和诗人项五一之口揭开作家痛苦的自我意识——一个不健全的、缺少行动能力的精神痛苦的贩卖者，一个"侏儒"。这"侏儒"却是美好艺术的创造者。创造者与创造物之间丑与美的矛盾，是王安忆自身最醒目的存在焦虑之一。说出焦虑即完成了他者与自己分担的仪式，在分担和倾诉之中，焦虑被消解开来。

在《叔叔的故事》里，她以"审父""弑父"的形式做了一次精神的自审与救赎。"叔叔"既是"我"的父辈，又是"我"自己的一部分。这篇充满言论的故事透彻地描述了当代中国作家的尴尬处境：其命运在政治的波涛中不能自主地浮沉，其写作的实质是对自身经验的背叛性和虚假性的利用；作家由于写作这一目的而使自己的人生非真实化和非道德化。正是在倾诉这种自我意识的过程中，王安忆精神超越的焦虑得到化解。一面在揭发自己的致命局限和"鬼把戏"，一面毫不懈怠地在此局限中耍自己的"鬼把戏"，这种道德意识和其实践吁求是相互矛盾的。当道德不是作为一种实践而是作为一种言说的时候，连言说者本身都会感到不安。但是当这种不安的声音被放大到公众能够听到的时候，这种不安也就得到了解脱。

王安忆在寻求超越的道路上，"技术化"的倾向也在加强。这个问题集中在颇受好评的《纪实和虚构》里。在这部长篇中，王安忆系统地构筑了自己的乌托邦。她从自己的生命欲望出发，从虚构祖先的金戈铁马强悍血性中，满足她作为一个作家虚构自己的共时性（存在）和历时性存在的创造欲望。王安忆试图在这种虚构中抗拒都市的贫瘠、狭隘与归化，抗拒现代人生命力的委顿，抗拒永恒的"孤独与飘浮"。作品以单数章节叙写"我"的人生经历——出生、成长、写作经验和"我母亲"的片断身世；双数章节是从"茹"姓渊源开始的漫长寻根活动。"我"的生活世界被描写得狭小晦暗却充满质感，"我"的家族史则由壮丽瑰奇的语言建构成一个虚构感很强的历史乌托邦，它虽然充满具体的情景，却总被"我想""我确信"之类的插入语纳入一个纯粹的假想境界，强化它的虚空不实。描绘现实世界时多用实体性物质性语汇，密度极大，意象凡庸，家长里短，描绘历史的想象世界时大量挥洒诗意幻觉性词汇，意象稀疏、鲜艳、雄伟、空灵，由此产生出强烈的对比效果，现代人生存的窘迫和无奈跃然纸上。对乌托邦式的"历史"图景的描绘，成为王安忆背向现代都市的一次理想逃亡。

在这场逃亡中，"祖先"符码意义单纯，代表作者的理想真实——野性、自由、广阔、英雄气概。他们在名目不同、面目相似的战争中,拖着一长串古怪的名字,横枪跃马,景象壮观,却意义单一而重复。这些祖先仅仅作为一些过程性的血缘链,为了"科学完整"地将最初无名祖先的血缘传递至"我"而存在。这样,"我"的"横向的人生关系"和"纵向的生命关系"的建立和描述就缺少一个发自血肉和心灵的生命追索贯穿其中,而仅只成为一种处于生命核心外部的知性探求,和一种单一的"叙事技术"的操练。王安忆未能从往事经验的叙述中提炼出照亮今天的存在体验。而对"我"的人生经历中一幕幕表象化的生活场景的热衷,则遮蔽了其内在灵魂的贫乏,从而使现实生活叙述和"祖先"叙述一样,成为旁观性的而非沉入性的表达。

王安忆的这句话道出了她构筑这个精神乌托邦的初衷:"我们错过了辉煌的争雄的世纪,人生变得很平凡。我只得将我的妄想寄托于寻根溯源之中。"[1]在这场向乌托邦的逃亡中,技术化的智力运作转移了她真实的存在焦灼,而仅仅将其转化为生存性的写作焦虑。随着写作的高速行进,随着对乌托邦理想的不断强调性描绘,这种写作焦虑("怎么写?写什么?"的焦虑)被化解,根本性的存在焦虑亦烟消云散。

---

[1] 王安忆:《纪实和虚构》,人民文学出版社1993年,第173页。

王安忆自1988年以后多次强调文学写作和文学批评多搞些机械论、实证论的工作，虽然于整个文学界有合理性和必要性，但是于她自己却有矫枉过正之嫌——其结构的严谨缜密与血肉丰满的存在关怀之间，一种深刻的裂痕在逐渐加深。究其原因，大概和作家精神资源的贫乏有关。尽管王安忆在小说的物质逻辑层面能够层层推进，超越了了悟式的一次性完成的简陋思维，但是她的精神思考和价值体系却仍是一个单线条的、非纵深和缺少精微层次与深刻悖论的存在，因此其小说会呈现出与强大的逻辑性不相称的精神的简陋。小说说到底还是精神格局的外化，"逻辑推动力"等物质形式只是精神格局的产物之一而已。小说家在学习域外杰作的过程中，如果不扩展精神的广度与深度，而只在物质形式上打转，恐怕就会上演现代版的"买椟还珠"。

于是，王安忆那种属于"艺术的异化"的成分——那份存在焦虑，就在滔滔不绝而又隐讳躲闪的倾诉中，消解了。

焦虑被消解的结果是：艺术创造对既定秩序的遵从——遵从现实的"合理性"。

固化的社会生物学视角

对王安忆而言，精神超越之路表现为一种带有乌托邦抒情色彩的倾诉，这种倾诉的精神脆弱性导致作家最终对现实"合理性"的遵从；与此并行不悖甚至互为因果的是王安忆对世俗叙事的痴迷。随着写作经验的积累，精神超越的线索逐渐隐没在世俗叙事的线索之中——越到后来，对世俗生活画卷的精细描摹在王安忆这里越上升到价值性的高度，而对个人精神维度的追寻则越最大程度地退隐。

王安忆的世俗叙事就题材而言，都是市民生活的"边角料"，那种以宏大事件为题材的宏大叙事不是王安忆的风格。在这种叙事中，王安忆展现人类关系和生活表象本身，将精神意义"悬置"了起来。于是这些"边角料"便具有了生物学意义的永恒性质。对这种永恒性质的人类关系的描述和占有，就是对永恒的占有。这也许是王安忆充满虚无之感的写作生涯的潜在慰藉。我们甚至可以将王安忆文本中的"时代生活"挖空，总结出几种基本的人性关系：

1）情爱与性爱。在纯粹的物质关系（性）中，人与人之间能走多远？《小城之恋》《岗上的世纪》从两个相反的方向做出了探索。情爱是什么？《锦绣谷之恋》说，情爱就是一个更新自我的舞台，等到这幕"婚外恋"的布景撤去，重回到往日的生活秩序时，一切又如春梦了无痕。《荒山之恋》因为主人公们的性格，得出这样的认识：爱情产生于"在这样的时间、这样的地方，遇到了这样一个人，正与她此时此地的心境、性情偶合了"；爱情其实是"对自己的理想的一种落实，使自己的理想在征服对方的过程中得到实现"。《香港的情与爱》把一个地点"香港"设定为这场情爱的性质，于是在这个漂泊不定的地方，"情爱"由"物物交换"的关系（男人要求女人的性和陪伴，女人要求男人的去美护照）逐渐变成愈来愈深的恩义亲情，这全是同为天涯漂泊者的共通心境使然。

2）"追求者"。"追求者"在王安忆文本里完全是被嘲讽的对象。从王安忆早期作品《冷土》中农民出身的女大学毕业生，到《妙妙》里的时尚守望者妙妙，再到《歌星日本来》中追求成功的无名歌星山口琼，最后到她的新近作品《新加坡人》里的周小姐，我们可以看到一个有趣的"追求者"形象系列。在《新加坡人》中，王安忆把"周小姐"这个可怜的北方女孩奚落得好狼狈，让心地宽厚的人不忍卒读：她败在上海摩登女孩的光辉下；她穿着细高跟鞋逛博物馆；她化着浓妆穿着睡裙闯进新加坡人的房间做最后的"肉搏"而未遂；她占便宜般地挥霍宾馆里的服务，把它记在新加坡人的账上，然后和一班新认识的法国人扬长而去⋯⋯"追求者"形象使我们发现，王安忆虽然只是旁观人世，却真正是揣摩人情世故的专家。从她对于这些"追求者"的叙述语态和评判立场上看，这时候的王安忆已不能像处理其他主题的王安忆看起来那样具有文化姿态和超拔精神了，她的揶揄是刻薄和毫不留情的，她的目光是世故和充满优越感的，她的立场是站在成功者和强势者一边的，她的同情是倾向于"新加坡人"们的。"追求者"是一个意愿自我与实际自我相错位，并在追求中对此毫无察觉、直至成为物质欲望和个人弱点的牺牲品的族群，王安忆对她们的刻画虽然惟妙惟肖，其意味却无非是一个"有身份的人"嘲讽那些"没身份的人"不够"安分守己"而已。这种处于世俗经验层面而非精神象征层面的意味，触目地表现出王安忆精神境界的有限性与物质性。

3）民间日常生活。王安忆把放眼全人类的目光收回来，落在她的城市上海和上海市民身上。她认为任凭历史怎样前行，民间的人性精神总是变化不大的。在都市高速飞转的经济生活边缘，在无数鸡毛蒜皮家常琐事之间，在心机算计眼色口角衣着饮食之上，是上海人几百年来稳定的脾气性格。《好婆和李同志》《悲恸之地》《好姆妈、谢伯伯、小妹阿姨和妮妮》《鸠雀一战》《逐鹿中街》等对上海的"市民性"做了种种精微的描摹。

在王安忆的短文章里，她曾经表达过对上海物质化的精神气质的不以为然。但是，《长恨歌》的问世，表明她已从这种评价中走出，找到了另一个观察和体验上海的角度——她试图刻画一个风华绝代而又满怀沧桑、多情善感而又寡情善忘的上海魂。正如罗兰·巴尔特用他的符号学话语阐释了日本一样（《符号帝国》），王安忆用她的作家话语阐释了上海。她把上海的灵与肉抽象起来,再重新赋予上海每一块肌体以提炼过的精魂。她把精魂分给上海的弄堂、流言、闺阁、鸽子、片厂,又从这些东西里面提炼出一个完整的魂、上海沧桑的背负者——王琦瑶。王琦瑶的一生是上海生活史的见证和上海性格的化身。她周围的一切人物都象征了上海的一点内容:李主任是权力,他使王琦瑶做了女寓公;程先生是上海宁死不屈的一点优雅、绅士、摩登与钟情;康明逊则是上海典型的小开精神,中看不中用;王琦瑶的女儿薇薇代表了一个崭新的摩登时代,盲目新潮又粗制滥造;薇薇的女友张永红则是新一代的王琦瑶,虽然先天不足却秀外慧中,她是上海千变万化表象下的一点不变的魂魄,因为她的承传,苍老的上海永远不死;老克腊象征着这个失去历史的时代的病态的自觉,但是回归历史之路却是那么肮脏可怖——和一个衰老的女人交欢使他感到沮丧恶心;长脚则是这城市这时代的"虚假繁荣"的化身,一旦支撑台面的东西失去,就露出贪欲和杀人的本性来。王琦瑶死在长脚手中。王琦瑶之死宣告了一个城市古典的摩登时代的终结,一种文明的终结——它虽然在本质上虚荣浮华而又卑微低贱,但是站立出来的毕竟是一个风姿绰约、精致迷人的形象,因此她的逝去是那么令人扼腕叹惜。

陈思和先生认为这部作品的深刻之处在于:"《长恨歌》写了家庭和社会的脱离。事实上,除了官方的、显在的一个价值系统,民间还有一个相对独立的价值系统。几十年来,上海市民的生活实质没有多少改变,它有自己的文化独特性,《长恨歌》写出了这种独特的生活规律。"[1]它同时也可以解释王安忆所有世俗叙事的价值动机。王安忆认为,上海人活在生活的芯子里,穿衣吃饭这些最琐碎最细小却最为永恒的活动,最能体现本质的人性。她写这些生活,便是在写人性的本质。我们也发现,的确,王安忆叙写的人性本质不但在她描述的当代背景中成立,而且即使换到遥远的过去与虚设的未来,这一切也会一如既往。

让我们审视一下这种"民间的相对独立的价值系统"和"永恒"的实指——它实际上指的是民间生活的"日常性",即与人的日常生活相关的那些基本稳定的生存常态。这种常态里的确隐含着它自身的价值观念——维系生存的物质至上观,和指导行动与价值判断的利益至上原则。它当然与官方的意识形态至上观有着基本的不同,并往往在冷酷的环境中显示出顽强而温馨的生命亮色。但是当国家对社会拥有绝对权力时,"民间价值系统"本身的脆弱特性便呈现出来,它立刻会变为一张驯顺无声的白纸,任凭权力随心所欲地涂写,而那种所谓的"生命亮色"也只能降低到生物学的水平。关于民间个人的生活习

---

[1] 转引自祝晓风:《王安忆打捞大上海,长恨歌直逼张爱玲》,《中华读书报》1995年11月1日第1版。

性、情趣爱好在"文革"间仍然谋求顽强存在的情形，王安忆的《长恨歌》和杨绛的《洗澡》均有所表现。不同在于：杨绛侧重这种个人空间被损害后的残缺性，王安忆则侧重个人空间在被挤压中的相对完整性。杨绛的"残缺"是因为主人公的精神人格独立诉求遭到摧折与毁灭，因此其伴随物"情趣存在"也残破凋零；王安忆的"完整"是因为主人公根本没有这种精神人格的独立诉求，因此作为其全部生命内容的"情趣存在"如果能保持完整，就意味着生命保持了"完整"。可以说，《长恨歌》写了一个专门为物质繁华而生的族群。因此，所谓"永恒"的、"相对独立"的"民间价值系统"实际上是滤掉了终极性的精神之维后的人的"物质形态"，它既"独立"于国家意识形态，又"独立"于自由个人的精神价值。它超越了历史，而展现为一种社会的"生物学"。

王安忆的世俗叙事表现的正是这种社会生物学图景，同时，也展现出王安忆观察和解释历史的社会生物学视角——虽然从时空背景上看十分广阔，但是其精神意蕴却十分单一。作家们在处理历史与人物的关系时，大体有两种视角。一种是"从历史到个人"——将复杂的历史境遇（或曰存在境遇）作为人性动作的舞台、人性形成的原因和人性内容的一部分，从人的存在境遇的瞬息变化来推动复杂多变的人性变化，这是许多小说大师经常采用的方法。因为历史情境总是千变万化不可逆料的，所以由之而引起的人性变化自然也就带有不可逆料的性质，正是这种不可逆料性产生了创造活动的冒险般的魅力，因此这种作家更像是历史的"不可知论者"和人性的"怀疑论者"。另外一种方法是"从个人到历史"——这种方法隐含了一种"人的'本性'是历史发生的根源所在"的观点，也就是说，这种观点把"人性"看作一种静止定型的事物，并以"万变不离其宗"的意识展现世界的图式。持此观点的作家用归纳法总结人性的模式，又用演绎法推导臆想中的该人性模式影响下的历史，因此这种作家更像是一位"全知全能者"，其笔下的世界是一个必然的、沿着作家的预设前进的、不会发生意外的世界。王安忆是属于后面这种类型的作家。

王安忆选择了一种社会生物学的视角来构造她眼中的世俗世界，世俗世界则以她的社会生物学逻辑来展开。这里"社会生物学"是个比喻的说法，是指作家在描述个人时采取离析具体历史情境对个人的影响的办法，而只表现其人与历史无关的稳定特性。也就是说，在王安忆的观念中存在着一种超越于具体历史情境之外的"原子人"，他／她不受任何力量的制约和影响，而能够单纯完整地表现出自己的"本性"。这是作家观念所虚构的神话。当然，问题不在于它的虚构性，而恰恰在于这种虚构导致一种意义的匮乏，导致了个人与世界的关系在文学作品中的简化，和一种顺天应时的虚无主义认识。我认为这是王安忆世俗叙事的一个最大问题。社会生物学视角一旦固定化，就阻止作家对其描述的世界进行超出该视角之外的丰富、深入而真实的思考，历史存在情境为个人的丰富性所提供的无限可能也难以进入作家的叙述。这样，作家对个人和历史的叙述就陷入一种僵化的困境。

可以说，王安忆的世俗叙事无意之间表现了民间个人在历史中的失名状态。这种"失名"，首先是由"历史"的禁忌性导致的——它不允许自己被真实地讲述，也就是说历史本身是"失名"或曰被"伪命名"的；其次，"个人与历史的脱节"是"个人失名"的真正原因。这种"脱节"，这种个人对历史的逃离，本是不自由的个人上演的不得已的惨剧，也可被看作一幕幕椎心刺骨的悲剧，但终究不是自得惬意、自我选择的喜剧。遗憾的是王安忆的《长恨歌》所流露的恰恰是最后一种含义。

从这一点上说，王安忆是一位虚无的乐观主义者，她把个人对历史的忍耐力——而不是个人在历史中的创造力——看成人的最高实现。"忍耐"，它并没有作为一个明确的主题出现在王安忆的作品中，但是在她把以人情世故为本体的叙事赋予不可抗拒的美学感染力时，也就自然而然地把它转化为对现世情状的悠然把玩，而这恰恰是另外一种形式的"忍耐"，对历史侵犯力和异化力的忍耐。在一个特定的历史语境中，这种忍耐是致命的无力。

不冒险的和谐

无力而无意识的忍耐精神，使王安忆的近年小说呈现出一种"不冒险的和谐"面貌。由于她的叙述语言秉承了母语的美感，甚至可以说秉承了准《红楼梦》般的语言格调，这些作品的"和谐之美"便很容易被认为是对中国古典文化传统的承绪与光大。对于导致这种表层美学效果的深层精神成因，我愿意运用"冒险"这一极具魅力的文化概念，加以审慎的辨析。

这里"冒险"并非一个封闭的文化概念，正如哲学家怀特海自始至终所强调的那样："没有冒险，文明便会全然衰败。""以往的成就都是以往时代的冒险。只有具有冒险精神的人才能理解过去的伟大。"[1] 它主要指涉的是：在一个其合理性、公正性和创造性已日渐耗尽的秩序中，那些挑战这一秩序的安全、常规与边界的创造性思想与行为。当伪现实主义的僵化文学样式、瞎浪漫的"革命"思维模式统治着中国文坛的时候，80年代的一些先锋诗人和小说家展开的"形式革命"与"微观叙事"就是一种生机勃勃的冒险，是创造性的艺术实践；但是，90年代以后，当形式修辞与私人生活领域的禁区实际上已不复存在，而在社会思想领域却雷区密布、公共关怀遭遇阻碍、绝对权力导

---

[1]［英］A. N. 怀特海：《观念的冒险》，周邦宪译，贵州人民出版社2000年10月第一版。

致的社会不公与苦难真相被强行遮蔽的时候，艺术上不触及任何群体或个人的真实险境的"形式革命"与"微观叙事"则不仅不是"冒险"，不是创造性的艺术实践，而且恰恰相反，它们充其量只能算"取巧"而已，对于整个文明说不上有什么贡献。因此，在这种语境下，在艺术作品中表达"自我"对"真实"的观照与创造，以及"真实"对"自我"的影响与穿透，才是真正富有生命力的冒险。

当然，何谓"真实"，又是一个纠缠不清的概念，我更倾向于一位纪录片工作者对"真实"的界定："形而上的真实也许是深不可测的黑洞，无法被现实的光穿透。或许，为了理解的方便，我们可以和应该用另一个问题来表述：我的真实是以什么样的方式建立起来的，是基于什么立场上的对真实的调查？说到底，真实是一种叙述方式，它必定要把藏在它背后的叙述者暴露出来，不管它是以什么样的方式隐藏着或躲避着，因为它一定是存在着的。那么，于此存在的就是叙述者的立场、观点和方法，所以真实其实是一种价值判断，它是基于价值立场上的叙述，它本身就是对价值立场的建构。"[1]对于作家来说也是如此。选择何种价值立场，便意味着选择何种"自我"，何种"个性"，何种"真实"，何种叙述。在当下我们所身处的权力—市场化空间里，强势集团对公共利益强行掠夺所造成的社会

---

[1] 吕新雨：《什么是记录精神？》，《东方》杂志2002年第10期。

不公正氛围，弱势群体由于几无容身之地而产生的生存与精神危机，从整个社会的畸形生态中生长出来的实利主义与蒙昧主义相结合的价值取向，使良知尚存者耻于站在权力者一边。站在无权者、被剥夺者的一边，站在"沉默的大多数"一边，是渴望真实的写作者真正的冒险。

是的，站在沉默的大多数一边，对"真实"进行忠直的描述与勘探，在真实判断之上反对愚蠢、无趣和谎言，进行勇敢的智慧、反讽与想象力的实践——如此底线性的写作立场，竟然是我们这个社会的一种精神冒险。这种冒险不仅仅是对"责任感""使命感""道德感"等存在于生命本能之外的伦理吁求的遵从，更重要的是，它是一个自由、健全而广阔的生命自我对于难度和有趣的必然要求。渴望有趣就会渴望难度，渴望"反熵"。在一个良知、真实和智慧均受到挑战与否定的社会中，最有"难度"、最"反熵"的事就是反对愚蠢、无趣和谎言，就是追寻良知、真实和智慧；只有这种负重而冒险的行动才会诞生自由生命的真正张力，才会在人类文明的链条上接续自己无愧的一环。那种把"有趣""冒险"和"创新"局限于修辞领域的主张，实际上是一种盆景价值观的产物，其结果是对自由广阔的个体生命之域的人为贫窄化。相反，若把反对愚蠢、无趣和谎言的精神冒险实践于文学创作的意义层面，则作家在思想和创造力的自由与解放中发出"真实之声"的同时，必会带来真正的修辞领域的创新。

但同时,道德主义的教条化则也可能给"精神冒险的文学"带来禁锢与伤害。如果"良知写作""草根写作"有朝一日蜕变为苦难与不公的平面展览、愤怒与凄苦的廉价呼号,它也就失去了一切的文学价值。文学是作家对世界的心灵介入,他/她须首先了解的是自己的丰富的心灵,而非越过自己的内心,转向对外部世相的博物学搜集。他/她只有以自身丰富的内心体验来描述自我与他人的世界,作品才会有"心的探讨""生的色彩"与"力的表现"(顾随语),他/她才会写出真的文学。"如何始能有心的探讨、生的色彩?此则需要有'物'的认识。既曰心的探讨,岂非自心?既曰力的表现,岂非自力?既为自心自力,如何是物?此处最好利用佛家语'即心即物'。自己分析自己探讨自己的心时,则'心'便成为'物',即今所谓对象。天下没有不知道自己怎样活着而知道别人怎样活着的人,不知自心何以能知人心?能认识自己,才能了解人生。"[1] 把"自我"作为"客体""对象"来探讨,而非拿它当作自恋、自足的戏子来表演——并在对自心的深刻认知之上,延伸作家对整个世界的体认与表现,这是文学的魅力所在。在对自我和世界的真实而无遮蔽的"心的探讨"中,我们这个充

---

[1]《顾随全集3·驼庵诗话》,河北教育出版社2000年12月第一版,第5页。

满禁忌的精神虚弱的世界，必将对此探讨设置重重阻碍与困境，许多真实的思想必被禁止说出，许多真实而刁钻的形象必被列为非法，许多汪洋恣肆的想象必不可以浮现。但是，也只有这种冒险性质的探讨才是这个世界的精神精华，它们必须浮现。回避这种冒险，一切皆在现有的规范框架内进行的文学，实际上违背文学的真正伦理与真正的精神。

以此维度考察王安忆的小说写作，我无法不产生一种深深的失望与遗憾之情。虽然从她的近年作品中，我们能看到她写作技巧的纯熟、对东方之美的敏感、把握人情世故的精准和捕捉生活细节的神通，就如同一位炉火纯青的大内高手，或者一位技艺精湛的音乐家，意到手到，绝无力不从心之感；但是，在这些技术表象之下，一种真正禁锢创造力的"远离冒险"的保守情结已凝聚为她作品的灵魂，换句话说，王安忆作品呈现出来的"不冒险的和谐"面貌，瓦解了她的写作本身的价值。这种"和谐"，借用怀特海的话说，就是"在相对缺乏高级意义客体的经验中的那种性质上的和谐……这样……派生出的和谐是一种低级的和谐类型——平淡、模糊，轮廓和目的都不突出。在最好的时候，它只能以一种陌生感激动起来，而在最糟的时候，它便凋零为无意义的东西。它缺乏任何能激动深层感觉的强烈而兴奋的成分"[1]。

"在相对缺乏高级意义客体的经验中的那种性质上的和谐……它缺乏任何能激动深层感觉的强烈而兴奋的成分。"——这句否定性的话语虽然不那么中听,但我个人认为它的确适于评价王安忆近年文本的"和谐"特性:她近年小说的主人公,其个人主体性被极大地弱化,其灵魂世界不被呈现,其行为严格遵循日常生活的机械生存准则,在《长恨歌》《富萍》《上种红菱下种藕》《新加坡人》等小说中,"日常生活的机械生存准则"被提升到存在本体论的地位,并以一种"东方奇观"的形态出现在读者的视野之中——这一切不能不说是缺乏"意义"和能激动深层感觉的成分。同时,在作家对人物和环境的叙述态度里,则隐含着她无处不在的"世俗规范性"思维,隐含着她对中国传统的自然价值观的回归,这种意愿无声地体现在她营造的"浑然"与"和谐"的美学意境里,构成一种对深受西方都市文明濡染的现代人(包括东方的与西方的)而言十分陌生的"东方情调",以及由这种"情调"而引起的沉浸和迷醉,但是却不能引起局内之人对此种充满"物质性"或曰"精神贬抑性"的文化的必要省思。更值得指出的是:王安忆自《长恨歌》以后所写作的长、中、短篇小说,其精神内涵、写作手法、结构方式、语言

---

[1] [英]A. N. 怀特海:《观念的冒险》,第329页。

形式等方面的单调重复，几乎是显而易见的——作家似乎已形成一套关于"东方平民生存方式与价值观"的表达语法，她近年的所有小说几乎都是这种"语法"的变体。她的写作寄身在这个无论是官方／民间还是精英／大众都没有异议的"语法"里，在其合理性已日渐耗尽的现实秩序和文化秩序中显得既和谐又安全，没有给沉睡的文化文学空气以任何清新的刺激。对于一个被经典化的作家而言，这可以说是令人遗憾的。

或许会有论者认为：王安忆的这种"不冒险的和谐"恰恰是对我们这个地域、时代和社会的一种高度写实，正如罗伯-格里耶所表现的"人的物化"也是该作家的"高度写实"一样。关于罗伯-格里耶式"高度写实"的写作，索尔·贝娄引用康拉德的话表达了他的批评态度，在此也可用以表明我对"王安忆式的写实"的批评态度：艺术家所感动的"是我们生命的天赋部分，而不是后天获得的部分，是我们的欢快和惊愕的本能……我们的怜悯心和痛苦感，是我们与万物的潜在情谊——还有那难以捉摸而又不可征服的与他人休戚与共的信念，正是这一信念使无数孤寂的心灵交织在一起……使全人类结合在一起——死去的与活着的，活着的与将出世的"[1]。

如果文学是一个无法进行价值判断和价值选择的领

---

[1][美]索尔·贝娄：《赫索格》，宋兆霖译，漓江出版社1985年7月第一版，第479页。

域，那么我就应当对王安忆式的写作和康拉德式的写作同样地尊重；但是，如果让我进行价值选择，那么我就会毫不犹豫地站在后者一边，并说出对前者的不满足感。

最需要强调的一点是：在《长恨歌》之后的创作里，王安忆的弱化主人公精神主体性的倾向有增无减。这或许可以解释为：作家的小说写作已跳出创造"个性人物"的狭小目标，而让小说中的一切元素——包括人物——服务于她的表达文化观念的需要。在这方面，同样以表达文化观念为使命的赫尔曼·黑塞的长篇小说《玻璃球游戏》，在人物塑造上与王安忆恰成对照。为了寻求人类精神的"共同的公分母"，黑塞创造了约瑟夫·克乃西特这个玻璃球游戏大师的形象，他没有太多的个性，因为他是个为了服务于人类精神之成熟和美好而自愿消除表面个性的人，他的"消除个性"是在已经高度发展了自我精神主体性之后而采取的有意识的牺牲行为，是"精神主体性"的理性果实，由此，黑塞赋予了他一个如宇宙般广阔的灵魂，随时准备启程前往新的生活领域。

王安忆笔下的主人公们——譬如沪上名媛、普通市民、女大学生、富商巨贾——也都是些"没有个性的人"，但却是被"日子"所裹挟的人，是精神主体性尚未发育、由"物质世界"决定其精神存在的人，也是没有灵魂空间的人，他们服务于王安忆的表现东方平民生存价值观的目的，而这种所谓的"东方平民生存价值观"——我暂且这样概括吧——与其说是现实地存在并为王安忆所"反映"的，不如说是王安忆自身对"东方平民"想象的产物。问题不在于它是一种想象，而是在于王安忆对这种"东方平民生存价值观"所取的文化态度——它带有文化建构的意味，带有文化相对主义的意味，它以一种"记忆"和"记录"的面目呈现，似乎在给一切跨文化的当代观察者提供一个个具有"文化特异性"的奇观文本：我们东方人、我们中国平民百姓就是这样子生活和思想的，我们没有那些形而上的焦虑，没有那些戏剧性或悲剧性的冲突，我们对那些天下大事不感兴趣，我们就是生活在物质里、琐屑里，我们就是这样一个族群，我们就是这样一种文化，我们在这种文化里生活得很悠然，我们这种文化有一种独特的优点，因为她的这种优点，她是可赞美和应当长生不死的。现在，她遭遇到"现代性"这个强大的敌人，她被逼到了末路，而这一切是极可哀惋的。我以为这是王安忆小说文本的潜台词。

具体来说，《长恨歌》写的是19世纪40年代至19世纪80年代沪上名媛"王琦瑶"及其相关者的日常生活，《富萍》写的是六七十年代"奶奶""富萍""吕凤仙""舅父""舅妈"等上海底层市民的日常生活，《上种红菱下种藕》写的是八九十年代市场化转型期的浙江乡镇人家的日常生活，《新加坡人》写的是当下上海新贵及其周围人等的日常生活……值得注意的是，王安忆把这些"日常生活"的广阔时空裁剪为单一的"物质生活"的一角。对于她笔下的人物，作家不表现他们任何带有"精神主体性"的情感悲欢，不揭示任何现实历史带给他们的精神与物质生活的变故，不触及任何"日常生活"里蕴藏的丰富而复杂的内心生活和灵魂戏剧。当然，所谓的表现、揭示和触及"他们的精神主体性"，其实正是作家自己的精神主体性。作家在小说中放弃了对"自心"与"他心"的探究，而选择了从"物"（其中，"规则"是"物"的一种）的角度、非智力化与非精神化的角度，若即若离地揣测和解释世界的秩序。

于是，底层如富萍们、小康如照顾秧宝宝的李老师一家、资产阶级如"新加坡人"，他们触摸的是物，思考的还是物：简陋的物——账本、布头、饭菜、家务、邻里关系……繁华的物——酒店、饭局、俱乐部、摩登时尚、阶层社交……在叙述这一切的时候，作家的秩序意识——或曰"世俗规范"意识——时时流露出来，有时是无形的流露，有时则是流露在行文里，流露在那种中产阶级式的、"规则掌握者"的优越感语调中："那两个小妹妹都有些呆，做梦人的表情。这是年轻，单纯，生活在小天地里，从来不曾接受过外人馈赠的小姐。所以，对自己得不着的东西想也不敢想的。这就是本分。别看这城市流光溢彩，繁华似锦，可那千家万户的宝贝女儿，都是这样的本分人。其实是摩登世界磨炼出来的，晓得哪些是自己的,哪些是人家的,不能有半点逾越,这才能神色泰然地看这世界无穷变幻的橱窗。""到底是自知没有骄人的青春,很识相知趣,一点不放纵任性。"[1]"虽然在上海生活了三十年,奶奶并没有成为一个城里女人,也不再像是一个乡下女人,而是一半对一半。这一半对一半加起来,就变成了一种特殊的人。她们走在马路上,一看,就知道是个保姆。"[2]"本分""识相知趣""一看,就知道是个保姆"……虽然这些只是一种认不得真的叙述语调,但是它们表明王安忆观察人与外部世界的角度——阶层标志、世俗规范已成为她晚近作品的核心内容。如果说文学的重要价值之一,就在于打破世俗等级规范加诸人类的物质羁束,代之以只有在上帝面前才会有的精神平等与灵魂自由,那么王安忆的近年作品则表明她已放弃这一价值路向,转向了对世俗规范和现实秩序的认同。如果追溯得远些的话,王安忆的这种认同,可以说是对"绝圣弃智"的道家自然主义传统和"长幼有别,尊卑有序"的儒家等级传统的回归。在一个权威主义和国家主义盛行的时空里,一个经典化作家选择此种价值立场是令人扼腕的。

作为一个成熟的作家,王安忆在小说里从不直接出示她自己的价值判断,但是她的灵巧之手编织出来的一帧

---

[1] 王安忆:《新加坡人》,《收获》2002年第4期。
[2] 王安忆:《富萍》,湖南文艺出版社2000年9月第一版,第5页。

帧细节图景，她的温婉疏淡不动声色的语调，会导引你走向她认定的去处。在长篇小说《上种红菱下种藕》中，她似乎是在讲述一个浙江乡镇小女孩眼里的世事人情，但最终，她是要为即将逝去的"乡土中国"及其相应的生存方式和伦理体系唱一首挽歌。在小说的结尾，秧宝宝随父母离开乡镇到大城市去，一声叹息在秧宝宝的身后悄然升起："这镇子渐渐地抛在了身后……它是那么弯弯绕绕，一曲一折，一进一出，这儿一堆，那儿一簇。看起来毫无来由，其实是依着生活的需要，一点一点增减，改建，加固……它忠诚而务实地循着劳动、生计的准则，利用着每一点先天的地理资源……你要是走出来，离远了看，便会发现惊人的合理，就是由这合理，达到了谐和平衡的美。也是由这合理，体现了对生活和人，深刻的了解。这小镇子真的很了不得，它与居住其中的人，彼此相知，痛痒关乎……可它真是小啊，小得经不起世事变迁。如今，单是垃圾就可埋了它，莫说是泥石流般的水泥了。眼看着它被挤歪了形状，半埋半露。它小得叫人心疼……"[1] 可以说，《上种红菱下种藕》表达的是一种文化的忧思。在王安忆的叙述中，这个江南小镇的居民为了获取利益而经商，而投身到内地大都市或者国外去，逃离和背叛了他们的乡土中国，他们的人伦亲情。一种极其"合理""谐

---

[1] 王安忆：《上种红菱下种藕》，《十月》2002年第1期，第224页。

和""平衡"的文明，就这样被逐利的世道人心吞没了，这是王安忆的含蓄的哀伤。

这种文明的哀伤，从一种旁观者的视角来看是可以成立的，或者借用王安忆文本中的话——"你要是走出来，离远了看"——是可以成立的，正如公子王孙在烈日当头之时感叹"农家乐"是可以成立的一样。但是，如果你"走进去"呢？如果你就是这片乡土中国上的一个辛劳而无收益的"农家"本身呢？如果你一年的艰辛还不够交税，更不能给爱子以求学和成人的未来，自己的晚景也无法保障呢？——你还能哀惋人们对乡土的逃离和对这种文明的背叛吗？还能赞叹这种文明的"谐和平衡的美"吗？那些生长在乡土上的人，他们为什么远离了故乡？他们为什么孜孜于对财富的追逐？他们心灵的荒芜起因于何？他们承受着历史和现实强行加诸他们身上的多少重负与困境？他们在重重困境中杀出一条血路，需要犯和被犯多少罪孽，需要忍受良知与情感的多少创伤？……这些疑问，或许不是没有价值的，但是我们没能在王安忆俯瞰式的叙述中找到她对此种精神命题的思考。在她的叙述与真实生存的人们之间，有着一层牢不可破的隔膜。

因此，如果说赫尔曼·黑塞式的写作是致力于寻找东西融合的路径，致力于探求人类精神"共同的公分母"，那么可以说，王安忆式的写作则致力于建构一种因"特异"和"不可通约"而被观看、而重要的文化,致力于制作各种固态的文化标本。黑塞式的写作是过于艰难了:在法西斯主义横行的年代里,他以人道和自由为底线的寻求人类文化之新可能性的探索,实在是危难丛生的精神冒险。但是,王安忆式的写作又是过于容易了:在这个以实用功利主义和蒙昧主义为价值导引的权力—市场化社会,在这个人道和自由的底线渐趋模糊的时代,一个被经典化的作家作为沉默而模糊的一份子,为这个社会贡献出与它的时尚趣味相一致的精神产品,毕竟是没有任何"风险"可言的——它既不必激发自身的不安,也不必激发他人的活力,一切是如此平静而安全。

当然不能说,作家必须要成为"冒险家"或曰"捣蛋鬼",但是,一个对自身的创造力和文明的更新力抱有责任感的作家,却一定在某种程度上是某个僵死秩序的"害群之马"(米兰·昆德拉语)。他/她会以自身的才华、智慧与道德的勇气,剔下陈腐文化秩序上的沉渣朽肉,在仍有活力的传统之躯上,生长自己健壮的骨血与肌体。挑战外部的与自我的边界与局限,这是写作的最具魅力的冒险。

1996年5月初稿,1999年修改
2001年3月以《失名的漫游者》为题发表于
"世纪沙龙网"与"诗生活"网站
2002年10月据王安忆近年新作最后改定

未曾离家的怀乡人

论贾平凹

1

卡尔维诺在《〈奥德赛〉中的奥德赛》一文中提出了"遗忘未来"的主题:"尤利西斯从枣莲的力量、塞喜的魔药与赛伦的歌声中所拯救出来的,不只是过去或未来。记忆的确很重要 —— 对于个体、社会、文化来说都是如此 —— 不过它必须将过去的痕迹与未来的计划结合在一起,让一个人可以去行动,却不忘记他先前想做什么,让他可以成为,却不停止保持他现有的存在,让他可以保持现有的存在，却不停止成为。"[1]这段话读来拗口，但我喜欢它的意思。自由的元素。创造力的起舞。肯定思维与否定思维的螺旋交织。互为助力的过去、现在与未来……实际上，它是作家卡尔维诺对"生命意志"的重申。这位极富男子气概的伟大作家终其一生看重行动并不亚于看重写作，且他把必将形成某种精神结果的写作看成人类的严肃行动之一种。也因此，写作在他这里不能仅仅记忆和见证，而是更要开启未来的精神之门，成为"有根之人"经由"现在"的行动创造"未来"之美好可能性的动力和养分。

那是一种理想的境况。在历史失真、未来无着之地，记忆过往和见证当下却不得不被赋予绝对的意义——它变成一份崇高的道德，一种艰难的伦理，即便在文学的虚构领域，其价值观也是如此。但是，记忆和见证一旦被绝对化，便斩断了其通往未来的生命之路。创造力先前被"谎言"所腐蚀，现在又被"真实"所挟制。在绝对而封闭的记忆和见证中，我们精心收藏的，可能只是过去和现时的风干的尸体，而非奔赴未来的血肉之躯。

---

[1] 卡尔维诺：《为什么读经典》，李桂蜜译，台北，时报文化出版企业股份有限公司，第12页。

2

"高老庄"是一个污泥浊水、世故纷繁的村庄。在贾平凹的笔下，这个虚构的村庄石碑遍地，树碑年代从宋至清，碑文关乎劝桑养蚕、修桥救荒、水道争讼、剿匪安民、孝子节妇、官僚商贾……今天看来，净是些喜剧色彩的鸡毛蒜皮、日常流水，但在当时祖先眼里却是惊天动地的功业馨德，堪可勒石立碑，以成不朽。现在，这些意欲占有未来的碑石，已失去"未来"之人的任何敬意——它们不再巍巍乎矗立以供仰瞻，而是倒伏在猪圈里，斜趴在茅厕旁，变成了搁放盆罐的石桌面，或东倒西歪的拴马桩……那些碑文，除了被一个名叫西夏的女人带着考古学兴趣记录下来，已不再与后代村民发生任何关联。

于是，颓败的石碑在《高老庄》里成了醒目的象征物，在身材矮小、猥琐世故的高老庄人中间，传递着祖先的文明业已死去的消息。一种标准的"遗忘未来"的文明。一种妄想通过给"当下"自我加冕以"霸占未来"的文明。一种妄图驱遣"未来"和"过去"以归化"现在"的文明。一种一切只为"当下之我"却冠以"列祖列宗"和"千秋万代"之名的文明。

然而也可以换个角度看待这些碑文。不妨把它们看成一种写作。它们只是一些对未来的可能性缺乏想象力和责任心的人们的写作。写作者只对自己眼前的事情感兴趣，并且相信，只要把眼前事记录下来，立此存照，对未来就有永久的价值。

但是未来告诉他们，不是这样的。

因此也可以说，《高老庄》里石碑的命运，是遗忘未来的"立此存照"式写作之命运的寓言。

这寓言的结局是否会落到贾平凹本人的头上？无论肯定还是否定，都为时尚早。然而贾氏小说的当下情怀中缺少未来意识，却是真的。

3

"未来意识"何意？

即意识深处无时不埋藏着这一问题：我们意愿拥有怎样的未来？

这不是政治家的蓝图绘影。

也不是道德家的虚伪规范。

这是创造者为自己、为自己的造物在挖掘生命泉。

这是一条双向奔涌之泉——经由过去、现在，流向未来；同时，它也从对未来的冀望出发，流经现在，并重塑过往。

4

在小说里，贾平凹完全沉默。我是说从《废都》开始的贾平凹。他几乎是亦步亦趋地传承了明清世情小说的叙事技法，借以不厌其烦地描摹世道人情。但他野心大极，绝不满足于"娱心"与"劝善"（鲁迅：《中国小说史略·第十二篇》），而是想要勾勒一个个多义象征的"中国图式"。这位工笔艺匠懂得如何达成他的目的。他让作品中的形象极其原生实在，作者声音则完全消隐，故而它们的意蕴更其含混难言。这份观感，也许正与贾氏的追求吻合——"我的小说越来越无法用几句话回答到底写的什么，我的初衷里是要求我尽量原生态地写出生活的流动，行文越实越好，但整体上却极力张扬我的意象。"（《高老庄·后记》）

传统世情小说邀人赏玩，贾平凹的笔法使其小说也具备当代文学少见的可赏玩性，但归根到底，他有更严肃的命意——"我的出身和我的生存环境决定了我的平民地位和写作的民间视角，关怀和忧患时下的中国是我的天职"。（《高老庄·后记》）"我决心以这本书为故乡树起一块碑子。""我是作家，作家是受苦与抨击的先知，作家职业的性质决定了他与现实社会可能要发生摩擦，却绝没企图和罪恶。"（《秦腔·后记》）放眼《废都》之后的贾氏作品，说他对现实世界一直毫不退却地持守着见证和批判的写作伦理，当不为过；说他是中国当代文学写实传统的集大成者，亦属应然。

5

贾平凹的写作，表面看起来有着互为对立的双重性：既主流又特别，既中式又西化，既严肃又放荡，既写实又"超现实"，既丑又美……贾氏与其他主流严肃作家最大的区别在于：他是一位最自觉于"中华本位"意识的作家。此种自觉，既可见诸其语言、技法，亦可见诸其整体的文学观、文化观、历史观乃至宇宙观。"如果在分析人性中弥漫中国传统中天人合一的浑然之气，意象氤氲，那正是我新的兴趣所在。"（《病相报告·后记》）

如是，既要"分析人性"，又要"天人合一"；既要"审恶审丑"，又要"意象氤氲"；既要展露现代意识，又要恪守"国族身份"；既要向西行去，又要徜徉于故园……整体看来，贾平凹是"中学为体，西学为用"在文学上的实践者，是一位还未离家就开始想家的精神怀乡人。

6

90年代以来贾平凹的七部长篇小说，所涉主题皆庞大深厚，极易落入空泛。然而贾氏深知规避之道：他勾画"时代的图像"时，从来都绕开"正""巨"之途，而走"偏""细"小径。叙述模式常常是：一个歪七扭八的社会边缘人，混迹于并不起眼的一个偏远地（即便故事发生在"西京"，也要发生在带着"流民"气质的边缘人群中），身不由己地裹进那纷纷扰扰的世事网络中，经历了一段失魂落魄的尴尬事——此小网连结着一个无边巨网，此处一琐碎泼烦的事情，即是那无边巨网之中心震动的回声，由是，贾平凹意欲转喻性地呈现此一时代的精神样貌。在向此目标行进的途中，贾平凹的叙事绝无声如洪钟、正襟危坐之时，而是一个蓬头垢面的羸弱汉子，捧着糙碗，蹲于地下，和你一边吃着饭一边东家长西家短地低声嚼着舌头根。他的样子是憨厚而没出息的，内心是狡黠而有追求的。因了这，你连他荒诞不经的鬼话都信了。

《废都》之后贾平凹定型了他的叙事语言和风格。有时他用传统说部的文白间杂的叙事语，比如《废都》《白夜》《高老庄》；有时他用商州方言土语，比如《秦腔》；有时他也用当代标准语，但会吸收前两者的语言风格，比如《土门》《怀念狼》《病相报告》。当他使用这种语言叙述当代生活时，其观照目光既不来自当代，更不来自未来，而是来自古老中国的幽灵；新的、无根的当代生活，由此也变成了旧的、生根的历史往事的延伸，从而使过于日常习见的当代人、事、物，得以陌生化。

《废都》集中了贾平凹在此方面的尝试，从中可以明显看到他从《红楼梦》《水浒传》《金瓶梅》等说部偷来的手艺。开篇的"贵妃土生奇花""天有四日"，与《水浒传》开篇相近；唱歌谣的老者与《红楼梦》的"一僧一道"功能相同；孟云房给周敏讲说"西京四大名人"，简直就是在克隆《红楼梦》的"冷子兴演说荣国府"。至于书中女性一律被称作"那妇人""女人"，人物对白的句末喜用"的"字，无不来自说部遗韵；而整部书的情色描摹与《金瓶梅》的师承关系，则已多有评说。但更本质地表现出《废都》与古典说部传承关系的，是整体上的叙述视角、气质和节奏；那种日常生活本身即是目的、排除一切形上空间而沉迷其中的叙事态度，实是一种前"五四"的说部态度。随便举出一段：

> 妇人在草丛中小解，无数的蚂蚱就往身上蹦，赶也赶不走，妇人就好玩了这些飞虫……提着来要给庄之蝶看，就发现了这一幕……见庄之蝶伤心落泪，也不敢戏言……妇人说："这阿灿肯定是爱过你的，女人就是这样，爱上谁了要么像扑灯蛾一样没死没活扑上去，被火烧成灰烬也在所不惜；要么就狠了心远离，避而不见。你俩好过，是不是？"庄之蝶没有正面回答，看着妇人却说："宛儿，你真实地说说，我是个坏人吗？"妇人没防着他这么说，倒一

时噎住,说:"你不是坏人。"庄之蝶说:"你骗我,你在骗我!你以为这样说我就相信吗?"他使劲地揪草,身周围的草全断了茎。又说:"我是傻了,我问你能问出个真话吗?你不会把真话说给我的。"妇人倒憋得脸红起来,说:"你真的不是坏人,世上的坏人你还没有见过。你要是坏人了,我更是坏人。我背叛丈夫,遗弃孩子,跟了周敏私奔出来,现在又和你在一起,你要是坏人,也是我让你坏了。"妇人突然激动起来,两眼泪水。庄之蝶则呆住了,他原是说说散去自己内心的苦楚的,妇人却这般说,越发觉得他是害了几个女人,便伸手去拉她,她缩了身子,两个人就相对着跪在那里哭了。[1]

人物行为、对话是以如此不带景深的白描方式叙述,有一种陈腐、酥麻、抽离意识深度的"春宫话"风格。有趣的是,由于历史感的介入,我们在阅读传统说部作品时,对类似的叙事方式并无陈腐之感,因为它正是彼时彼地文化风俗的自然产物。而贾氏如此道来,实质上却是一种叙事方式的跨时空"引用"行为——当代的文化、风俗和精神形态与说部时代相比,皆已世异时移,"直接挪用"便成为不自然的。但贾平凹的"新说部体叙事"佯装

---

[1] 贾平凹:《废都》,北京出版社1993年,第418页。

自然，而对其与当代语境的错位忽略不计。这错位恰恰形成了他的风格，并赋予其小说以强烈的文化和审美特异性。但是，这种刻意"去西方化"的写作是否使贾平凹的作品获得了更独特的个人性？更新鲜的感受力？更蓬勃的想象力？更敏锐和深刻的精神洞察力？对此我并不乐观。相反，对"民族性"的刻意强调与追寻，前设性地在文本形式和思维方式上努力于"中西之别"，已成了紧箍在贾平凹头上的咒语，一个先验的精神之"圈"，抑制了这位作家的精神自由。

7

"我觉得文学更要究竟人的本身。人是有许许多多的弱点和缺陷的，比如嫉妒呀，吝啬呀，贪婪呀，虚伪呀，等等等等。这类小说，或许说任何新的小说，却都是应该有着民族的背景。""这么多年，西方现代派的东西给我影响很大。但我主张在作品的境界上，内涵上一定要借鉴西方现代意识，而形式上又坚持民族的。""日本的川端康成是这样，大江健三郎是这样，马尔克斯也是这样，这些大师之所以为大师，是他们成功了，而我们仅仅是意识到还没有完成自己独特的写作。""必须加入现代，改变思维，才能用现代的语言来发掘我们文化中的矿藏。现代意识的表现往往具有具象的、抽象的、意象的东西，更注重人的心理感受，讲究意味的形式，就需要把握原始与现代的精神契合点，把握如何地去诠释传统。一部好的作品关键在于它给人心灵深处唤起了多少东西，不在乎读者看到了多少，在乎于使读者想起了多少。"[1]

需要把以上所引和贾平凹的作品对照来读，它至少可以使我们免于把其作品中一些极不悦目的特征，归因于作者下意识的"嗜痂成癖""阴暗心理"和"病态人格"等私德因素。一切都是有意为之——他意欲自己的作品成为省察国人弱点和缺陷的一面镜子，是以《废都》之后不见了他早期的纯净诗意，反被丑陋、肮脏和琐碎的意象充满。这是贾平凹基于自身对现实的认知与责任感而形成的"审丑"美学，是他对"现代意识"的理解与实践。但由于其作品几乎消弭了写作主体和叙述对象之间的观照距离，使"审丑"的"审"已让人无法觉察，而只剩了"丑"，以至于其生命感常与明清说部"宣扬秽德"的"猥黩"相近。

在文本形式上，贾平凹做出了多层面的本土化探索：吸收话本小说的"散点叙事"手法，但撤掉了"说书人"的台子及其高腔大嗓；撤掉了因明确的表演性质而设置的章回，而多编织流荡漫溢的网状结构，"说平平常常的话"；人物无深度思维活动，只显现其行为言语；采取明

---

[1] 胡天夫:《关于对贾平凹的阅读》，见贾平凹《病相报告》，上海文艺出版社2002年。

清世情小说的叙事框架,"大率为离合悲欢及发迹变态之事……描摹世态,见其炎凉"(鲁迅:《中国小说史略》,第十九篇),又间以"命意在于匡世"的谴责小说笔法,以形象塑造而非抽象议论的方式"揭发伏藏,显其弊恶,而于时政,严加纠弹"(同上,第二十八篇);不时"魔幻"一下,但为了避免"不够中国",也将其处理成乡俗巫蛊,为民间所习见……在这一幅幅透着颓败古意的当代风俗画里,贾平凹试图埋下一个个催人警醒的危机陷阱。是的,是土质的陷阱。不是耀亮于天际并照人前行的信号弹。他寄望于摔跌的痛感带给阅读者以清醒,而不要闪亮的光弹予人的炫目。他怕读者误以为那是狂欢胜利的礼花。必须杜绝希望的幻念。必须攫住绝望的真实。这才是最深刻的认识。唯有深刻的真实,才能抵达文学的至境。这种逻辑的极端之作,便是2005年出版的长篇小说《秦腔》。

8

《秦腔》忧思深广,叙事繁密,绘就了一幅乡土中国之传统崩溃、精神离散的末世图景。在这部最大程度地"还原生活"的作品里,创作主体拒绝对"真实"动用任何刀斧。小说以疯子引生为叙述人,让人物、生活直接说话——人物是那种真实得好像非由作者塑造、而是从现实"掉"进了小说里的人物,生活是那种细节高度遵循常理、整体则疯狂不可理喻的生活。表面上看,小说常玩一些"真魂出窍"、魔形幻影、颠三倒四的叙事游戏,似乎十分的"超现实",然而它大体可因叙述人的"疯"而自洽,同时,其本质也无非是现实生活的投射而已。

小说的整体,是对乡村"日子"的结构性模仿。这"日子",在以清风街夏氏家族为重心的世俗关系网络中缓慢沉滞地展开。它一扫既往乡土文学的牧歌情调,从一开始就散发出鄙俗腌臜的土腥味,进而层层深入地复现乡村日常生活的烦冗面目。它的烦冗是熬心的,磨人的,无意义的,被抛弃的,无光亮无尽头而令人发疯的。阅读此书需高度的耐心和意志,写作此书呢?恐怕需要超人的耐心和意志吧?更得加上入木三分的世俗洞察力。这个看似不加营构的文本层次繁复,难以描述,只好生硬地理出如下意义线索:

a. 关于权力等级秩序的集体无意识:这是笼罩全书的心理基调,它透过疯子引生的眼睛,看见从清风街出去的名作家夏风娶了这里最美丽的女人白雪;看见夏家从人上人的显赫走向衰落;看见不同身份的同村人的丧仪和装裹也分三六九等;看见夏君亭的强与秦安的萎,看见夏天义家的狗也只和乡政府的狗谈恋爱……小说在无数细节上提醒着权力等级意识对人物行为、处境的决定和影响。

b. 土地的衰败与道德的崩解：小说塑造了夏天义这个"当代愚公"，他对蚕食耕地、无人稼穑始终无法释怀，在和夏君亭关于"清风街村如何发展"的角力中失败之后，他向天挑战，"逆历史潮流而动"，带着仅有的两个追随者疯子引生、哑巴孙子和一条狗，到七里沟淤地种庄稼。崖崩让夏天义葬身土下，暗示着土地最终的衰败命运。而"顺应历史潮流"建了农贸市场的君亭，后来免不了只是个酒楼上寻欢的腐化干部；曾经的淳朴农家女，也因了"市场经济"在乡村的蔓延而出卖己身。与贾平凹早期讴歌商业文明之进步不同，现在的贾平凹则把城市—商业文明描述为道德崩解的渊薮。

c. 秦腔没落，传统逝去：夏天智这个整天在马勺上画秦腔脸谱的小学校长，在家事凄凉的境况里郁郁而终；白雪这个"菩萨一样"美丽的女人，也终落得剧团解散、四乡走穴、家庭解体的凄惶。她和夏风生了个没有肛门的畸形丑儿，作者在此埋藏何种寓意？小说多处照抄秦腔曲谱，想是欲为濒临消亡的秦腔多一个埋尸处？清风街人越来越爱流行歌曲甚于秦腔，白雪象征的土地美德渐渐沦亡。

d. 农民的卑微与重负：农民狗剩率先在国家"退耕还林"地的树苗间种了菜被罚款二百，因交不起罚款而喝农药自杀。夏天智去责问乡长，乡长说："这是在开会！"民官视民命如草芥之状，跃然纸上。书的后半部分叙述

"年底风波",借着村干开会将农民负担项目一一列举,村干们到贫困农民家抢粮抢物以充税费,如狼似虎的逼税图呼之欲出……对底层农民的卑微和重负,作家以平淡琐碎的叙事表达其悲天悯人的同情。

e. 人心的贪婪:贾平凹最擅长写人的吝啬贪婪。夏天礼平日吝啬,常暗以银元换钱,以致被抢遭打,死不瞑目,但当银元相碰的声音响起时,他的双眼立即闭合。梅花因贪黑车票钱致丈夫受罚,需五千元钱给上善去打点,她却犹豫:"五千元呀?!"贪吝之状形神毕现。

f. 爱之无能:小说里疯子引生是最富激情的人物,但他既无世俗资格去爱白雪,又无精神语言表达此爱,而只能诉诸千百种波涛汹涌、暗昧不洁的生理感受。"爱"在这个泼烦腌臜的世界里,显得如此多余与无能。引生自阉是"爱之无能"的剧烈表达。

…………

贾平凹一直致力于给文本注入多义性,在《秦腔》里更是如此。塑造人物和叙述事件时,他会同时将几条意义线索埋在一人、一事之内。比如写夏天义时,a、b并举,写夏天智则a、b、c、d齐奏,写白雪,b、c、f交织,写引生,则a、b、d、f合鸣……小说的形象世界,因此而血肉饱满,其内涵主旨,亦更加含混难辨。

关于"生存之烦"的密集叙事覆盖了这些线索。作家有意不加拣择，把当下乡村生活的"本相图式"巨细靡遗地复制出来，排除掉任何可能的形上空间；完全从外部描述人物实实在在的言语和行动，不展现人物的任何精神活动（叙述人自身不可避免，然而他的精神活动亦极其直白，多诉诸动作）；时常让人物分泌秽物或遭遇秽物，以此种对读者的感官刺激，来外化人物的尴尬情境或龌龊意识；以传统说部特有的白描笔法，把人物的私人事件和公共事件都作"家长里短""人情世故"化的"私性"处理，一如这些事在乡村所发生的形式本身，从而消除虚夸化的"宏大叙事"与深度化的"悲剧叙事"的任何可能性……这一切手段，都是为了"真实"，为了"究竟人的本身"。

贾平凹的确抵达了真实。那是"社会"的现实层面的真实，以及"人心"的社会层面的真实。那是"物质性写作"抵达的"世相"真实。在这种"真实"面前，贾平凹的写作显现出完全的精神被动性，作家的主体意志强度为零。

需要说明的是，此处所言"作家的主体意志"，非指作家在作品中直接现身说话、申明主旨，而是指在虚构过程中，作家对人物的个性、境遇和命运的安排，对叙事语调、叙述视角和故事走向的选择，必定暗含了其对世界的整体判断与意愿。贾平凹的《秦腔》在判断和反映"真实"的同时，却泯灭了"意愿"——那是主体意志虚无化的自我取消。它的文学结果,便是一种物质化语言观的形成——作品的语言只为"还原真实"而生,每一字句自身未能获得自主性,未能分享源自作者"精神自我"的灵性、直接性和对于心魂的触动力,而是老老实实作为营造"真实世界"的一砖一瓦、构成"潜在意义"的零部件而存在。它们疲惫,灰暗,尘满面,似乎已走到了可能性的尽头。在对外部世界单向度的无限描摹之中,作家的主体意志遭到了窒息与囚禁。如何解救精神的囚徒?抑或无可解救?对此问题的回答方式,划出了艺术的"复调性"与单向性的分野。

9

从《废都》到《秦腔》,贾平凹的小说写作走了一条"直面真实,立此存照"的扎实道路。这位当代中国写实功力堪称翘楚的作家,对不堪热爱的生活饱含了虔诚的敬意,其笔下形象,似乎皆是他长久体验和结识的对象,充满无可湮灭的真切质感,也反射出其批判精神的光芒。我们能够看到,强大的否定性思维赋予了贾平凹洞见现实黑暗的清醒力量,但是,也取消了他对抗黑暗、自我拯救的主体意志。绝对的"否定性",这意识世界的靡菲斯特,它杜绝虚伪的幻念,但也否定上帝的真实。"上帝",这个比喻的说法,祂的又一名称叫作"存在本身",乃是一切存在物赖以存在、赖以获取意义和价值的源泉。这源泉滋养着肯定性思维，赋予人拯救自身、自由创造的原动力。显然，这种肯定性思维在贾平凹那里受到了靡菲斯特的抑制。他有些屈服于它的淫威之下。由于片面现代主义的轰鸣，他误把靡菲斯特的声音当作了最高的真理。"真实！真实！丑陋的真实才是世界最终的面目！"他以为握住了那真实，他便得到了最后的升华。他忘了世界上还有别的选择，黑暗的真实并非定于一尊的真理。如果他放眼于宇宙，当会相信创造者唯有兼具肯定与否定，才能既看破丑，又创造美，如同唯有上帝和魔鬼俱在，世界才能日以继夜，生生不已。

贾平凹需要唤醒他心中软弱的上帝。他应该知道，靡菲斯特的独角戏已快要唱完。这个魔鬼并非对什么都不屈服。当它把一切都认作虚无，它便最终屈服于宿命，于是它露出了创造力衰竭的惨相。上帝这时必须从睡榻上坐起，否则，一个死寂的世界将如何向未来运行？

2006年3月27日凌晨写毕

文学批评家在个人的超功利创造力与人类社会的功利目的之间,扮演一种至关重要的角色。

丙辑

道德焦虑下的反抗与救赎
关于林贤治的知识分子研究

自由是困苦的,它是一粒沉重的种子。

——尼·别尔嘉耶夫

何以如此

别尔嘉耶夫在他优美的《俄罗斯思想》一书里这么说起别林斯基:"别林斯基,作为典型的知识分子,一生都力图实现一种极端主义的世界观。对于富有热情和感性气质的他来说,认识与受苦是同一件事……他探索真理,'固执、激动而又节奏甚快'……对他来说,文学批评只是体现完整世界观的手段，只是为真理而斗争的手段。"[1]

如果仅考虑别林斯基在俄罗斯民族的崇高而又颇具争议性的地位，把林贤治和他相类比显然不够妥当。但是只用这些语词来形容林贤治的特点，却是够妥当的。与19世纪后半期的俄罗斯知识分子有点相似，林贤治来自乡村（南方的），而不是都市。他的原初情感和价值取向来自土地——这感伤主义的策源地，抒情诗的源头，苦难、善良和蒙昧的发生所。在他最敏感的青春时期，因为父亲的缘故而受到了永生难忘的关押和批斗，这段苦痛的经历决定了他后来的思想立场。也是从那时起，"鲁迅"作为独立自由人格的化身得到了他全身心的认同、理解和仿效，同时也给了他孤独的乡村岁月以无尽的力量和温暖。这位前农民和乡村医生直到三十多岁——那是80年代初期——才由于若干首新诗的发表而来到广州，从此开始了他编辑和写作的知识分子生涯（见散文集《平民的信使》等）。因此他的心理和文化背景主要来自乡村的生活经验和对于西方人文著作的阅读经验，于是俄罗斯思想的抒情气息和道德主义倾向先验地决定了他的思想结构；同时，因为他在城市中的工作性质和经常遭遇到的问题，鲁迅的思想也无时不是他思考的起点、评判的参照和前往的归宿。

---

[1] [俄]尼·别尔嘉耶夫：《俄罗斯思想》，三联书店1995年8月北京第1版，第57页。

作为知识分子,诗人"出身"使林贤治无论在任何时期的写作都带有强烈的感情色彩和鲜明的道德立场,以至于他在90年代末备受瞩目的文化批评《胡风集团案:20世纪中国的政治事件和精神事件》(1998年)、《五四之魂》(1999年)、《五十年:散文与自由的一种观察》(2000年),也因为此种特点而毁誉参半。"毁"者从知识的角度指出其观点和论证有"学理缺陷";"誉"者则认为他的写作终于显现出缺席太久的知识分子的批判精神和道义力量。无论是毁是誉,林贤治的知识分子研究在90年代末中国知识界的重要性却是公认的。因为他深深地触到了历史的痛处。

"堂吉诃德"

他深深地触到了历史的痛处,那就是"知识分子"。在中国,直到21世纪初才出现带有一定现代色彩的"知识分子"——那种以独立的身份并借助知识和精神的力量,对社会表现出强烈的公共关怀、体现出一种公共良知、有社会参与意识的文化人。"知识分子"与"权力"的紧张关系一直是中国社会最敏感的主题之一。有人说过,知识分子终将走向言说自己。这当然不是因为自恋,而是由于知识分子的境遇能最集中地体现其所处时代和地域的政治形态、精神气候及文明类型——一个社会如何对待文明和文明的承载者,能标志出它是一个文明社会还是一个蒙昧社会；同时，知识分子自身在特定历史中的心理和行为方式也是一笔极其重要的精神遗产——这遗产也许因镌刻着知识者的尊严而光荣，也许因记载着知识者的恐惧、屈服和自我贬抑而耻辱。但无论光荣或耻辱，面对这历史、这遗产时终需勇气——因为它一方面需要触痛权力结构绵延至今的深刻禁忌，另一方面则需要触痛知识分子自身那矛盾脆弱而又饱受煎熬的心灵。"耻辱者"的"手记"（摩罗语）不是那么容易写就的。但是林贤治却致命地写了，不冷静地、"无距离"地，"介入"地写了。我们看到他无论是言说鲁迅、顾准、陈寅恪，还是在追寻"五四之魂"、分析"胡风集团案"、探讨"散文与自由"的关系，都一如一位当事者，时刻在以反抗的姿态发出峻切、急迫和呼号的声音，这声音在专业化的、物质主义的20世纪末，听起来很有些"堂吉诃德"的味道。

"堂吉诃德"作为一种评价总是有着截然相反的含义。作为褒扬之义时，意味着一种清醒、勇敢而笃定的理想主义；作为嘲讽之义时，则意味着一种背时、多余而倒退的阻碍势力。这世界总是不停地宣布着某某事物"背时"的消息——比如，据说因为"西方中心论"已经"过时"，所以"科学""民主""自由"等话语也毫无疑问地"过时"了；比如，因为现在是一个金碧辉煌的物质主义时代，所以谈论"良知""道义""社会责任"之类精神价值就是无可救药地"背时"了；再比如，因为

"专业化""个人化"是大势所趋,所以"公共关怀""社会参与""道德追问"之类也就迂阔得可以了……但是,真的是"背时"了吗?还是从来都没有扎下根来、从没有真实地存在过?是已经"多"得变成了非扳倒不可的"压力",还是"少"得从未在普泛的层面上被准确地理解?中国历来缺少的不是善于审时度势的趋时者,而是发自衷心、始终如一的堂吉诃德。他们构成了文明的真正根柢。

道德

和俄罗斯知识分子相似,林贤治是位道德冲动极强的知识分子。这种道德与中国传统知识分子的"正统道德"的不同之处在于:后者的道德存在于"忠孝节义""克己复礼"的说教之中,强调对"天地君亲师"这类权威力量的忠诚与顺从,强调个人、个性对权力结构最大限度的泯灭或趋附。这种"正统道德"经过新包装后,就变成了"齿轮和螺丝钉"说,"为……服务"说,"皮毛"说,等等。经济大潮兴起之后,出现了两种相反相成的道德:一是敌视世俗观念和世俗欲望的"圣人道德""清洁的思想",它的禁欲主义和设置他人生活的"纪律"特征其实是"传统道德"的直接延续;一是敌视精神价值和个人独立性的"犬儒道德",它虽然经常以"时尚""另类""非主流"之类的"开明"面貌出现,但是当它把

"伪崇高"和"真道德"一道调侃、将"欲望游戏"和"自由精神"混为一谈、把物质化目标宣称为生命的唯一价值时,它实际上已经毫无"另类精神"可言,而仅仅是这个权力—商业化社会之权威观念的甜蜜玩偶而已。在禁锢自由的意义上,"圣人道德"和"犬儒道德"的作用是相同的,只不过禁锢的方面是一个圆环的两半罢了。

与"正统道德""圣人道德"和当前流行的"犬儒道德"都不相同,林贤治在写作中体现和呼唤的道德,是一种反抗和叛逆的道德,是个人独立和尊严的道德,是追求人的公正与爱的道德。他也认为道德的写作必须是"个人化写作",只是这种"个人化"和当前文坛所流行的内涵相迥异:"真正的个人化写作,是叛逆的,反方向的。"他认为我们的文学之所以缺少真实、勇气和创造力这些最重要的道德,是因为"没有生命和思想的投入,没有倾斜,没有偏激,没有锋锐的集中,因而没有抗击力和穿透力;没有感受到匮乏和空缺,没有必要的补充,因而无法形成流动的风暴;没有渴望,没有探索,因而没有崇高、辽阔与渊深"。他引用法国理论家戈德尔曼的话以表明自己的观点:"我曾稍稍改动过一下帕斯卡的话说:'个人必须超越到个人之上。'意思是:人只有在把自己想象或感觉成为一个不断发展的整体中的一部分,并把自己置于一个历史的或超个人的高度时,他才能成为真正的人。"因此一个艺术家无论在权力社会还是商业社会,都只能是"一个问题人物，一个反抗社会的批判性个人"。[1]

当文坛主流在小资情调的酒吧间里精致细巧地嗫嚅低语，并将之描述为真实的历史和现实之时，林贤治在僻远之处提出了另外一些尖锐的道德问题：在这片土地上，为什么有一种价值总是夭亡？为什么有一种个人总是失败？为什么有一种命运总是无法摆脱？为什么有些过往之物总是沉陷在历史深处，好像从未存在？为什么有些荒谬之物却总是现身于现实的光环之中，就像永恒的真理？正如美国哲学家希尔斯所说：我们生活在过去的掌心中。问题的答案就存在于历史。我们的现在，仅仅是历史的一段延续、一个投影而已。因此，用心灵和智慧去打捞历史、追问历史，就成为一个知识分子真正的道德实践。

方法

正是为此，林贤治由一位创作家变成了一位"业余的"文学史家，从事着打捞和探险的工作，并确立了自己的研究方法——"个案研究"和"整体性观察"的方法。

这种工作最初是从80年代中期他写作《人间鲁迅》开始的，对他来说，这是对鲁迅精神思想的一次毫无保留的体验与经历。在第三部《横站的士兵》中，他详细梳理

---

[1] 林贤治：《五十年：散文与自由的一种观察》，见《书屋》2000年第3期，第74页。

了鲁迅与"左联"领导及其成员发生龃龉、冲突的原由和过程,对郭沫若、周扬、徐懋庸等左翼作家在当时的历史和文化情境中的思想倾向、思维方式、立身行事做了力求真实的还原,这也从一个侧面反映出中国的"左翼"社会思想和文艺思想从最初即已烙上的教条主义、权威主义和大一统的胎记,这胎记是后来在新中国将要发生的一切政治事件和精神事件的伏笔。

90年代前期,林贤治比较引起注意的文学和文化批评有《略论秦牧》《两个顾准》《文化遗民陈寅恪》等文章。这些知识分子"个案"虽然个个不同,但是林贤治所运用的标准却是相同的,那就是知识分子的人格独立性、创造性,以及自由、科学、理性的现代精神。用这个标准评价所论及的对象,必会得出和以往定论截然不同的结论,这在《略论秦牧》一文中表现得尤其明显。在他看来,秦牧并非文学史家所艳称的"散文大家",而是"一个思想贫乏而语言平庸的作家"。他之所以获得了与其实际水准不相符的地位,是因为"中国现当代文学史的写作有两个死结:一是降低了标准,一是放大了成就"。"一个统一有序的社会,必然要成批生产与之相适应的作家……而且,必然要从中推举出某位代表人物,极力竖作优秀的典型,以期群体仿效,免得标新立异。制造优秀,是政治手段在文学方面的运用，是政治入侵文学的众多现象之一。"[1]

林贤治大规模地突入历史深处，还是从《胡风集团案：20世纪中国的政治事件和精神事件》一文开始，并在此明确地提出了知识分子研究的"个案"与"整体性观察"相结合的方法。他说："要充分了解中国的知识分子，必须重视个案研究，重视个体心态——人格的研究。知识分子人格的建构或重构，如果不是在批判和自我批判两个层面上同时进行，即如沙上建塔，顷刻便坏。"但是他并不主张仅仅孤立地追究知识分子个人的道德问题，认为"在追究个人责任的时候，决不要因此转移了大的目标。认识和改造人格赖以产生的环境，与人格自身的完善是有机地联系着的。如果舍弃了对社会环境的追问，而专注于个人道德的完善与否，最终也只能使知识分子保持了'慎独'而失去现代的意义，人格也将是不完整的"。[2]

因此，他抛开了其他胡风研究者致力于描述"事件怎样发生"的方式，而是着眼于在"社会整体"中探究"事件何以如此发生"。他把分析的视界从"知识分子"扩展到整个社会权力结构——如"权力与文学""周扬与宗派主义""中国作家与精神气候"等几个层次，从这座"精

---

[1] 林贤治：《守夜者札记》之《略论秦牧》，青岛出版社1998年12月第1版，第205页。

[2] 林贤治：《胡风集团案：20世纪中国的政治事件和精神事件》，《黄河》杂志1998年第1期。

神金字塔"的塔顶、塔腰和塔基逐级解剖开去，使形成知识分子人格—心理的外在环境和行为动因得以揭示。在剖析这场事件中的两个核心人物胡风与舒芜的时候，林贤治一反以往凌厉、"不宽容"的"苛评者"形象，表现出极其客观、善解的史家态度，对于胡风的秉承"五四"自由精神，与他在体制内寻求安身立命之所的渴望之间的矛盾，对于舒芜作为"叛卖者"和"受害者"的双重身份，以及他晚年"回归五四"的精神救赎行动和推卸个人道德责任的内心掩蔽行为之间难解的纠缠，都做出了富有说服力的呈现。文中指出："倘使'冤案'代替了悲剧思考，便容易把灾难局限于个人范围，'小集团'范围，而抹杀了知识分子精神遭受公开扼杀的事实……从根本上排除了将苦难化为精神资源的可能性……阿多诺说：'让苦难有出声的机会，是一切真理的条件。'然而，我们抛弃了真理，不信任真理，我们事实上至今仍然在逃避理性和良心的责问。"可以看出，林贤治这种打捞苦难、分析苦难的写作是有着强烈的道德内驱力的，它是在富于延续性的历史中的一种自觉的救赎行为——在这一行为中，他试图重新继承已经中断数十年的现代启蒙传统，重新建立与"五四"精神的有机连接，重新追索真理，以走向对理性与良心的真实皈依。

这种"有机"和"综合"的研究方法也体现在发表于2000年的10万字长文《五十年：散文与自由的一种观察》

上面。它是林贤治用自己的标准与方法写成的一部当代散文史，这个标准被他概括起来就是：自由感，个人性与悲剧性。他把新中国五十年的散文创作状况从总体到个体分别以形象的"根""干""枝叶"的形式来论述，其实是把文学研究置于中国当代社会整体中进行考察的方式的象征。他认为，中国当代文学包括散文在内，五十年间之所以收获到这样的成果，是有"根"可寻的，那就是意识形态灌输、行政管理体制、出版管理体制、评奖机制等一系列规范作家头脑的"体制性因素"。随着不同的历史时期政治精神气候的变迁，散文的创作状况也在不断地变化着，其变化有大致的线索，是为"干"。到"枝叶"的部分，他对三代作家的创作进行了细致的评点。对于享有极高声誉的王蒙、贾平凹、余秋雨、张承志等人，从文本质地、文化意识到人格精神诸方面的缺陷，他都做出了入木三分的剖析。对中青年作家王小波、苇岸、一平、筱敏、刘亮程为当代散文做出的贡献和注入的活力，给予了高度的评价。

在这篇长文中，林贤治再次明确提出了文化和文学史研究的"整体性"方法："其实，更接近本质的观察是带整体性的观察。没有孤立的事物。譬如文学的自由，相应于人类的远大理想，而就精神创造的要求而言，它是无限的；但是，如果指的是它的现实处境，创造主体的权利，形式的选择，它是有限的，受到不同程度的制约和压迫。一部文学史，正是在这自由的无限和有限的张力变化中展开。"因此，他非常认同本雅明的说法："不是要把文学作品与它们的时代联系起来看，而是要与它们的产生，即它们被认识的时代——也就是我们的时代——联系起来看。这样，文学才能成为历史的机体。使文学成为历史的机体，而不是史学的素材，乃是文学史的任务。"（本雅明：《文学史与文学》）林贤治对此进一步加以引申："文学史在描述文学的基本事实，并且对此做出具体的评估之后，余下的工作，其实自始至终贯穿一致的工作，即在于探索和阐发人类生存的意义。生存是目下的生存。本雅明所以把历史同时代联系起来，就是这个意思。所有立足于批判和变革的战士，都是这个意思。在这一最高意义上说，文学史就是自由史，自由精神的蒙难史和解放史。"

林贤治的"个案研究"和"整体性观察"相结合的方法，在揭示事实的同时，也提供了一种完整连绵的历史纵深感，一个观照历史与现实的道德维度，一种虽被羞于言说却生命久长的精神价值。毫无疑问，它们正是为当下文坛所稀缺的。毫无疑问，在很多人那里，它们一点也不讨人喜欢。

知识和道德

不喜欢有很多种原因。有的是从既得利益者的角度，反对对现实进行本质性的批判；有的是出于犬儒主义的嗜好，厌烦超越性的道德话语；有的则是因为对知识分子所扮演的角色，和林贤治有不同的理解。这最后一种情况，可以概括为一个问题：在这个时代，知识分子究竟应该是"知识人"还是"道德人"？这是值得讨论的。

林贤治显然更强调知识分子的道德功能——良知，战斗精神，坚决不妥协的立场。虽然林贤治是以知识梳理的方式表达道德的态度，但是他也的确存在着一种泛道德的倾向——有时会把知识问题归结为道德问题，将知识批判化为立场批判，并对之论是非，做褒贬。例如，在他的长文《五四之魂》中，他这样论及顾准的思想："顾准介绍英国的政治制度时，着重的是议会民主，亦极少谈及个人自由问题。这种有意无意的忽略，说明顾准的关切点，仍然在国家而不是社会，反映了一个曾经作为国家领导干部和高级'幕僚'的知识分子的人生履痕。"这种道德评价大大降低了对顾准思想评论的有效性。与其说顾准没有谈及个人自由问题是由于他根深蒂固的"幕僚"习气，不如说是由于他受到该问题论域本身的限制。因为"政治学"和"伦理学"是不同的，前者是一门"技术性"和"操作性"的学科，"道德"是它的前提，而不是讨论范畴本身；后者则是"价值性"的学科，"道德"（其中包括"个人自由意识"）是它讨论的中心范畴。顾准介绍英国政治制度显然是以政治学角度进行的，这和他的"身份无意识"没有关系，也不能据此判断他忽略"个人自由"意识。鲁迅是有强烈"个人自由意识"的代表，针砭时弊，批判社会，是因为他是一位文学家，不负有思考完善的社会体制之责。但是鲁迅不能涵盖一切，"批判"也不能代替知识分子的另一种功能——思考一种保障每个个人的权利不受强权侵害的更进步和更完善的建制。这种思考很容易被道德化的知识分子指认为"政客"行为，但显然不是如此。任何社会都必须有知识者提供一些建设性方案，以保障社会沿着理性的方向运转。如果这些方案被执政者所蔑视和践踏，那不是知识分子的责任——只是知识分子有责任与这种反智主义进行批判与斗争；但是如果全体知识分子从未提供过这种方案，而只是一味进行道德的批判，那么不仅会削弱其批判的有效性，同时也会成为知识分子的失职。

因此，林贤治的泛道德批判方式在有力地提醒着良知存在的同时，也会有简化问题的危险。因为历史和现实不仅是心灵的运动，而且也是物质的变更；不仅是道德的存在，而且也是知识的实践；不仅是价值领域的斗争，而且也是技术领域的操作。如果**仅止于**让思想的触角在价值领域里做善恶是非的判断——进而，如果把应从知识和经验的层面来认知的事物当作道德评判的对象来看待，并在此画上句号，而拒绝在操作层面将人类的历史经验不厌其烦地化作改进现实的实践性知识，并予以真正的身体力行，那么人类的现实状况就不会有真正的改观。

因此，套用西方那句"把恺撒的还给恺撒，把上帝的归于上帝"，这里要说："把知识问题归于知识，把道德问题归于道德。"也许这是林贤治的文化批判带给我们的又一启示。

2000年7月

当此时代,批评何为?
郭宏安的《从阅读到批评》及其他

现在,似乎很难找到比文学批评更衰落的职业——如果它真的成了职业的话。这是全球化、数字化、大众化、商业化、网络虚拟化、科技万能化的时代,是人类精神客体化的时代,是渴求"物"及关于"物"的一切知识的时代,是一切拥有"客观"研究范畴的学科时代,唯独不是文学批评的时代。文学批评,这种致力于理解人类精神内在性的工作,随着"精神内在性"的枯竭而面临着空前的荒芜。人们看起来已不需要内在的精神生活,不需要文学,因此,更不需要文学批评。幸存的大师面对陌生的世界,为自己不识时务的长寿而羞愧;往昔的经典只有做成"最快的慢餐",才可能被公众品尝;新艺术不再依据形式和深度,建立等级的金字塔;文学的古老标准虽未完全废弃,但追求完美的创作却被毫不留情地淹没在"点击率写作"之间……在这"主体被黜"的时代,继"上帝死了""人死了""作者死了""文学死了"的"预言"之后,宣布"文学批评死了"也是顺理成章、不在话下的事。

但是,也许可以反向看待这一境遇。也许接二连三的精神讣告只是主体贫乏的招认而已——精神的无穷向度还未得以展开,就被贸然宣判了死刑。如果我们不认为客体世界是不可忤逆的,结果会怎样?如果我们坚持精神的自由,满足精神的欲求,探索精神的宇宙,结果会怎样?这些问题似乎与文学批评无关,却是思考她的生命力与可能性的前提。在人类精神生活的大背景中观照文学批评的使命与前途,或许是"拯救"文学批评的一种方法。从郭宏安先生的著作《从阅读到批评》中,我看到了这方法。

《从阅读到批评》的副标题为"'日内瓦学派'的批评方法论初探",勾勒20世纪30至80年代该学派的批评方法和精神轨迹。"日内瓦学派"既非索绪尔创立的日内瓦语言学派,也非皮亚杰创立的日内瓦心理学派,它被加上了引号,表明该词的"姑妄称之"而非"名副其实"的性质。因所谓学派者,皆有共同的纲领、理论或倾向,有一个或数个导师或精神领袖，有弟子，有共同致力的出版物或文化机构，而被称作"日内瓦学派"的批评家群体却是松散自由、各行其是、也否认这个称谓的，只不过他们多任教于日内瓦大学，都认为"文学是人类的一种意识现象，文学批评就是一种关于意识的意识"[1]，因此，他们的批评是"意识批评"（有时也称"主题批评"或"认同批评"）。但他们的批评意识、方法和风格又各有不同，唯一的共同点是：每个人都是个性独特的文体家，"他们的人生经验都通过阐释投射在他们的批评文字之中"[2]。所以，"日内瓦学派"与其说是一个自觉的批评流派，不如说是一个被动的既成事实。也正因如此，《从阅读到批评》并未对"日内瓦学派"作抽象的概括与评价，而是具体呈现被外界归入该"学派"的文学批评家马塞尔·莱蒙（Marcel Raymond）、阿尔贝·贝甘（Albert Béguin）、乔治·布莱（George Poulet）、让·鲁塞（Jean Rousset）和让·斯塔罗宾斯基（Jean Starobinski）的批评观念和方法。他们的批评建树在我国素少介绍，郭宏安先生的精审研究填补了这一令人遗憾的空白。

五位批评家中，最年长的马塞尔·莱蒙生于1897年，最年轻、也是唯一在世的让·斯塔罗宾斯基生于1920年，

---

1 郭宏安：《从阅读到批评》，商务印书馆2007年9月，第1页。

2 郭宏安：《从阅读到批评》，第45页。

他们影响的黄金时代在20世纪六七十年代,彼时,大师云集,思潮迭起,过往的经典和新生的杰作交相辉映,严肃的社会文化运动如火如荼,人们还生活在相信深度且有深度可信、追寻意义且有意义可寻的世界里。在如此年代的如此文化语境中,对艺术作品进行"创造性阐释"的"日内瓦学派"才会大行其道。这些批评家出于对艺术创造力的信仰,主张面对作品时首先采取退让、谦逊、丧我的态度,或者说,首先成为艺术的"爱好者",即"有爱的能力、对艺术品显示其在场、全身心地承受其作用的一些人"[1],他们怀抱着"一种穿透性的同情"(马塞尔·莱蒙语),在"综合的直觉"中全面"接受"作品,探求其生命力的核心,寻求与创作主体的意识遇合,最后,揭开作品形式的秘密,达致对文学艺术的哲学的理解。

因此可以说,这是一个拒绝依附于任何理论和方法的批评家群体。虽然他们在批评实践中不拘一格地运用各种方法,却终是为了实现对文学作品"形式真实"的深切品尝和"精神本体"的独特认识,为了揭示"个人的真理"。正如让·斯塔罗宾斯基所言:"文学是'内在经验'的见证,想象和情感的力量的见证,这种东西是客观的知识所不能掌握的;它是特殊的领域,感情和认识的明显性有

---

[1] 郭宏安:《从阅读到批评》,第86页。

权利使'个人的'真理占有优势。"[1]

一位学者对研究对象的选择，必隐含着他对自身内在需要和时代真实需求的双重回应，也隐含着他的行动方向与价值观。与矢志改造现实、致力于"实学"研究的学者不同，郭宏安先生的翻译和研究始终在诗学和精神哲学的范畴之内——从他的译介研究对象夏多布里昂、司汤达、波德莱尔、加缪乃至"日内瓦学派"等不同时代的作家和批评家身上，可以看出他们都是既整体观照人类现实、又恪守文学本体界范的诗哲。他们在文学与现实之间建立了恰当的距离——既让后者不断质疑、辩难、冲击前者，又让前者将此冲击不断化作思想、形式与美学的进展，并以此种进展的历久弥深的化学作用，来滋养和完善后者。因此，这不是一个淡漠封闭、明哲保身的文学家群落，而是对人类社会之改进抱有既热诚又超功利态度的精神群体，也是对人类的精神生活、文明前景抱有深切责任感的群体。如果我们把郭宏安先生所有的翻译作品、研究著作作一整体俯瞰，便会发现他一直沉默地置身于这一精神群体中，始终未曾游离。

基于此种深隐不露的价值信念，郭宏安先生对"日内瓦学派"批评方法论的呈现，也因此并不仅仅侧重于"知识"和"技巧"的层面，而是通过复述、分析和阐释这些

---

[1] 郭宏安：《从阅读到批评》，第262页。

批评家对文学与批评本体的诗性和哲学思索，来唤醒阅读此书的人们思考三个根本性问题：1. 文学批评的精神源泉是什么？2. 文学批评的精神使命为何？3. 文学批评究竟如何接受、阐释和评价作品？

诚然，三个问题没有标准答案，不同的回答将造就不同的文学批评。在此三问题中，对问题1的回答是最根本的。一个文学批评家汲取何种精神源泉，直接决定其对自身精神使命的期许，也决定其批评方法与实践。如前所述，文学批评是"对意识的意识"，因此文学批评是主观性的。这种主观性，是科学性和历史性之外的一种认识特性，它存在于官能的直觉体验与理性的分析判断的交叉地带，它是艺术之母与哲学之父的后裔。不同的哲学建立了不同的精神—价值秩序，衍生出不同的文学批评观。哲学对文学批评最直接的作用，在于它赋予后者一种"世界总体性"的图景和意识，由此，文学作品的精神内容、艺术形式及其价值，才能在一个深具根基的秩序中得以评价和揭示。

在哲学家们早已判定"哲学之死"和"形而上学之死"的世纪，仍侈谈"哲学""秩序""世界总体性"，似乎在痴人说梦。但悖论的是，宣判"哲学之死"的依然是哲学，对世界之分裂性的描述，也是基于对"总体世界"观察的结果。将个别事物置于一个价值总体之中进行感知和判断，即是一种哲学思维。对文学批评而言，这一"价值总体"不存在于"客体世界",而是存在于"人"自身,存在于人所拥有的意义与自由。正如别尔嘉耶夫所说:"哲学不但想发现意义,它也希望意义获得胜利。哲学不能容忍世界给定性的无意义,它或者企图向另一个世界,向意义的世界突破,或者发现智慧,这智慧给世界带来光明,并改善人在世界中的生存。所以,最深刻、最具独特性的哲学都在现象的背后发现了本体、物自体,在自然界必然性的背后发现了自由,在物质世界的背后发现了精神。"[1] 人的存在意义在于他／她是精神的存在,个体的存在,创造力的存在,对此岸世界不满并渴望发现一个自由而完美的彼岸世界的存在。文学批评的精神源泉,即在这种立足于"个人"的精神自由的哲学。

20世纪后半叶,随着社会学、马克思主义、精神分析学说、结构主义等"决定论"的学科理论与文学批评的杂交,将文学文本作为社会—历史症候进行分析的"文化研究"大行其道,反决定论的、以文学作品的精神独特性为本位的文学批评则日渐式微。几十年间,此种整体化、泛政治化批评主流的文化后果已经显现,那就是文学艺术创造力的日渐平庸、匮乏与趋同。虽然这一后果的责任不能完全由主流批评趋势所承担,但是创造行为若长久

---

[1] 别尔嘉耶夫:《末世论形而上学》,张百春译,中国城市出版社2003年,第2页。

缺少深邃的、个体性的注视与对话，其衰竭速度加剧也属必然。因此，"日内瓦学派"批评的恒久意义即在于：它对文学艺术基于个体精神哲学的诗性观照，为精神创造力提供了赖以滋生的营养土壤；同时，它也提醒文学批评家在个人的超功利创造力与人类社会的功利目的之间，扮演一种至关重要的角色：他／她应以揭示创造力的隐秘，绘制其美景，激发生命力的闪电，投身精神的冒险，来对当代社会的功利偏颇提出异议、发出警告，并"探寻能够超越一时之社会需求及特定成见的某种价值观"（哈罗德·布鲁姆语）。这是文学批评在此功利时代，不可替代的精神使命。

在此种精神使命之下，文学批评家如何接受、阐释和评价作品？——基于个体精神自由的哲学意识，文学批评应致力于对创造行为的理解和发现，而非从自身理论方法出发，对阅读对象进行随心所欲的"取证"与"审判"。

"审讯式批评"恐怕是中西文学批评的通病。因此，郭宏安先生在勾勒马塞尔·莱蒙的批评实践时，强调"体验"是莱蒙最根本的方法，他反对以审讯者的姿态、通过一种有成见的阅读来控制和俯视对象，反对将作者和作品作为刻板的真理之证明来对待。他认为文学作品不是物质材料，而是一个生命，"应该试着与它生活在一起，在自己身上体验它，但是要符合它的本性"。因此文学批评"是一种体验的结果，是一种试图完成作品的结果，说得更明确些，是一种在其独特的真实上、在其人性的花朵上、在其神秘之上的诗"[1]。这部诗篇建立在对作品的精神、细节、语言、节奏、风格特性的体验和捕捉之上，但它的终点并非像俄国形式主义文论家那样，只是为了"科学地"认知作品的"艺术形式"，而是为了说出对文学艺术的哲学的理解，切中与生命现实息息相关的精神要害。

"哲学的理解"对文学而言，即是揭示文学作品的个体精神现实与世界之整体性的独特关系，揭示"诗"与"人"的行动和意义的关系。郭宏安先生在介绍马塞尔·莱蒙的名著《从波德莱尔到超现实主义》时指出，此书虽在结构上梳理了自波德莱尔开始，分别出现的经马拉美到瓦莱里的"艺术家"传统，和经兰波到后来冒险者的"通灵者"传统，但作者却声称"本书的目的并不在于讲述历史的顺序"，而是"在于描绘现代诗人在如何把诗变为一种'生存的行动'的冒险或悲剧中所经历的欢乐和痛苦"[2]。在概括此书的终结部分时，郭宏安意味深长地阐释了莱蒙的这一思想，它对今日中国诗人、艺术家依然富有启示："诗以一种明确的力量深入我们的内心，搅动了我们全部的生命甚至我们的智力，但是，如果诗绝对地封闭于外界，没

---

[1] 郭宏安：《从阅读到批评》，第89页。

[2] 郭宏安：《从阅读到批评》，第60页。

有丝毫的意识,全部地退入无意识、梦和自由的想象之中,那就会……留不下任何痕迹,所以,'诗不是形而上学,它首先是一支歌','它可以被培养,但它首先是自发的,必须活着,必须存在'"。因此,诗人的使命"在于克服外在世界和内在世界的二元论,在自己身上培育对于外与内、它们之间的应和、它们最终融合为一种混沌深邃的统一体的形而上的认同感"。而诗的本质,则是"一种根本的不安,与一种对我们的文明的压迫和谎言所具有的忧患意识相关联"[1]。

其实,不仅诗人需要"克服外在世界和内在世界的二元论",文学批评也同样如此。它要见证"个人的真理",但如果这种"真理"不能回应人们在时代生存里发生的普遍困惑,不能对人类的精神生活构成影响,那么文学批评必将沦为一种贫乏狭窄的知识生产,无论它为自己所做的辩护多么动听,也无法逃避"赘物"的命运。因此,是否和如何以理解、丰富人类精神的"个体性"与"内在性",来参与人类的共同命运,是一个批评家需要终其一生来回答的问题。

为了回应这一问题,在介绍阿尔贝·贝甘(1901—1957)的批评方法时,郭宏安强调这位"日内瓦学派"批评家"参与"和"介入"的思想与捍卫艺术独立性的

---

[1] 郭宏安:《从阅读到批评》,第76—77页。

思想之间巨大的张力。在批评伦理上，阿尔贝·贝甘认为文学批评家应"介入"和"参与"人类生活："他应该与时代休戚与共，在面对美学价值本身的时候，他会思考，与社会现状、当前历史、文明演变、人类思想可望取得的进步或者应当保存的传统相比，他的美学的、知识的、精神的标准有什么价值。"[1]但是，在批评实践中，贝甘则激烈捍卫文学艺术的个人性与独立性："至于有些人想在文学作品与其社会影响，或在短暂的斗争的作用之间建立一种必要而充分的联系，那么，这种联系在艺术、创作或想象力面前则是另一种恐怖主义的行为，那是一种本质上最自由的人类行动屈服于一种否定它、贬黜它的原则。我并不是想说，艺术的独立性使它拥有自己的领域，这个领域与人类为改善把他们汇聚在一起的社会而做的共同努力毫无关联，恰恰相反，这种努力远不是受到一种盲目服从于它的目的的奴性文学的支撑，而是它只能得益于一种完全独立的创造活动的研究、进展和实现。"[2]在贝甘这里，文学批评的责任伦理与自由伦理看似矛盾，实则统一，只是要诉诸后者对人类精神的化学作用来实现前者："作品的神秘就在这种双重倾向：忠于自己和渴求对话……那种希望得到交流并孕育着创造行为

---

[1] 郭宏安：《从阅读到批评》，第153页。

[2] 郭宏安：《从阅读到批评》，第140页。

的东西,并不属于观念、计划、意图、集体意志的范畴,要不是它涉及的首先恰恰是非共性的事物的话,交流的愿望是不会如此强烈的。同样,这种个人的秘密由于一下子无法确定而不为社会所取,直至某一时刻,它具体成形,并为他人吸收,对许多人或所有的人来说,此时它便可能成为一种激发因素和活性酶。文学所以能社会化,是因为文学行为是难以预料的,爆炸性的,独立于外界愿望的。"[1]

在参与人类共同命运的精神实践中,文学批评家必得成为外部世界和内在世界全方位的洞察者,而非某一方面的机械专家。他／她既需要主观诗性的直觉,又需要客观知识的苦行;既需要观察者的审慎理性,又需要行动者的热诚担当……由此,他／她方能实践一种超越知识狭隘性的完整的批评。而"完整的批评"如何可能?另一位"日内瓦学派"批评家让·斯塔罗宾斯基有言:"完整的批评也许既不是那种以整体性为目标的批评(例如俯瞰的注视所为),也不是那种以内在性为目标的批评(例如认同的直觉所为),而是一种时而要求俯瞰时而要求内在的注视的批评,此种注视事先就知道,真理既不在前一种企图之中,也不在后一种企图之中,而在两者之间不疲倦的运

---

[1] 郭宏安:《从阅读到批评》,第137—138页。

动之中。"[1] "正是与外界的关系决定了内在性。……如果没有与世界、与他人的关系,主观性就什么也不是。"[2]

对文学批评家而言,探讨一种普遍性的原则与方法是容易的,要将此原则与方法实践于自身文化语境中,则是困难的,对中国文学批评家而言,尤难。因为在我们这里,不得不首先面对巨大的文化历史分裂,它使"整体性俯瞰"几不可能。何故?"整体"是当下语境和历史传统的总和。因历史传统的断裂和当代意识的模糊,我们对于"历史"的自我认知已经发生障碍,对于"当代"的自我意识依旧残缺不全。顾随说:"当以近代头脑读古人书。"[3] 此言已蕴涵要对中国传统文化进行"完整的批评"的思想。问题是我们至今尚未形成坚定的"近代头脑",以致一旦读古人书,我们的头脑便被拖回到古代去。回到古代有何不好?这涉及一个基本的价值判断:"古代"与"现代"的本质分野,在"个体自由"的位置不同——前者是个体自由从属于威权和整体的时代,后者是个体自由作为人类行动之先决条件的时代。国人现代意识模糊,自我意识残缺,皆因对"个体自由"的暧昧态度。由于观念核心不坚牢,与之相应的当代精神因此瘫软,"历史"因此

---

1 郭宏安:《从阅读到批评》,第243—244页。

2 郭宏安:《从阅读到批评》,第279页。

3 顾随:《驼庵诗话》,《顾随全集》第3卷,河北教育出版社2000年12月,第68页。

不能被"当代"目光所穿透,"当代"亦无法在"历史"面前完整现身,"历史"和"当代"双重观照的失落,导致中国文学批评的"整体性俯瞰"落空。可以说,"中国古典文学""中国现代文学"和"中国当代文学"的命名不仅是简单的时间区分,更意味着文化—精神—意识形态的迥然分野。如何超越这种分野,以个体精神自由的哲学目光,穿透历史的文化遗产和当下的精神生产,是中国文学批评家共同面临的精神挑战。

2008年5月写毕

首版后记

瑞士批评家阿尔贝·贝甘说过大意如此的话：有那么一种批评家，他／她的所有作品都是一种私人日记，一种在三重对话中探索和定位的日记——首先是和自己，其次是和他／她所亲近的人，最后是和世界上最伟大的创造者。在我看来，再也没有比"私人日记"的说法，更能准确击中批评者自我与其文字之间的血肉关系了，而这也正是文艺批评予我的乐趣所在。显然，对规范化和客观化的学院标准而言，这种观念意味着学问的歧途。但我以为文艺批评的本质不是学问，而是哲思；它的起点和终点不是知识之钙化，而是心灵之开放。因此，批评者的使命是与自我和他人的创造力对话，与其置身的精神现实对话，更重要的是，借助批评对象这一触媒，与最伟大的创造者所开启的无限可能性对话。由此，批评者、创作者和阅读者共同经历着某种精神内在性的唤醒。

这本书集拢了我从2002年10月至今所写的九篇作家、文论家和导演专论，此前，它们曾陆续发表在《当代作家评论》《南方文坛》《山花》和《中国图书评论》等杂志。这些批评对象，或位居"主流文坛"的制高点，或被称作"非主流""异数""文坛外高手"，但于我而言，他们都意味着当代中国心灵的不同侧面。揭示这些侧面，探讨他们与社会——历史和最高之"在"的关系与距离，及其创造力的方式与深度，是我批评的初衷。但与此初衷相比，这些文章似乎只是证明了本书作者之无能。如果说它们还有什么可取之处，那么可能就只存在于贯穿其中的某种鲁直的诚意。我不是职业批评家，充其量只能算一个批评票友，于编辑报纸副刊之余，在几位师友和编辑家的纵容之下，开始不知深浅的言说之旅。既然此一言说不受职业要求的驱迫，它便听从了我内心深处的意义焦虑的驱使，怀着参与和介入精神现实的目的，化为迂阔繁复而没有眼色的写作。

众所周知，由于中国当代文艺已从精神创造的领地，蜕变为利益切割的场所，因此从西方汉学家到国内一般公众，普遍认为这里的文艺不值得严肃对待；若是有人严肃对待，则难免被认为是一片虚空，一场捕风。但是就我的感知经验看来，这种基于道德优越感的抽象否定无益于我们自身创造力的生成。创造只有在高级意义体的长久注视之下，才可能自我完善。文艺批评就是这种"注视"。如果它一直草率从事，那么被扼杀和淹没的将是真正的创造者。而他们之所以被如此对待，竟只因为他们与艺术的谋利者共存于同一空间，这实在有欠公平。因此，负责任的文艺批评，需要与同一语境的创造者深入对话——分享他们的经验，探知他们的盲点，与他们一道，辨认自我的困境和未来的图景。

基于以上理由，我将自己思索的结果集成这本《捕风记》——算是既自叹徒劳，又颇有些敝帚自珍的意思罢。其中，《不冒险的旅程》是我第一篇"正式"的文学批评，探讨了中国作家在当下社会中，承担真实与平滑写作之间的两难。以"不冒险"命名王安忆的创作，意在指出这位被经典化的作家在两难之中的选择，和她为此选择所付出的道德与艺术的代价。其余各篇文章，写于不同的时间，不同的情境，都不轻松，却很愉快——因我总是乐于把每一个审美判断，与对意义和自由的丈量联系在一起。这是一种任性，也是一种原则。

感谢恩师刘锡庆先生多年前的宽纵与垂范，使我卑微的写作得以真实地开头。感谢出版家尚红科先生和作家徐晓女士的慷慨支持，使此书得以出版。也感谢所有帮助过我的师友——前路漫漫，但愿有一天，我们能在一个自由而幸福的地点，彼此倾谈。

2011年6月2日，于北京

后记

《捕风记》曾于2011年由浙江大学出版社出版。此次增订，挪去了评论王小波杂文的《反对哲人王》（归入另册），增加了一篇早年的评论和2011年后写的几篇文章，重新编排，说明如下：

甲辑是关于四位戏剧家的评论，他们是：契诃夫，彼得·汉德克，林兆华，过士行。

乙辑是关于八位小说家/诗人的评论，他们是：朱西甯，木心，莫言，王小妮，止庵，林白，王安忆，贾平凹。

丙辑是关于两位文学学者的评论，他们是：林贤治，郭宏安。

契诃夫、汉德克、王小妮和止庵的评论后面，各附了一篇书评或文本细读；文学家木心的评论后面，附上了一篇悼文。以此补充对作家们的理解。

此书距上次出版，时间已过去十一年。如今重读，竟有点不胜今昔之感。一些观点，一些引文，一些拯救之方，当年曾全身心地拥抱它们，现在看来，却有将相对性事物绝对化和偶像化的嫌疑。但我并未修改。存下一个真实的过往，也许并非毫无意义。

我该如何描述这变化？也许，只是更彻底地拒绝了任何意义上的相对主义，而确认了一个绝对的事实，那就是：爱、意义、自由和永恒对人类的光照，是永不改变的。无论世界向何方坠落，我们只要仰望，终必得着。

惟愿读者诸君能一同启程，前往探究这好得无比的奥秘。

李静

2022年6月25日，于北京

《我害怕生活》总后记

这套集子，缘于友人罗丹妮和王家胜的美意。对待文字，丹妮是一团火，随时感应，随时欢欣、席卷、拥抱或疏离。家胜则如磐石，沉稳地施行他的眼光和主见。两位目光如炬的编辑说要给我出"文集"，着实令我深感惶恐——作为写作者的我尚在形成之中，远未到以此种形式论定和总结的时候。但丹妮安慰道：表示"总结"的文集很多，可表示"开始"的文集很少，咱们做一套吧。此语卸下了我的重担，却是编辑者冒险的开始。感谢他们二人为此书付出的智慧、勇气与劳作。感谢李政坷先生的精心设计——文集名和各分册封面的书名，皆由他以刻刀木刻而成，这实在是创作激情所驱动的书籍设计。感谢止庵先生关键时刻的热诚赐教。感谢陈凌云先生和吴琦先生的大力支持，以及单读编辑部的赵芳、节晓宇的辛勤工作。也感谢上海文艺出版社的同仁们。此书即将付梓之际，深念往昔一些编辑家师友在写作路途中的激励与成全，亦在此致谢，他们是：章德宁，林贤治，孙郁，林建法，徐晓，王雁翎，张燕玲，沈小兰，尚红科，陈卓。

感谢家人，以及所有扶助过我的师友。

感谢读者，恳请你们的批评指正。

李静

2022年8月9日，于北京

图书在版编目（CIP）数据

捕风记 / 李静著. -- 上海 : 上海文艺出版社,
2024. -- （我害怕生活）. -- ISBN 978-7-5321-9120-8
Ⅰ．I206.7-53
中国国家版本馆CIP数据核字第20240JC529号

发 行 人：毕　胜
责任编辑：肖海鸥　叶梦瑶
特约编辑：赵　芳　王家胜　节晓宇　罗丹妮
装帧设计：李政坷
内文制作：李俊红　李政坷

书　　　名：捕风记
作　　　者：李静
出　　　版：上海世纪出版集团　上海文艺出版社
地　　　址：上海市闵行区号景路159弄A座2楼 201101
发　　　行：上海文艺出版社发行中心
　　　　　　上海市闵行区号景路159弄A座2楼206室 201101 www.ewen.co
印　　　刷：苏州市越洋印刷有限公司
开　　　本：1240×890 1/32
印　　　张：11.75
插　　　页：3
字　　　数：214,000
印　　　次：2024年12月第1版 2024年12月第1次印刷
Ｉ Ｓ Ｂ Ｎ：978-7-5321-9120-8/I.7170
定　　　价：68.00元
告　读　者：如发现本书有质量问题请与印刷厂质量科联系　T:0512-68180628